Mortelles comédies

DU MÊME AUTEUR
AUX ÉDITIONS J'AI LU

Fake News (avec Michèle Cotta), 2020

Le brun et le rouge (avec Michèle Cotta), 2022

ROBERT NAMIAS

Mortelles comédies

J'AI LU

Pour Anne.

Mon inquiétude unique, devant le journalisme actuel,
c'est l'état de surexcitation nerveuse
dans lequel il tient la nation.
Aujourd'hui, remarquez quelle importance
démesurée prend le moindre fait.
Quand une affaire est finie, une autre commence.
Les journaux ne peuvent pas vivre
sans cette existence de casse-cou.
Si des sujets d'émotion manquent, ils en inventent.

Émile ZOLA,
in *Le Figaro littéraire*, 1888.

Chapitre 1

Le premier coup l'avait à peine effleuré. Juste une sensation de brûlure. La veste avait amorti le choc et freiné la lame. Il se mit à courir sans se retourner. Inutile de crier ou d'appeler à l'aide. Coincée entre le bois de Boulogne et le boulevard Suchet, la rue peu fréquentée dans la journée ressemblait à une impasse sans âme dès la nuit tombée. L'agresseur connaissait ses habitudes. Les soirs de fête ou de dîner entre copains, il libérait son chauffeur et rentrait seul au volant de sa Mini noire. Rarement après minuit. Ce jour-là n'avait pas fait exception. Il s'était seulement agacé de ne pas trouver de place au pied de son immeuble et avait dû faire plusieurs fois le tour des blocs bâtis dans les années 1930, avant de se garer dans l'avenue voisine. Encore quelques mètres et il serait protégé par la lourde porte cochère ouvrant sur l'immense hall de son hôtel particulier. Il voulut accélérer mais n'y arriva pas. Son côté droit le faisait souffrir. Il pensait courir mais ne faisait que se traîner. À quelques pas de chez lui, il dut mettre un genou à terre. La blessure l'empêchait d'avancer. Il y porta la main et sentit le liquide chaud et visqueux lui couler entre les doigts. D'abord un mince filet provoqué par la pointe du poignard, puis une béance par laquelle inexorablement sa vie s'échappait, charriée dans un flot de sang. Son agresseur l'avait rattrapé et lui faisait face désormais. À visage découvert. Sans importance puisqu'il allait le tuer. L'homme eut juste le temps de se dire qu'il ne connaissait pas ce visage avant d'être achevé. Trois coups dans la poitrine, plantés avec la précision d'un chirurgien, à l'endroit exact où le cœur se love contre le poumon. Un seul aurait suffi mais le meurtrier avait agi comme s'il n'était plus lui-même. Voilà plusieurs mois qu'il suivait sa victime, vérifiant qu'à l'exception de rares voitures qui passaient indifférentes, pour rallier à la hâte le bois de Boulogne, l'avenue bordée de bâtisses luxueuses était, dès la nuit tombée, noyée dans le silence d'un quartier sans vie. Quelques promeneurs égarés au crépuscule, puis plus rien, sinon l'ennui qui ruisselait hors les murs de ces immeubles aux pierres épaisses, prisons dorées pour bourgeois plus soucieux de l'adresse que du décor. L'homme à terre, né de l'autre côté du périphérique, n'était pas de ces gens-là mais l'ambition l'avait fait émigrer dans cet Ouest parisien qui, à défaut d'honorabilité, abrite les bonnes manières et l'argent qui en font office. D'autant plus à l'aise avec eux qu'il ne se sentait pas obligé de respecter leurs codes.

La plupart s'étaient rendus à sa soirée avec le secret espoir que l'apothéose de la nuit ne serait finalement que le crépuscule de sa puissance. Au premier rang de ses faux amis, les politiques qui avaient cru longtemps imposer leur loi, mais qui face à lui, avaient dû admettre qu'ils ne pesaient que le poids de leurs ambitions et de leurs rêves contrariés. S'il n'avait pas été seul dans sa voiture, il aurait éclaté de rire. Il s'était contenté de sourire, se repassant en boucle le film de la soirée et les images en couleurs de ces huiles républicaines qui ne tarissaient pas de mots flatteurs. À commencer par le président, mimant une amitié et une admiration qui n'étaient que le versant mondain du mépris qu'il lui avait si souvent manifesté. Mais il n'avait que faire de cette arrogance présidentielle ; si l'hôte de l'Élysée était là, c'était bien parce que dans ce duel audiences contre bulletins de vote, il avait depuis longtemps joué gagnant. Fulgurance du visionnaire ou médiocrité de l'affairiste ? Sur un bout de trottoir parisien, le tranchant d'un poignard venait brutalement de mettre fin au débat.

Pris dans les phares d'une voiture qui s'avançait à grande vitesse, le meurtrier eut juste le temps de se réfugier sous un porche. La voiture le dépassa sans ralentir, ignorant l'homme qui gisait à terre, bientôt suivie d'une autre qui roulait trop vite pour apercevoir la silhouette du tueur. Avançant de quelques pas, celui-ci ne vit plus à sa droite que deux minuscules points rouges et, côté gauche, l'ombre portée des grands arbres qui bordent l'hippodrome. Réduite au silence d'une nuit sans histoire, l'avenue était redevenue l'artère paisible et endormie qu'elle n'avait cessé d'être que le temps d'un crime qui se voulait parfait. Celui d'un rôdeur anonyme, voleur de portefeuilles, qui, deux kilomètres plus tard, parcourus sans hâte, avait jeté le poignard et les papiers de sa victime dans les eaux glacées du lac.

Deux étages plus haut, indifférent à ce qui venait de se jouer, un couple écrivait à la même heure un nouvel épisode de son interminable conflit. Les deux ne manquaient ni d'argent ni du confort que leur offrait cet appartement avec vue sur le Bois, mais depuis la disparition de leur unique enfant, ils multipliaient disputes et accusations blessantes dans une guerre des mots qui les abîmait chaque fois un peu plus. Et cette nuit-là, les mots avaient frappé si fort que le corps à corps amoureux qu'ils se livraient après chaque agression n'avait pas suffi à gommer les blessures de la nuit. Seuls les joggings matinaux de Pierre Lemarchand avaient le pouvoir de lui faire oublier les rancœurs accumulées. En fermant la porte derrière lui, il s'était dit que cette fois c'était la bonne, qu'il ne remonterait dans l'appartement que pour clore l'ultime chapitre d'un malheur épuisant.

Sauf que l'instant d'après, il n'y pensait déjà plus. Sur le trottoir, il faillit trébucher sur le corps de l'homme. La plupart auraient hurlé, lui était resté immobile, incapable d'émettre un son, fasciné par ce visage aux yeux grands ouverts. La position du corps couché sur le dos ne laissait aucun doute. L'homme était mort dans un face-à-face terrifié avec son assassin, les yeux implorant une grâce qui lui avait été refusée.

Jusqu'à ce matin d'automne, Lemarchand n'avait de la mort qu'une image irréelle et impalpable. Au point qu'il avait toujours refusé d'imaginer le corps sans vie de sa fille disparue. Il parlait de « rapt », jamais de « crime ». Devant ce corps inerte, dont les dernières pensées s'étaient perdues dans cette flaque de sang, il n'était ni ému ni apeuré. Ce cadavre ne lui disait rien, ne lui rappelait rien. Passé la surprise de la première seconde, il s'étonnait seulement de ces yeux ouverts qui le fixaient. Comme si le mort lui parlait encore.

Il pensa les refermer mais ça n'était pas une bonne idée. Il n'était pas au cinéma, cette avenue où ne passait jamais personne à cette heure grise n'était pas un décor de film. Il appela la police et décrivit ce qu'il avait sous les yeux. Avec si peu d'émotion que le policier de permanence crut d'abord à la plaisanterie d'un fêtard, au retour d'une soirée trop arrosée. Mais l'homme n'avait pas la voix d'un ivrogne et la description de la scène de crime était trop réaliste pour être totalement imaginaire. La voiture de police la plus proche maraudait sur une avenue voisine, il lui fallut trois minutes à peine pour être sur place. Les deux flics s'étaient précipités sur le cadavre, ignorant celui qui venait de les appeler. Sans précaution excessive, ils avaient fouillé les poches intérieures de la veste ensanglantée pour constater que l'homme assassiné n'avait ni papiers ni argent, puis se tournèrent enfin vers Lemarchand, obsédé à cet instant par une seule question : à quel moment les policiers allaient fermer les yeux du cadavre ? Comme si l'image d'un homme endormi allait redonner à ce mort sa dignité perdue.

— Qui êtes-vous ?

— J'habite dans cet immeuble, répondit Lemarchand, agacé par le ton du policier.

— Et ça vous arrive souvent de sortir avant l'aube ?

— Parfois. Quand je n'arrive pas à dormir. Dans ce cas, je pars courir le long du champ de courses.

— Vous connaissez cet homme ?

— Non, jamais vu.

Le policier regardait Pierre Lemarchand qui ne manifestait aucune émotion. Il ne put s'empêcher de lui demander, mi-ironique mi-inquiet :

— Ça vous arrive souvent de voir des macchabées ?

— Non, c'est même la première fois que je vois un mort.

— Et ça ne vous fait rien ? Parce qu'en plus, celui-ci n'est pas banal.

— Je m'étais parfois demandé comment je réagirais.

— Et alors ?

— Alors, rien. Ce cadavre m'est indifférent, d'ailleurs la mort m'est indifférente. Je n'y pense jamais puisqu'elle est impensable.

Le policier regardait Lemarchand sans comprendre. L'homme qu'il avait en face de lui était ailleurs, étranger à la situation. Déjà loin. Avec sa fille dont il ne doutait pas qu'elle soit encore en vie. Avec sa femme dont il ne savait plus, à cette minute, s'il voulait se séparer. La nuit avait été violente. La dispute, l'amour qui ne réparait plus rien, et puis ce cadavre et sa froideur devant cette mort qui avait frappé à la porte… Il venait de comprendre que depuis la disparition de leur enfant, c'était lui qui s'était retiré du monde des vivants. Il n'avait plus qu'une envie, rentrer chez lui, monter quatre à quatre les marches qui le séparaient de sa femme, se glisser en elle pour renouer les fils de leur histoire, lui faire un autre enfant et faire comme si rien n'était arrivé. Il se précipita vers la porte de son immeuble, le second flic l'arrêta net alors que trois autres voitures de police arrivaient, sirènes hurlantes.

— Qu'est-ce que vous faites ?

— Je rentre chez moi. Je n'ai plus rien à faire ici.

— Vous plaisantez, j'imagine.

Pierre ne cachait plus son exaspération.

— Qu'est-ce que vous me voulez exactement ? bredouilla-t-il, regrettant presque d'avoir fait le 17.

Après tout ce mort, ça n'était pas son problème. À cet instant, il pensait même qu'il aurait mieux fait de rejoindre l'hippodrome sans se préoccuper de ce cadavre sans importance.

Une vingtaine de policiers étaient désormais sur place. Lemarchand vit surgir d'une camionnette deux femmes et un homme en combinaison blanche qui commencèrent à s'affairer autour du cadavre. Il était à peine 6 heures et l'arrivée de cette foule en uniforme, très inhabituelle dans cet endroit, avait éveillé la curiosité des voisins. Des fenêtres qui s'ouvraient, une à une, sur ce spectacle inédit, on ne voyait pas grand-chose sinon des policiers qui s'agglutinaient autour d'un corps ensanglanté, dos contre terre. Impossible de voir le visage du mort, mais la mare de sang ne laissait aucun doute. Les premières photos commençaient à circuler sur Twitter. Les adeptes du réseau n'avaient pas mis longtemps à accompagner ces clichés de commentaires d'autant plus créatifs qu'ils étaient totalement imaginaires. Les supputations allaient bon train depuis les balcons. Suicide, règlement de comptes, crime passionnel et même attentat. Pour quelques tweets qui laissaient ouvertes ces hypothèses, des centaines d'autres avaient déjà opté pour l'une ou l'autre de ces explications.

Le second flic avait rejoint son collègue pour interroger leur unique témoin.

— Vous nous avez dit que vous habitiez ici, mais encore ? lui demanda-t-il sur un ton qui se voulait conciliant.

— Je m'appelle Lemarchand, lui répondit Pierre, en lui tendant sa carte d'identité.

Le policier tournait et retournait le morceau de papier plastifié comme s'il s'agissait d'un document rare et confidentiel. En levant les yeux, il répéta :

— Lemarchand... Pierre Lemarchand ? Votre nom me dit quelque chose. Vous avez déjà eu affaire à la police ?

— Non.

— Pourtant, reprit le premier flic, mon collègue a raison, votre nom ne m'est pas inconnu. Lemarchand... Lemarchand... Mais si, vous avez eu affaire à la police. Pierre Lemarchand, ça me revient, vous êtes le père de cette petite fille disparue il y a six ans, peu après qu'une jeune femme l'avait accompagnée à l'école.

— Cette jeune femme, rétorqua Pierre, c'était sa gouvernante. Elle a été disculpée. Mais vous les flics, vous n'avez jamais rien trouvé. Alors, votre cadavre j'en ai rien à foutre, je n'ai rien à voir avec cette histoire. Je vous ai prévenus, c'est tout. Maintenant fichez-moi la paix, ajouta-t-il en tournant les talons pour s'engouffrer dans son immeuble.

Le commissaire du XVIe venait de les rejoindre. Les deux agents commencèrent à raconter, il les interrompit.

— Pierre Lemarchand ? Le père de la gamine disparue ?

— Oui, c'est lui. Drôle de bonhomme, il n'a manifesté aucune émotion, nous demandant juste à quel moment on allait fermer les yeux du mort.

— C'est tout ?

— C'est tout. Le seul instant où il s'est départi de son calme, c'est lorsqu'il a parlé de sa fille. C'était violent. Il nous a reproché d'avoir bâclé l'enquête et d'avoir abandonné les recherches dès que la presse est passée à autre chose. Apparemment, il en veut toujours à ce journaliste qui, en direct, avait annoncé dans le 18/20 de Globe Info que la gamine avait été retrouvée.

— Oui, je m'en souviens, l'information avait été démentie quelques instants plus tard mais le mal était fait. Sa femme a fait une tentative de suicide dans la nuit qui a suivi.

— Manifestement, ça a laissé des traces.

— Foutez-lui la paix pour l'instant, conclut le commissaire. On le convoquera le moment venu.

Il était à peine 6 h 30, l'aurore naissante colorait d'un jaune vif l'avenue désormais aussi bruyante qu'un dimanche de brocante. Il y avait les riverains, devenus les premiers informateurs par la grâce des portables, et tous ceux qui, alertés par Twitter, s'étaient précipités pour ne rien voir mais filmer malgré tout ce qu'ils ne voyaient pas. Et c'est ainsi que sur les réseaux sociaux, on pouvait lire les premiers comptes-rendus de cette histoire qui n'était pas écrite.

Le commissaire avait rejoint l'équipe de la police scientifique. Les trois confirmèrent que les coups portés au niveau du cœur n'avaient laissé aucune chance à l'homme étendu sur le trottoir.

— Et on ne sait toujours pas qui est cet homme ? demanda-t-il avant de s'approcher à pas lents, comme s'il appréhendait de découvrir le corps.

Il n'avait jamais aimé les morts, non pas qu'ils l'impressionnassent, mais il leur en voulait de borner le chemin qui le conduisait à sa propre disparition. Celui-là était particulièrement laid. Les yeux grands ouverts semblaient implorer une impossible résurrection. Aux pieds du cadavre, il blêmit et se mit à hurler en se tournant vers son adjoint.

— Vous vous foutez de moi ? Ne me dites pas que vous ne l'avez pas reconnu ! Appelez l'Intérieur.

— L'Intérieur ? Mais vous avez vu l'heure ?

— Et alors ? Vous pensez qu'ils dorment avec ce bordel dans le Sud ?

Il avait raison. Place Beauvau cette nuit-là, il n'y avait pas seulement un conseiller de garde mais une bonne partie du cabinet, réunie en salle de crise autour de la ministre. Les pluies torrentielles annoncées dans le Gard avaient dévasté une dizaine de communes autour d'Anduze. Cinq personnes portées disparues et les chaînes d'info qui diffusaient en boucle des images de ponts effondrés, de routes coupées et de voitures emportées par les ruisseaux devenus en quelques heures des fleuves torrentueux. Sur les plateaux, les députés de l'opposition et les éditorialistes, promus pour l'occasion experts en catastrophes naturelles, rivalisaient d'imagination pour dénoncer l'incompétence du gouvernement et son incapacité à éviter des drames pourtant si prévisibles. Quant aux élus de la majorité, qui n'avait plus de majorité que le nom, ils n'étaient pas ce matin-là les derniers à dénoncer l'impéritie gouvernementale. Devant les écrans qui tapissaient les murs de la salle de crise, la ministre de l'Intérieur, Salma Rossel, ne décolérait pas. Venant de l'opposition, les attaques étaient sans surprise, celles des éditorialistes l'indifféraient, mais de la part de la majorité c'était insupportable.

Furieuse, Rossel était au téléphone avec le directeur de la rédaction de I-Direct, la dernière-née des chaînes d'info, quand son chef de cabinet lui glissa un mot.

J'ai le commissaire du XVIe au téléphone, il veut vous parler.

Rossel, d'un geste agacé, lui fit entendre qu'elle n'en avait pas fini avec le journaliste, mais le conseiller fit comme s'il n'avait pas compris et parla suffisamment fort pour que cessent les autres conversations.

— Il ne veut rien me dire. Vous devriez le prendre.

Rossel, surprise par le ton comminatoire de son collaborateur, lui arracha, excédée, le téléphone, coupant court sans préavis à l'échange peu amène qu'elle avait avec le patron de I-Direct.

— Commissaire, j'espère que c'est important, parce qu'ici nous n'avons pas dormi de la nuit. (Et haussant le ton.) Vous avez une hiérarchie, nom de Dieu ! Si chaque fois qu'il y a un problème, vous appelez la ministre…

Le commissaire l'interrompit avant d'être couvert de noms d'oiseaux.

— Madame la ministre, Sylvain Bourdarias…

— Quoi, Sylvain Bourdarias ? grogna Salma Rossel. Je connais le patron de Globe Info. Un grand patron, mais qui devrait s'occuper un peu plus de ce qui se raconte sur ses chaînes. Vous ne m'appelez tout de même pas pour me dire qu'il s'est fait choper au bois de Boulogne ?

— Non, il…

Le commissaire tenta de reprendre la parole. En vain.

— Alors pourquoi me dérangez-vous ? Bourdarias, si je l'avais en face de moi, je lui dirais que depuis hier soir ses chaînes m'emmerdent encore plus que d'habitude. Et qu'il ferait mieux d'intervenir pour qu'elles arrêtent de débiter leurs conneries. Si les gens avaient écouté les prévisions et respecté les mises en garde, je n'aurais pas cinq morts sur les bras et sans doute plus à l'heure où l'on se parle. C'est ça la réalité et pas ce que racontent tous ces imbéciles qui déversent leur bile. Alors comprenez-moi, commissaire, je ne suis pas d'humeur à m'entendre conter les frasques du président de Globe Info.

Rossel était injuste avec les médias. Depuis qu'elle était entrée en politique après avoir été une grande patronne de la crim', elle avait usé et parfois abusé des studios de télévision. Et fait preuve de mauvaise foi plus qu'à son tour. Les boules puantes, les *fake news*, elle connaissait mieux que personne. Et faisait le bonheur des journalistes qui l'avaient placée en tête du hit-parade des bons clients.

Elle allait raccrocher quand le commissaire, au bout du fil, se mit à hurler au point que la quinzaine de conseillers qui avaient écouté Rossel sans comprendre pouvaient désormais entendre le flic aussi nettement que si l'appareil avait été placé sur haut-parleur. Six mots assénés comme autant de coups de massue.

— Madame la ministre, Bourdarias est mort !

Chapitre 2

Assassiné. Poignardé. Vidé de son sang. Les mots résonnaient dans la salle de crise, violents, insupportables. Et tous se figuraient des images qu'ils ne tarderaient pas à voir tourner en boucle sur les chaînes d'info, renvoyant aux poubelles de l'actualité la catastrophe gardoise.

Rossel, qui avait posé le téléphone sur la table pour que chacun puisse entendre les mots du commissaire, regardait fixement son portable. Plus rien ne comptait que cette voix qui racontait l'histoire d'une fin sordide. Sylvain Bourdarias, l'homme qui faisait trembler les présidents, avait été retrouvé lacéré de coups de couteau sur un trottoir parisien une heure plus tôt.

Minable sortie pour ce grand patron qui collectionnait les principaux titres de la presse française, une chaîne d'info plus puissante que les généralistes les plus regardées et plusieurs radios. Des danseuses coûteuses mais qui lui donnaient un pouvoir qu'aucun milliard ne procurera jamais.

Le policier proposa d'envoyer une vidéo. On y voyait en gros plan le visage effrayé de Bourdarias ; Rossel ne put s'empêcher de fermer les yeux en détournant la tête.

Avenue du Maréchal-Maunoury, les sirènes des ambulances mêlées à celles de la police provoquaient un vacarme si assourdissant que les échanges entre le commissaire et Rossel devenaient difficilement compréhensibles. De toute façon tout était dit. Le corps dissimulé dans un grand sac ne serait bientôt plus qu'un amas de pièces détachées à l'Institut médico-légal. Les riverains accrochés à leur balcon pouvaient rentrer chez eux. Il n'y avait plus rien à voir, même s'il restait beaucoup à comprendre puisque le cadavre n'était pas celui d'un homme ordinaire.

À Beauvau, la salle de crise avait déjà changé de nature. Avant de raccrocher, Salma Rossel s'assura auprès du commissaire que rien n'avait filtré sur l'identité de la victime et décida d'appeler le président de la République.

— Vous ne pensez pas qu'il faut d'abord prévenir Matignon ? souffla discrètement le chef de cabinet.

— Matignon, on s'en fout, rétorqua la ministre de l'Intérieur qui composait déjà le numéro du portable présidentiel.

Salma connaissait les habitudes du chef de l'État. Il était à peine 7 heures. À cette heure-là, le président Peretti faisait un énième tour du parc. Trois quarts d'heure de petites foulées quotidiennes et solitaires, il y a plus festif en matière de jogging, mais le président n'avait pas le choix. Escorté de quatre gaillards du GSPR, il s'était vite lassé des allées du bois de Boulogne. Enfermé derrière les hauts murs de l'Élysée, il se trouvait dans la situation des canards présidentiels qui font des ronds dans l'eau, mais au moins il jouissait d'une liberté qu'il perdait dès qu'il franchissait la grille du Coq. Vincent Peretti avait été élu quatre ans plus tôt. S'affichant social-libéral, il avait essayé de panser les blessures d'un peuple ballotté depuis quatre décennies par des idéologies mensongères et des promesses jamais tenues. Les écologistes avaient gagné neuf ans auparavant sur des terres déjà dévastées mais la victoire en chantant n'avait duré qu'un printemps trompeur. Le reste ne fut qu'un sinistre catalogue de faillites. Exilé volontaire avec femme et enfants au bord du lac Léman durant ces années vertes, loin des planches électorales et des hémicycles parlementaires, Peretti avait choisi la musique plutôt que le bruit médiatique et préféré le théâtre aux bavardages inutiles. Encouragé par Lucile, rencontrée trente ans plus tôt chez un professeur qui excellait tout autant à l'archet que sur un clavier, il avait repris le violoncelle et fait de ce passe-temps appris dans l'adolescence son nouveau hobby. De son côté, sa femme n'avait jamais abandonné le piano, elle n'aimait pas la politique et encore moins la comédie du pouvoir. Elle ne comprenait pas ces jeux du cirque. Et le masochisme qui poussait ces hommes et ces femmes à se jeter dans l'arène pour se faire massacrer. Cette parenthèse sans histoire leur avait permis de faire oublier qu'ils ne venaient pas de nulle part et que leur couple avait longtemps succombé à l'ivresse des palais nationaux.

Quatre ans après son élection, le président Peretti se demandait s'il était encore l'homme de la situation. La douceur de l'été finissant, dont il aimait les effluves à l'heure où l'Élysée n'est encore qu'un immeuble de bureaux livré aux hommes de ménage, n'était pas parvenue à gommer les doutes qui l'assaillaient depuis qu'il avait dû affronter la plus grave crise de son quinquennat. Une révolte des sans-grade qui, malgré sa volonté affichée de rassembler, s'étaient sentis abandonnés et plus mal traités encore que par ses prédécesseurs. La violence des manifestations de rue, d'autant plus difficile à apaiser qu'il y avait eu mille meneurs mais aucun chef ni projet, et la durée du conflit encouragée par les réseaux sociaux qui s'étaient goulûment emparés du mouvement et par les chaînes d'info qui avaient braqué leurs loupes grossissantes sur le moindre groupuscule déambulant dans les rues de Paris lui avaient un moment laissé penser qu'il ne survivrait pas à cette crise venue des tréfonds populaires. Et voilà qu'un virus malin avait enfermé le mal-être des oubliés de la croissance dans un confinement sans précédent. La France, comme le reste du monde, avait été à l'arrêt et les chaînes d'info au firmament de leur audience. Les éditorialistes-experts qui avaient autopsié pendant des semaines les cerveaux parfois embrumés des oubliés de la mondialisation, étaient devenus, par la grâce du petit écran, infectiologues, virologues et, pour les plus avertis, épidémiologistes. Quant aux médecins, éblouis par la lumière des studios, ils avaient plongé dans une voluptueuse guerre picrocholine qui magnifiait leur existence au risque de faire sombrer dans une incertitude dépressive la majorité des Français qui ne savaient plus qui croire. Le virus avait aussi fait la fortune des Twitter, Instagram et autre Facebook qui s'étaient gavés sans vergogne des thèses complotistes les plus extravagantes. Peretti n'avait pas compris par quel miracle il avait survécu à ce séisme dans lequel nombre de ses homologues avaient sombré, mais il savait que le calme revenu masquait des fractures béantes. La crise avait rendu si chaotique le chemin qu'il pensait avoir tracé qu'il savait son futur désormais très incertain. De son côté, Lucile avait vite compris que le silence dans lequel baignait l'ancienne demeure du comte d'Évreux n'était qu'apparence trompeuse. Les colères de la rue, relayées par les écrans, s'étaient invitées au château et avaient si longtemps servi de décor au bureau présidentiel que l'enfer, habituellement réservé à Matignon, semblait avoir été durablement installé à l'Élysée. Lucile Peretti détestait désormais si puissamment l'endroit que la perspective d'un second mandat lui était devenue insupportable.

Ce 22 septembre, elle était retournée dans le seul lieu où elle se sentait libre et apaisée, l'appartement que le couple avait gardé rue de l'Université. Elle aimait cet intérieur qui avait été celui des jours faciles avant que la politique n'y fît son entrée. Le soleil rasant de cette fin d'après-midi éclairait d'une lumière douce et apaisante le grand salon qu'elle avait redécoré peu avant l'élection de son mari. Le noir profond du piano qui contrastait avec les trois canapés blancs tachés de coussins gris foncé donnait à la pièce une élégance sobre et raffinée. Loin des décors convenus et passe-partout des palais officiels, l'endroit lui ressemblait, habité par la musique et l'art contemporain. Elle devait rentrer à l'Élysée mais fit tout le contraire, s'approcha du grand piano et caressa son bois verni, éprouvant le frisson sensuel de l'amante. Son corps vibrait à l'unisson des touches qu'elle effleurait. À cet instant, elle comprit qu'elle allait rester dans cet appartement. Définitivement.

Dans la cour de l'immeuble venait de résonner le générique d'un 20 heures. C'était un soir ordinaire. Le président n'allait pas tarder à rejoindre ses appartements privés. Elle laissa passer quelques minutes et composa le numéro de la ligne directe.

— Vincent, je suis à l'appartement.

— L'appartement ? Quel appartement ?

— Mais nous n'en avons qu'un ! Tu peux me rejoindre si tu veux, mais moi je ne rentrerai pas à l'Élysée.

— Pas ou plus ?

— Je n'en sais rien, mais ne t'inquiète pas, je continuerai de faire semblant. Je ne supporte plus cette bouffonnerie du pouvoir. Franchement, Vincent, tu n'en as pas assez ? De ces crises, de cette violence ? On n'a pas fait ça pour être détestés à ce point.

— Qu'est-ce que tu racontes ? Tu sais très bien que si je me représente, j'ai de bonnes chances d'être réélu. Tu dis n'importe quoi. On se rappellera lorsque tu seras calmée.

— Mais je suis calme, dit-elle sans y croire elle-même.

Et elle raccrocha.

Étrangement, cette séparation imprévue avait provoqué chez Peretti une sorte de soulagement. Pour la première fois depuis longtemps, il avait bien dormi. Depuis leur installation à l'Élysée, Lucile était devenue le miroir déformant de ses propres interrogations. L'entendre chaque jour vomir sur son quotidien avait fini par l'empêcher de penser librement. L'exercice du pouvoir était incompatible avec l'angoisse qu'exhalait cette femme. Il avait cru pouvoir partager avec elle ses interrogations, il s'était trompé. Et puis ras-le-bol de ces matins silencieux, de ces couchers habités de reproches, de ses sautes d'humeur imprévisibles et des rires impromptus dont les excès masquaient si mal la facticité. La rancœur avait cheminé à bas bruit dans leur couple. Il y avait urgence pour le président à se réapproprier un espace trop longtemps partagé. Depuis quatre ans, le pire avait gommé le meilleur. Involontairement, Lucile avait mis les pendules à l'heure et c'était très bien ainsi. Ce 23 septembre, en abandonnant les canards à leurs ébats matinaux, Vincent éprouva une légèreté qu'il croyait à jamais perdue et c'est presque guilleret qu'il prit le téléphone que le flic de garde venait de lui apporter. Au bout du fil, Salma Rossel parlait vite et fort. Elle fit en sorte que le président ne puisse l'interrompre.

— Monsieur le président, Bourdarias a été assassiné. Cette nuit, quatre coups de couteau. Un voisin l'a retrouvé gisant dans son sang à deux pas de chez lui.

— Bourdarias ? bredouilla Vincent. C'est impossible, j'étais avec lui hier soir.

Puis réalisant à quel point sa réaction était stupide, il se reprit pour interroger la ministre :

— À quelle heure ?

— Entre 1 heure et 3 heures du matin selon le légiste. Malgré le mode opératoire, rien pour l'instant ne nous permet de privilégier la piste islamiste.

— À l'inverse, un crime de rôdeur, c'est possible ?

— Possible. On n'a trouvé ni papiers ni carte de crédit.

— Dans ce cas, vous êtes sûre que c'est Bourdarias ?

— Aucun doute, Monsieur le président, le commissaire du XVIe qui était sur place m'a envoyé des photos du visage prises en gros plan. Et ça n'est pas beau à voir.

— Qui est au courant ?

— Une partie de mon cabinet qui était en réunion de crise avec moi pour gérer la tempête cévenole. Et les flics du XVIe, c'est tout. Des photos circulent déjà sur Internet mais elles ont été prises de loin. On ne voit pas son visage.

— Sa femme a été prévenue ?

— Pas encore. Bourdarias avait une vie compliquée.

— Et alors ? rétorqua agacé le président qui pensa un instant à sa propre situation. On s'en moque. Trouvez-la, je n'ai pas envie qu'elle l'apprenne par la presse ou par les réseaux sociaux.

Bourdarias assassiné, Vincent Peretti imaginait déjà la frénésie faussement attristée des médias. Le crime ne pouvait arriver à pire moment alors que le pays sortait à peine de la crise sanitaire.

En remontant dans son bureau, il croisa les premiers conseillers qui voulaient croire que leurs compétences s'évaluaient à l'aune de leur heure d'arrivée. Le président les salua distraitement, plus préoccupé par le communiqué qu'il allait devoir publier qu'attentif aux propos du collaborateur qui s'était précipité pour évoquer la catastrophe d'Anduze. Le conseiller n'avait pas fini sa phrase, Vincent était déjà loin, à la porte du salon d'angle au premier étage du palais. Il aimait s'y enfermer pour y travailler. Il rédigea lui-même le communiqué avec des mots d'autant plus insincères qu'il n'avait jamais aimé Bourdarias et sa vulgarité masquée par une élégance vestimentaire qui l'avait rendu présentable. Peretti rappela sa ministre de l'Intérieur pour lui lire ce qu'il avait écrit. Rossel venait de raccrocher avec l'épouse du patron de Globe Info. Simone Bourdarias n'avait manifesté ni surprise ni chagrin.

— Quand même, ajouta sincèrement indignée Salma, elle aurait pu faire semblant. D'ailleurs, nous avons eu du mal à la trouver, elle n'était pas chez elle mais chez une amie en Normandie. Apparemment, le couple s'était salement écharpé le matin même à propos de Justine Berger.

Chapitre 3

Lorsque la ministre de l'Intérieur l'avait appelée, Simone Bourdarias était bien réveillée, et pas seulement parce que son chien était venu comme chaque matin gratter à sa porte. L'épouse du patron de Globe Info ne dormait plus depuis un moment. Ou pas encore, tant la nuit avait été peuplée de rêves si présents qu'ils gardaient, à cette heure matinale, le relief du réel. Il était question de morts, de crimes en série et d'assassins sans visage, comme si la violente dispute qui l'avait opposée à son mari la veille s'était prolongée dans la nuit normande.

Gentleman voyou, Bourdarias l'avait séduite trente ans plus tôt par sa verve gouailleuse. À l'époque, enivrée par l'argent, la jeune femme avait choisi de ne jamais poser de questions. Elle ne savait rien des affaires de son mari sinon ce qu'elle en entendait à la radio ou lisait dans la presse lorsque l'empire s'enrichissait d'une acquisition nouvelle. Simone n'était pas stupide. Elle avait seulement compris que l'ignorance était la meilleure des protections. Très utile lorsque, à plusieurs reprises, elle avait dû répondre aux questions de la brigade financière qui s'intéressait aux rachats, parfois étranges, d'entreprises connues pour leurs difficultés. Bourdarias s'était fait une spécialité de ces acquisitions de sociétés en faillite, restructurées au prix de licenciements massifs et revendues à la découpe. Simone avait décidé de ne rien entendre à ces opérations. En revanche, elle savait tout des chemins de traverse amoureux qu'avait toujours empruntés Sylvain. Et longtemps jugé ses frasques sexuelles sans importance. Après tout, ces rencontres d'un soir pesaient peu de poids au regard de ses quatre cents mètres carrés parisiens, de la maison au Pays basque, du chalet à Megève et de la propriété canadienne. Jusqu'au jour où Bourdarias comprit que la cueillette des entreprises à terre lui valait beaucoup de mépris et peu de considération. L'empire avait une face cachée mais pas de façade. Ce fut alors le rachat de *France Nouvelle*, numéro 1 des magazines politiques et du groupe de presse qui le publiait, la prise de contrôle d'un conglomérat de radios, enfin l'acquisition de Globe Info, une chaîne d'information continue encore balbutiante mais très prometteuse. Entré par effraction dans le cercle très fermé des grands patrons, le pape du PAF surnommé méchamment « l'empereur du milieu », avait ainsi rapidement fait mettre genou à terre ses détracteurs les plus agressifs, qui s'étaient longtemps gaussés de son langage, mi-châtié, mi-charretier.

Avec la puissance médiatique, l'homme avait changé de braquet et de maîtresses. Fini les demi-mondaines d'un soir et les écrivaines débutantes, le patron s'était installé dans des aventures durables, successives ou parallèles, qui ne laissaient guère de place et encore moins de temps à l'épouse, compagne des jours moins glorieux. Délaissée, cantonnée dans son statut de femme officielle lorsque c'était nécessaire, Simone oscillait entre aigreur et colère. Elle avait trouvé chez son amie Pérelle l'oreille rassurante de ceux qui ressentent une jouissance secrète à partager le malheur des autres sans jamais l'éprouver. Depuis la mort de son mari, Pérelle avait fui Paris pour vivre seule dans la gentilhommière de ses parents, à une vingtaine de kilomètres de Deauville. Simone Bourdarias en avait fait son ultime refuge. Elle, qui ne détestait rien tant que la campagne et les pluies incessantes qui verdissent même au creux de l'hiver l'arrière-pays deauvillais, avait fini par goûter ces forêts fantomatiques où hêtres et bouleaux s'enlacent dans un brouillard si présent qu'aube et crépuscule semblent se donner la main. Alors qu'à Paris le thé du matin se confondait avec le déjeuner, elle avait pris goût à ses promenades matinales sur des chemins embrumés que seul son chien reconnaissait.

Après l'appel de Salma Rossel, elle s'habilla à la hâte, trop heureuse d'avoir une bonne raison de se sortir de ce demi-sommeil cauchemardesque. La veille de l'assassinat de Bourdarias, il n'y avait pas eu que des mots. Ils s'étaient battus, avant que Simone ne claque la porte, non pour échapper aux coups de son mari mais parce qu'elle avait compris qu'à cet instant elle aurait pu le tuer. Et la ministre avait dit vrai : à l'annonce de la mort de Sylvain, son épouse n'avait pas cherché à faire semblant. Pas même une question sur les circonstances de la mort. Elle ne s'était intéressée qu'à la présentatrice de Globe Info. La connaissait-elle ? Mariée ? Des enfants ? Où habitait-elle ?

Qui l'avait embauchée ? Simone Bourdarias semblait ne jamais devoir s'arrêter. Il avait fallu que Rossel prononce le mot d'« assassinat » pour qu'enfin elle bredouille :

— Assassiné, mais je n'avais pas compris.

— Madame Bourdarias, vous ne m'avez pas laissé le temps de vous dire les choses. Voilà près d'une demi-heure que vous me bombardez de questions sur Justine Berger. Moi, je vous parle de votre mari. Il a été retrouvé baignant dans son sang à deux pas de chez vous. Où d'ailleurs vous n'étiez pas.

— Et alors ?

— Alors rien, répondit, agacée, la ministre, sinon qu'on a perdu beaucoup de temps avant de vous trouver.

— Eh bien cela prouve que vos fiches ne sont pas à jour, ironisa Simone Bourdarias.

— Franchement, on a autre chose à faire que de suivre vos allées et venues, réagit Salma, de plus en plus irritée. Vous vous prenez pour qui, madame Bourdarias ?

— Pour ce que je suis, répondit Simone en exhalant des années de rancœur accumulées. Pour une femme trompée. Vous êtes une femme, Madame la ministre, cela doit vous parler.

Rossel, dont la vie amoureuse n'avait été qu'une suite de rencontres qu'elle avait décrétées sans importance, refusa de jouer le jeu d'une fausse complicité qui ne la concernait pas. De toute façon, Simone Bourdarias n'attendait pas de réponse et enchaîna sur un ton qui n'autorisait pas la réplique. Elle était une femme bafouée, haineuse et n'avait pas l'intention de le cacher.

— Pendant des années, j'ai supporté ses frasques et ses retours à l'aube, puant un parfum bon marché. Pour tout dire, ses coucheries m'étaient indifférentes. Jusqu'à Justine. Quand j'ai compris qu'avec elle c'était autre chose, il était déjà trop tard. Il a commencé à parler divorce, mais je n'allais quand même pas lui faire ce cadeau après avoir supporté ce qu'il m'avait fait subir. Alors c'est vrai qu'hier matin, en imaginant la soirée avec une Justine Berger rayonnante et triomphante, j'ai pété les plombs. Ou plus exactement nous avons explosé ensemble.

Simone était devenue intarissable, allant et venant dans cette immense pièce qui ressemblait plus à la suite présidentielle d'un palace parisien qu'à une modeste chambre de maison de campagne. Son amie avait fait les choses en grand. L'endroit tranchait par sa décoration avec le reste de la maison. Rien de normand dans cet espace partagé entre un coin chambre, une salle de bains démesurée, tapissée de marbre noir et un salon qui mariait élégamment canapé, table basse, fauteuils et poufs conçus par un décorateur que le Tout-Paris s'arrachait. Mais à cette heure matinale, Simone n'était guère sensible à la beauté du lieu. Elle avait eu la veille des pulsions de meurtre et le racontait, impudique et sans prudence, à Rossel.

— Nous nous sommes disputés très fort au point que pour la première fois, il a porté la main sur moi.

— Et ?

— Et j'ai répondu. Alors pourquoi jouerais-je les veuves éplorées ? Je ne vous dis pas que sa mort m'indiffère, elle me soulage. Bourdarias était un salaud. Et pas seulement parce qu'il a couché avec la terre entière. Je n'imaginais pas qu'il puisse être assassiné mais au fond, ça ne m'étonne pas.

Salma ne s'attendait pas à une telle charge. Dans sa longue carrière à la crim', elle avait vu et entendu beaucoup de choses improbables, mais venant de Simone qu'elle avait croisée parfois depuis qu'elle était ministre, c'était d'autant plus violent que l'épouse de Bourdarias avait toujours affiché une indifférence méprisante face aux infidélités multiples de son mari. Comme si l'argent avait depuis longtemps pansé les blessures d'un amour intermittent.

En entendant les derniers mots de Simone, Rossel décida de faire l'économie d'une parole ministérielle de circonstance. Manifestement, les condoléances n'étaient pas d'actualité.

Elle regarda sa montre. Tout juste 8 heures. C'était encore pour quelques minutes un jour presque ordinaire. Sur le parvis de la tour de Globe Info, les services de nettoiement s'affairaient pour faire disparaître les derniers vestiges d'une soirée que Bourdarias avait voulue inoubliable.

Chapitre 4

Issy-les-Moulineaux, la veille

L'homme ne s'en lassait pas. Il s'était assis sur l'un des bancs de pierre qui fermaient le parvis, pour admirer son chef-d'œuvre et ses formes géométriques improbables. Du haut de ses deux cent trente mètres, la « One World Trade Globe Info », comme il l'avait surnommée dans un excès de mégalomanie assumé, dominait tout Paris et ce quartier devenu depuis une vingtaine d'années l'épicentre du monde des médias et de la pub. Longtemps installé dans un immeuble coincé entre des hôtels bon marché et le périphérique, Bourdarias tenait sa revanche. Architecturalement, ce nouveau temple de l'audiovisuel affichait une audace et une modernité qui allaient cruellement renvoyer aux profondeurs de l'histoire médiatique la vieille maison ronde qui squattait les bords de Seine. Et plus encore l'immeuble de la télévision publique dont l'intérêt premier était de pouvoir observer, le soir venu, les bureaux éclairés et le logo tricolore de la chaîne concurrente.

La fête s'annonçait grandiose. Même le chef de l'État avait dû s'y résoudre, il avait fait savoir quelques jours auparavant qu'il serait au premier rang des invités. Seul face à sa tour, Sylvain goûtait avant l'heure sa propre consécration. Longtemps considérée avec une condescendance méprisante par ses concurrentes, Globe Info était devenue au fil des années l'incontournable leader.

La soirée promettait d'être savoureuse. À consommer avec d'autant moins de modestie que Bourdarias imaginait déjà les photos du lendemain. Tout ce que Paris comptait de banquiers et d'industriels, de politiques et d'artistes allait dans quelques heures se bousculer pour gravir les marches de son nouveau palais. Ceux-là mêmes qui, depuis ses premières conquêtes, n'avaient cessé d'ironiser et de vilipender ce personnage inclassable. Secrètement envié par nombre de ses ennemis, Sylvain ne laissait personne indifférent. Beau gosse, petit gars de banlieue qui avait plus appris avec ses copains de terrain vague que sur les bancs du collège, il avait détesté dès son plus jeune âge ne pas être le premier. Touche-à-tout de génie pour ses amis, faux gentleman et vrai cambrioleur pour ses concurrents, il avait tour à tour été garçon de café, chanteur, journaliste dans les pages Sports de *L'Humanité*, animateur télé et s'était finalement spécialisé dans le rachat des entreprises en difficulté. Fossoyeur en chef pour les uns, sauveur inespéré pour les autres, il avait permis à beaucoup de gonfler opportunément leur compte en banque. Ceux-là mêmes qui allaient ce soir se précipiter au pied de la tour, les poches pleines. Dégoulinant de salive courtisane.

Le patron de Globe Info n'était pas décidé à avoir le triomphe modeste. Le discours qu'il avait préparé, il se l'était répété matin, midi et soir depuis une bonne semaine pour être sûr de ne rien oublier. Ni personne. D'abord, les chiffres d'audience qui claqueraient comme autant de défaites au visage de ses concurrents, contraints de fouler un tapis rouge aux allures de chemin de croix arrosé de champagne. Puis les résultats financiers qui faisaient désormais de son empire l'un des piliers du CAC 40. Un étalage de milliards au goût amer pour tous ceux qui avaient assuré sur un ton péremptoire que l'homme était en perdition.

À l'image de son propriétaire qui professait que la discrétion n'était que l'alibi honteux des anonymes, la tour avait été habillée pour l'occasion de milliers d'écrans adossés aux glaces sans tain qui la rendaient ordinairement impénétrable. Ainsi s'affichaient, dans une alternance lumineuse et provocante, les logos des dizaines de titres collectionnés au fil des années par le groupe, avec un écran vedette qui du 27e au 30e étage renvoyait l'image de Globe Info, la chaîne qui avait permis à Bourdarias d'imposer sa puissance et de régner désormais en maître des horloges sur l'information du pays. C'est elle qui donnait le *la* et décidait de ce qui était intéressant et de ce qui ne l'était pas. Par gros temps, une seule information occupait l'écran. Politique, économique, internationale ou de fait divers, elle était décortiquée des heures durant. Experts et spécialistes étaient convoqués à la table des présentateurs, tour à tour animateurs, showmen et metteurs en scène de la polémique du jour. Sur ce terrain, la chaîne avait imposé ses couleurs, laissant à ses concurrentes les miettes écrasées d'un paysage recomposé dans lequel les généralistes et leur 20 heures couraient chaque soir, à la recherche d'une audience perdue.

Ce matin-là, seul dans son bureau, un œil sur l'écran où officiaient Daniel Prédaras et Anne-Élisabeth Derrida – les deux présentateurs de la Matinale –, Jacques Leroy était d'humeur songeuse. Il ronchonnait en étudiant les courbes d'audience de la veille. Les deux jeunes gens, qui depuis la rentrée faisaient un carton, étaient en baisse pour la troisième journée consécutive. Patron de l'information depuis près de deux décennies, Leroy avait survécu aux multiples tempêtes politiques qui auraient dû l'emporter s'il n'avait su faire les bonnes manœuvres, chaque fois que des vents mauvais risquaient de l'envoyer par-dessus bord. Opportuniste pour les uns, courageux pour les autres, tous lui reconnaissaient un sang-froid qui lui avait permis de rester au-dessus de la ligne de flottaison quand tant d'autres avaient sombré. Étudiant, il s'était éloigné de son père dont il avait compris que derrière une façade policée, l'homme chérissait l'extrême droite, et s'était forgé une seconde famille dans la gauche des années 1980. Quarante ans d'information plus tard, les trahisons des uns et les faux-semblants des autres lui avaient appris à s'éloigner des rives manichéennes de la politique et du journalisme militant. Mais à l'heure du bilan, largué dans un océan de désillusions, il se demandait ce qu'il faisait encore dans ce bateau. Le frêle esquif d'il y a vingt ans était devenu un super tanker sur lequel les marins, de moins en moins nombreux, avaient abandonné jumelles et navigation à vue au profit des ordinateurs et des portables. Alors que Bourdarias inaugurait le soir même le nouveau siège, Jacques se demandait si le temps n'était pas venu de passer la main. Après tout, il venait d'emménager. Les cartons, vestiges d'un passé différent, s'empilaient encore devant sa porte. Rien ne l'obligeait à les ouvrir. Pourquoi importer ce passé dans un avenir dont il n'avait pas forcément envie ?

Question vite remballée. Le rédacteur en chef de la matinée, Gaspard Minelli, l'appelait de la régie.

— Tu as vu Twitter ?

— Non, répondit Leroy, agacé. Et toi, tu as vu les audiences d'hier ? Vous avez intérêt à vous bouger. Tu ferais mieux de t'intéresser à ce qui se dit sur le plateau plutôt que de t'abrutir sur ton téléphone.

— J'ai vu. Franchement, ces baisses n'ont pas de sens, répondit Minelli sans s'émouvoir. Regarde Twitter. On parle d'une explosion près de Lyon.

En raccrochant, Leroy ne put s'empêcher de sourire. Minelli était un bon rédacteur en chef, le meilleur à Globe Info. Machinalement, il ouvrit son portable.

@GuillaumeParrain – 6 min
L'explosion provient des usines chimiques implantées à 15 km au sud de Lyon.

Quelques minutes plus tôt, il y avait eu un premier tweet du même auteur :

@GuillaumeParrain – 10 min
Explosion à Lyon. Dans la banlieue sud.

Leroy chercha une confirmation, mais rien. Pas d'AFP. Le site du *Progrès* multipliait ses flashes sur des risques d'inondations dans le Sud. Pas un mot sur une possible explosion.

@Syber-Nétique – 1 min
À la suite d'une explosion le feu ravage plusieurs citernes de l'usine Premac. Il y aurait plusieurs morts.

Jacques rappela Minelli.

— Je viens de voir le dernier post. Tu as d'autres informations ?

— Non, l'AFP n'est au courant de rien. Incroyable !

— Pas forcément, lui rétorqua Leroy, agacé que son collaborateur puisse avoir raison, c'est peut-être tout simplement qu'il ne s'est rien passé. Regarde les tweets qui viennent d'être publiés, ça déconne sec, comme d'habitude.

Les posts de @GuillaumeParrain étaient déjà noyés sous une avalanche de commentaires insultants ou accusateurs.

@lamantereligieuse – 2 min
Les patrons de Premac étaient en pleine panade financière. Ils avaient le feu au cul, ils ont mis le feu à leurs citernes.

@pat-cop – 3 min
Un incendie qui pue comme leurs fumées qui nous pourrissent la vie. Qu'ils crèvent.

@vas-y-mollo – 1 min
Vos merdes auront eu votre peau avant la nôtre. Crevez dans vos citernes.

@ElliotNews – 5 min
Les journaleux qui sucent le maire et qui avaient applaudi à l'implantation de Premac, ils disent quoi maintenant ?

Minelli pressait Leroy :

— On prend du retard. Je n'ai pas envie qu'on se fasse doubler.

Dans le studio, il n'était encore question que des phrases assassines de l'ancien Premier ministre qui avait bruyamment rompu avec Vincent Peretti. Celui qui avait servi loyalement le président pendant près de trois ans ne lui trouvait désormais que des défauts. Technocrate, loin du peuple, déconnecté de la vie quotidienne, arrogant, à l'entendre, un président hors-sol qui n'avait dû son élection qu'à une immense imposture. L'ancien locataire de Matignon avait profité de son passage dans une émission people de Globe Info pour mettre le feu aux poudres. Béatrice Billard, l'animatrice de cette émission à succès, plus connue pour marier des invités anonymes que pour ses analyses politiques, n'avait obtenu du Premier ministre ni confidences sur sa vie privée ni sur sa vie intime, mais elle avait su habilement le conduire sur le terrain glissant des portraits. Celui qu'il avait fait du président était au vitriol. Twitter y avait trouvé sa pitance et les chaînes d'info l'occasion de relancer des débats qui s'étiolaient sur des sujets d'autant moins engageants qu'ils posaient des questions de fond.

À Globe Info comme dans tous les journaux, les réseaux sociaux n'étaient plus seulement un moyen commode de prendre le pouls de l'opinion mais une source d'information jugée essentielle.

Depuis que, en 2005, le résultat d'un référendum avait méchamment contredit les astrologues politiques, les directeurs de rédaction avaient décrété que Twitter serait désormais l'alpha et l'oméga de la *vox populi*. Les médias, de peur d'avoir un train de retard, avaient adopté la bête numérique devenue en une décennie l'animal de compagnie privilégié des journalistes. Il griffe ou mord plus qu'il n'informe mais qu'à cela ne tienne, Gaspard Minelli, comme nombre de ses confrères était devenu accro. Au petit déjeuner du rédacteur en chef, il y avait désormais un zeste de Facebook, une pincée d'Instagram et une indigestion de Twitter.

Seul contre la plupart, Leroy détestait cette tyrannie des 280 caractères et s'agaçait de voir ses collaborateurs les plus proches chercher fébrilement sur l'écran de leur portable l'info du jour dont la chaîne pourrait se goinfrer jusqu'à l'écœurement. Mais ce matin-là, les tweets étaient trop nombreux pour n'être qu'invention. Il rappela Gaspard pour vérifier qu'une équipe était en route pour la banlieue de Lyon et décida qu'il était temps de donner l'information.

Sur grand écran, l'image était spectaculaire. Les citernes de l'usine Premac situées au nord du bâtiment principal étaient en flammes, crachant une épaisse fumée qui avait plongé le quartier dans une obscurité plus opaque qu'une nuit sans lune. Dans le studio, une ancienne prof et les éditorialistes avaient été priés sans ménagement de faire place nette, tandis que le porte-parole des pompiers et un expert en catastrophes industrielles étaient convoqués à la hâte. Dans l'intervalle, la confirmation officielle était tombée.

AFP – 10 h 26 : Explosion dans une usine pétrochimique au sud de Lyon. Des victimes seraient à déplorer.

En régie, Gaspard Minelli triomphait.

— Tu vois, Twitter quand même… glissa-t-il à Leroy, qui l'avait rejoint.

— Ouais, maugréa le directeur de l'information, les yeux rivés sur les écrans accrochés au-dessus de la console.

À l'antenne, le gigantesque nuage de fumée qui enveloppait une bonne partie de la « vallée de la chimie » offrait un impressionnant spectacle. La ville elle-même s'assombrissait peu à peu, semblant plier sous le poids d'un plafond incandescent. Sur le plateau, il n'y avait plus de débat, juste quelques onomatopées exprimant la sidération de chacun. Le site de Premac n'était qu'un immense brasier crachant le feu de l'enfer. Les journalistes commentaient le survol des Canadair et autres Tracker qui avaient décollé quelques minutes plus tôt de la base de Nîmes. Les avions gorgés d'eau étaient désormais à portée du sinistre, mais la hauteur des flammes et les fumées incandescentes rendaient les opérations si périlleuses que les appareils semblaient reculer devant l'obstacle. Au ministère de l'Intérieur, le Premier ministre avait pris la parole, avant de se rendre sur place, assurant que tout serait mis en œuvre pour éteindre l'incendie au plus vite. Mais les propos convenus du chef du gouvernement étaient passés inaperçus, l'actualité en CinémaScope avait tout balayé sur son passage. Les petites phrases de l'ancien Premier ministre ? Oubliées. La mise en garde de l'OMS sur l'apparition d'un nouveau virus ? On verrait plus tard. La nouvelle explosion nucléaire coréenne ? Une presque banalité. Le 102e féminicide de l'année ? Un fait divers qui pouvait attendre. Une seule image devait désormais imprimer le cerveau des millions de Français scotchés devant leur écran, celle des flammes immenses qui brûlaient le ciel entre Saône et Rhône.

Il y avait bien quelques récalcitrants dans les chaînes qui déploraient ce rétrécissement de l'information, mais leurs voix s'étaient depuis longtemps ensablées dans le désert de l'urgence journalistique. Au dernier étage de la tour, seul Sylvain Bourdarias, qui d'ordinaire encourageait ses équipes à aller toujours plus vite, n'était pas loin de penser comme ces habituels contempteurs. Les images qu'il voyait défiler sur son écran géant l'avaient mis de méchante humeur. Le patron avait tout prévu pour la soirée d'inauguration, qu'il voulait plus somptueuse qu'un dîner d'apparat à Versailles, sauf cette explosion. Voilà plus d'une heure qu'il tournait dans son bureau – qui n'avait de bureau que le nom. Plutôt un immense appartement au sommet de la One World Trade Globe Info. Le grand salon dont les meubles avaient été dessinés par Sarah Lepic, la décoratrice devenue en quelques années la coqueluche de toutes les revues de déco, constituait la pièce maîtresse de ce lieu hors norme. Les canapés et les fauteuils bleu et blanc, imaginés par la jeune designeuse, étaient chaleureux et confortables, loin des assises en cuir noir qui habillent d'ordinaire ce genre d'endroit. À droite du salon se trouvait une immense salle à manger qui épousait les formes arrondies de la tour et à sa gauche le bureau proprement dit avec, face à la table de travail sur laquelle aucun papier ne devait cacher aux visiteurs la pureté du métal, un mur d'écrans. Hors norme lui aussi puisque ça n'était pas seulement une collection de téléviseurs alignés mais le mur lui-même qui n'était qu'une constellation de cristaux liquides coulés dans le béton. Difficile pour le regard de se fixer sur une image plutôt qu'une autre... Aucune importance, l'objectif de Bourdarias n'était pas de choisir un programme mais d'afficher son empire. Au centre, Globe Info occupait à elle seule la moitié du mur. Le Premier ministre venait d'annoncer que l'explosion avait fait au moins six victimes. Il en dirait plus d'ici une heure sur une chaîne de télévision.

Sur le plateau, l'annonce de ce premier bilan mit fin à la fascination du feu, pour laisser éclater la colère des uns face aux interrogations des autres. Classée Seveso, jamais cette usine n'aurait dû être implantée au cœur d'une banlieue surpeuplée, affirmait l'écologiste, invité pour ses talents de polémiste. Tout y passait : la corruption des élus, l'argent roi, le mépris des petites gens. Soutenu par le député européen d'extrême gauche qui, tout comme son collègue d'extrême droite, avait son rond de serviette à la table du studio, il accusait implicitement le gouvernement d'être responsable de l'incendie.

Daniel Prédaras et Anne-Élisabeth Derrida eurent toutes les peines du monde à rappeler que l'heure n'était pas aux règlements de comptes. Entre deux vociférations, le représentant de la Sécurité civile tenta bien d'expliquer le dispositif de secours mis en place, mais qui voulait l'entendre ? Les politiques n'étaient pas là pour ça.

Ils disaient ce que leur camp attendait d'eux et faisaient le show pour lequel ils avaient été invités. Profitant d'une pause pub, Daniel s'éclipsa un instant en régie et murmura à l'oreille du directeur de l'info :

— C'est bon, non ? Avec nos envoyés spéciaux, on va exploser tout le monde. Et puis en studio, ça dépote.

Il s'attendait à une brassée de fleurs, il n'eut en retour que quelques mots désabusés.

— En matière d'audience, carton plein. Tu peux être fier du spectacle, ça crie, ça clashe, on est au top. Sur le fond, heureusement qu'on a nos images et nos journalistes sur place parce que franchement…

Leroy n'eut pas le temps d'aller plus loin, le dernier écran publicitaire s'achevait, Prédaras était déjà reparti en courant. Et puis ça n'était ni le lieu ni l'heure. Mais Jacques était fatigué de jouer les Monsieur Loyal de ce cirque. Au cours de ses quarante années de métier, il avait côtoyé et dirigé des centaines de journalistes mus par le courage des trapézistes, la force des dompteurs, l'habileté des jongleurs et la poésie des clowns tristes. Désormais, il n'y avait plus que des animateurs shootés à la petite phrase pour occuper le devant de la scène. Il n'avait pas fait ce métier pour être un tueur, ni un Zorro de pacotille, encore moins un bonimenteur de foire.

Son téléphone se mit à vibrer, coupant court à ses réflexions. Le nom de Bourdarias s'affichait sur son portable. Il allait décrocher quand le préfet du Rhône apparut sur les écrans. Il laissa le téléphone s'épuiser alors que le haut fonctionnaire était basculé à l'antenne et confirmait la mort de six employés.

Leroy pouvait rappeler Bourdarias. Celui-ci, oubliant sa mauvaise humeur, commença par le féliciter.

— Bravo, Jacques. Le jour de l'inauguration de la tour, on ne pouvait faire plus puissante démonstration de notre force de frappe. J'ai regardé les autres chaînes, elles n'existent pas face à de pareils événements. Rassurez-moi, le Premier ministre à la télévision, c'est bien chez nous ?

— Évidemment. Un jeu de questions-réponses avec Daniel et Anne-Élisabeth permettra d'évacuer les polémiques qui ont déjà commencé à fleurir sur les plateaux.

— Oui, j'ai entendu. Le gouvernement en prend plein la gueule. Vous pensez que vos jeunes gens seront à la hauteur ? Ce qu'ils ont fait ce matin n'était pas mal, mais Justine serait bien meilleure.

— Non, ils seront très bien. Et puis je serai à l'oreillette, je ne les lâcherai pas d'une seconde. Je préfère garder Berger pour le 18/20. Elle sera à l'antenne au moment précis où vous inaugurerez la tour avec le président. Ce qui serait formidable, c'est qu'il accepte d'aller sur le plateau pour répondre à ses questions.

— Vous voulez que je m'en charge ?

La réponse agacée du directeur de l'information fusa :

— Non, j'appellerai moi-même l'Élysée dans l'après-midi.

— Je ne suis pas sûr qu'il soit très partant si vous continuez de massacrer le gouvernement à l'antenne.

— Je m'en occupe, marmonna Leroy.

— Très bien, répondit, dubitatif, Bourdarias. En tous les cas, j'espère que cela ne gâchera pas la fête de ce soir.

— Au contraire, dit en riant le directeur de l'info. Après une journée pareille, tout le monde voudra être sur la photo. Et puis, fort heureusement, il n'y a que six morts. Ce soir, l'incendie sera terminé et on aura quand même eu de belles images.

— Ça n'est pas un peu cynique ? répondit Bourdarias en s'esclaffant à son tour. Six morts, c'est beaucoup quand même.

Leroy n'eut pas le temps de répondre, son téléphone sonnait en rafales. Des alertes météo. Le ciel cévenol, menaçant depuis la veille, s'était brutalement assombri, un épisode de pluies torrentielles était annoncé dans la région d'Anduze. L'incendie de Lyon occupait encore les écrans mais les flammes se raréfiaient et les images s'étaient rapidement banalisées. Une partie des équipes qui couvrait la catastrophe de Premac pouvait être déroutée sans dommage. Les télévisions tenaient leur info du soir. Et les envoyés spéciaux de Globe Info seraient à l'antenne sur fond d'inondations à l'heure où la tour s'embraserait dans un gigantesque feu d'artifice. Bourdarias pouvait être rassuré : la soirée d'inauguration s'annonçait spectaculaire. Au pied de la tour et sur les écrans.

Chapitre 5

Au lendemain de cette journée et de cette nuit mémorables, les chaînes d'info se nourrissaient encore, à l'heure du laitier, des voitures emportées par les eaux déchaînées, des maisons à demi englouties, des hommes et des femmes errant à la recherche d'un passé noyé dans des rivières devenues folles. Des images spectaculaires, mais qui illustraient des propos banals et prévisibles sur l'irresponsabilité des gouvernements successifs. Les ministres eux-mêmes jouaient sans conviction la partition convenue de la solidarité gouvernementale. Ils étaient partout, passant d'une chaîne à l'autre, répétant mot pour mot sur Star News ce qu'ils venaient de dire sur Médias 24 et ce qu'ils s'apprêtaient à déclarer dans les studios de I-Direct. Salma Rossel devait intervenir sur la chaîne de Bourdarias, mais elle se faisait attendre. En régie, Minelli était furieux. Sur les écrans qui tapissaient les murs, il voyait la ministre de l'Environnement s'écharper avec le patron des Verts sur Star News, et aucun ministre sur la plus puissante des chaînes d'info. L'affront était inexcusable, même si cette absence était compensée par la multiplication des directs. Le rédacteur en chef savait par expérience que les téléspectateurs préféraient les images aux discours officiels et que, dans la course à l'audience, cet imprévu irritant lui serait sans doute favorable. Mais ce n'était pas une raison pour excuser la ministre qui lui avait fait faux bond. Alors qu'il composait le numéro de l'Intérieur, le téléphone de la régie sonna. C'était le chef de cabinet de Rossel.

— Désolé, Mme la ministre est retenue avec le président. Elle ne viendra pas.

— Vous pouvez être désolé, répondit froidement Minelli, mais ça ne changera rien au fait qu'on passe pour des nuls. Tous nos concurrents ont sur leur plateau un ministre et nous une chaise vide ! J'entends déjà les hurlements de Bourdarias.

— Eh bien justement, à propos de Bourdarias, regardez vos dépêches, répondit sèchement le chef de cabinet.

Et il raccrocha.

Minelli se tourna vers la cheffe d'édition. Vingt ans d'expérience et une mémoire d'ordinateur, Geneviève qui travaillait depuis cinq ans aux côtés du jeune rédacteur en chef ne laissait jamais rien passer.

— Tu as vu quelque chose sur le boss ?

— Quel boss ?

— Bourdarias.

— Non, pourquoi ?

— Je ne sais pas, mais le collaborateur de Rossel vient de me dire un truc bizarre.

Minelli n'eut pas le temps de terminer sa phrase. Un flash de l'AFP venait de tomber. Et sur tous les portables de France la même alerte.

AFP – 8 h 17 : Sylvain Bourdarias est mort.

Une minute plus tard :

AFP – 8 h 18 : Le corps du patron du groupe Globe Info a été retrouvé poignardé à deux pas de chez lui dans le XVIe arrondissement.

AFP – 8 h 19 : Mort de Bourdarias.
Mme Salma Rossel, ministre de l'Intérieur, fera une déclaration à 9 heures. Sylvain Bourdarias a été assassiné alors qu'il rentrait de la soirée d'inauguration du nouveau siège du groupe installé à Issy-les-Moulineaux. Le président de la République, Vincent Peretti, la plupart des membres du gouvernement et plusieurs centaines de personnalités étaient présents à cette soirée.

Dans la régie de Globe Info, un gigantesque brouhaha avait suivi la sidération des premiers instants. Chacun échangeait et racontait ses expériences avec le patron, provoquant un désordre inhabituel. Minelli dut faire appel aux vigiles qui d'ordinaire protégeaient l'endroit pour imposer le silence et lancer la Spéciale.

Sur les écrans, les images de torrents de boue vite reléguées aux archives, les portraits de Bourdarias défilaient désormais en boucle. L'industriel avec le président des États-Unis, avec le numéro 1 chinois, sur un chantier au Qatar, face aux caméras de Globe Info. Sur toutes les chaînes, dans toutes les émissions, sur tous les écrans, l'assassinat du boss avait éclipsé le reste du monde. À 8 h 17, la France s'était arrêtée à l'heure Bourdarias. Pour le couple d'animateurs de la Matinale, c'était le jackpot. Non seulement ils venaient d'annoncer le meurtre d'un grand patron mais, cerise sur le gâteau, c'était le leur. Ils savaient que la France entière n'aurait d'yeux que pour Globe Info. Oubliée la médiocre humiliation que leur avaient infligée une heure auparavant leurs concurrents. On savait désormais pourquoi la ministre de l'Intérieur n'était pas sur le plateau.

Le présentateur avait noué à la hâte une cravate bleu nuit abandonnée au fond d'un tiroir et sa collègue emprunté la veste noire que portait la scripte. Prédaras et Derrida avaient conquis en quelques mois un public qui jusqu'alors affichait à l'égard du petit écran l'indifférence des jeunes gens biberonnés à l'ordinateur et aux tablettes. Il faut dire que Daniel était beau garçon. Cultivant une chevelure abondante qu'il décolorait volontiers, il parlait d'une voix grave et chaude qui réveillait sans agresser tandis qu'Anne-Élisabeth jouait avec une pointe d'excentricité qui faisait merveille. Les deux plaisaient d'autant plus que, loin d'être la transparente copie de Ken et de Barbie, fondus d'information, ils avaient une connaissance de l'actualité et de l'histoire suffisante pour tenir l'antenne sans prompteur, chaque fois que nécessaire. En l'espace de quelques mois, ils étaient devenus les incontournables du matin au point que les chaînes d'info concurrentes avaient échoué à leur trouver un rival possible. Elles avaient riposté en ouvrant leur carnet de chèques pour les arracher aux caméras vedettes de Globe Info. Sans succès. Bourdarias avait fait ce qu'il fallait.

Cravatés et habillés de noir, ils n'avaient pas feint leur émotion lorsqu'ils avaient annoncé la mort de leur patron. Puisque rien n'avait été préparé, tout fut improvisé. Après une longue biographie plus hagiographique que factuelle, montée à la hâte et commentée en direct, vinrent les premiers témoignages d'une matinée exceptionnelle qui fit de Globe Info pendant de longues heures la première chaîne de France.

À 9 heures précises, Salma Rossel avait donné sa conférence de presse. Malgré un chemisier fraîchement repassé et un maquillage trop visible, seule devant son pupitre, elle avait l'air de ce qu'elle était : fatiguée par une nuit blanche après une soirée de crise. Depuis sa nomination à l'Intérieur, elle avait abandonné son uniforme de grand flic, tee-shirt, jean et baskets pour le tailleur strict des femmes de pouvoir. Mais ce matin-là, le cameraman avait été prié de s'en tenir au plan américain. Pas de cadrage serré qui aurait trahi une nuit blanche, pas de plan large qui l'aurait filmée talons plats et pantalon froissé. Salma avait très vite apprivoisé les caméras. Elle qui, pendant des années, les avait fuies en se réfugiant derrière le secret des enquêtes était devenue l'une des pièces maîtresses du gouvernement. Et comme à chaque fois, alors qu'elle marchait à pas comptés l'instant d'avant, le visage pâle et les cernes visibles, elle s'anima dès que le rouge fut mis, voix forte et assurée au point que certains commentateurs relevèrent ensuite son peu d'empathie pour Bourdarias. Mais elle était comme ça, Salma, flic un jour, flic toujours, brute de décoffrage. Et puis si elle avait souvent croisé le patron de Globe Info, elle ne le connaissait guère. Les affaires, les médias, ce n'était pas son monde. La politique non plus, même si elle en avait vite appris les codes.

La tristesse plus feinte que réelle, elle la laissait au président.

Il lui avait lu le communiqué qu'il avait publié avant qu'elle ne s'exprime.

Palais de l'Élysée, le 23 septembre.

Sylvain Bourdarias lâchement assassiné la nuit dernière était un grand patron. D'origine modeste, construisant pas à pas un groupe multisecteur, il avait mis son exceptionnelle réussite industrielle au service de l'information. Globe Info est aujourd'hui le premier groupe de médias européen portant ainsi très haut la culture française au-delà de nos frontières. La France perd un seigneur, je perds un ami. Tout sera mis en œuvre pour retrouver au plus vite son assassin.

Vincent Peretti

Après la publication du texte présidentiel, Salma s'était dit qu'il était prudent d'en rester aux faits. Chirurgicale et précise, la ministre s'en tint aux premiers détails sur l'assassinat, ouvrant toutes les hypothèses sans en refermer aucune. Crime de rôdeur, crime passionnel, règlement de comptes professionnel et même attentat terroriste. Le patron de la criminelle, Gabriel Le Goff, était chargé de l'enquête. Non, le parquet antiterroriste n'avait pas encore été saisi mais ça n'était pas exclu. Elle conclut en précisant que l'information n'avait été rendue publique qu'après qu'elle avait elle-même informé Simone Bourdarias. Clap de fin. La ministre avait choisi d'être seule face caméra, évitant d'avoir à répondre à des questions qui seraient restées sans réponse.

Remontée dans son bureau, elle s'effondra sur le canapé installé face au jardin. La lumière d'automne inondait la pièce et le soleil encore chaud colorait les massifs de rosiers et d'azalées plantés dans cet endroit secret. Salma aimait s'y poser pour travailler dès que le temps le permettait. Elle s'endormit en s'amusant des chamailleries de deux pies qui se prenaient le bec au pied de bosquets de rhododendrons. Ce ne furent pas les cris rauques et criards des oiseaux qui la réveillèrent mais le téléphone interministériel. Il devait sonner depuis longtemps à en juger par la mauvaise humeur du président qui était au bout du fil.

— Qu'est-ce que vous fichez, Salma ? C'est la troisième fois que je vous appelle.

— Pardon, Monsieur le président, mais la nuit a été rude.

Vincent Peretti ne releva pas et enchaîna.

— L'affaire Bourdarias va nous pourrir l'existence. Vous avez vu les chaînes d'info, plus rien d'autre ne compte. Je pars après-demain pour Washington, vous verrez qu'ils sont capables de ne pas en dire un mot. Vous avez eu Le Goff ?

— Pas depuis mon point-presse, mais je sais qu'une dizaine d'enquêteurs sont déjà sur le terrain. On va tout fouiller, la vie privée de Bourdarias, ses affaires, ses projets. Dès cet après-midi, ils vont entendre l'homme qui nous a prévenus. D'après le commissaire du XVIe, il avait un comportement bizarre et semblait ne pas avoir une grande estime pour la police et les médias.

— Quel rapport ?

— Globe Info. Il en veut à la terre entière parce que plus personne ne parle de sa fille disparue. Et puis il y a la femme de Bourdarias. Ce matin, au téléphone, elle n'était pas triste, elle était haineuse.

— Ça n'en fait pas une criminelle ! s'exclama mi-sceptique mi-ironique Peretti. S'il fallait que toutes les femmes trompées tuent leur mari...

Rossel l'interrompit :

— D'abord il y en a plus que vous ne pensez et puis j'ai trouvé Simone Bourdarias vraiment étrange.

Le président conclut, agacé :

— En tous les cas, faites vite. Et évitez que les chaînes d'info disent n'importe quoi. Vous étiez policière, Salma, vous savez très bien qu'il y a des gens de chez vous prêts à raconter n'importe quelles balivernes. Il n'y a pas meilleur indic pour les journalistes que les flics.

Ça, c'est plus facile à dire qu'à faire, pensa Rossel en reposant le téléphone.

Bourdarias assassiné, plus aucun Français ne pouvait rater l'information. Elle était partout. Jusque dans les cafés des villages les plus reculés. Dans le métro bondé à cette heure matinale, on jouait des coudes pour lire les alertes qui défilaient sur les portables. Dans les bureaux, les ordinateurs ne cessaient de sonner pour cracher un flot ininterrompu de dépêches AFP. Politiques, industriels, artistes, patrons de presse, tous invités réguliers des chaînes d'info, voulaient être les premiers à dire leur émotion et à s'inquiéter des conséquences de la disparition du premier des patrons. Le téléphone à portée de main, la plupart avaient déjà fait savoir qu'ils ne se déroberaient pas s'ils étaient sollicités pour participer aux émissions spéciales que les médias avaient montées à la hâte. Même les chaînes généralistes qui diffusaient habituellement à cette heure matinale des dessins animés ou des séries familiales avaient interrompu leur programme pour faire des flashes spéciaux à durée illimitée.

Les ondes dégoulinaient de bons sentiments et d'hommages attristés. Les vraies questions sur les méthodes peu orthodoxes et parfois barbouzardes de Bourdarias pour s'emparer d'entreprises en difficulté, ce serait pour plus tard. Pour l'heure, chacun s'observait en prenant garde de ne pas dégainer le premier. La décence n'est pas toujours synonyme d'audience mais l'indécence peut être ravageuse en matière d'image. Dans la sphère médiatico-politique, l'hypocrisie restait une valeur sûre.

À Globe Info, l'exercice était d'autant plus compliqué que le cadavre était son patron. Les journalistes, habitués à balancer sans se préoccuper de la casse et des ondes de choc qu'ils provoquaient sans scrupule, avaient endossé un costume d'équilibriste qui ne leur était pas familier. La corde était raide, les faux pas interdits et le directeur de l'information à la manœuvre.

Cette nuit-là, il n'était pas rentré chez lui. Avec Justine Berger et quelques autres, il avait accompagné les derniers fêtards jusqu'à l'aube. Bourdarias, parti peu après minuit, lui avait laissé les clés. Leroy n'aimait pas ce genre de festivités et les poignées de main moite qui les accompagnaient mais cela faisait partie du job. Minelli l'avait appelé sur son portable à l'instant même où la dépêche annonçant le crime de l'avenue du Maréchal-Maunoury tombait.

— Tu es où ?

— Je dormais dans mon bureau. Donne-moi dix minutes. Je prends une douche et j'arrive. D'ici là, soyez factuels, la France entière va nous regarder. N'en faites pas trop. Mines de circonstance mais sobres. En revanche, cravates et vestes sombres pour tout le monde.

Il était comme ça, Leroy, s'occupant de tout jusque dans le moindre détail. C'est ce qui avait fait sa réputation et le succès de la chaîne.

Un œil sur l'écran placé au beau milieu du miroir installé au-dessus de la vasque de la salle de bains qui jouxtait son bureau, l'autre veillant à se raser de près, il essayait d'imaginer ce qui avait pu se passer. Il savait que Bourdarias avait eu un clash violent avec Simone à propos de Justine Berger, mais c'était folie que de penser qu'elle ait pu se venger. « Quoi qu'il en soit, ça va être un sacré foutoir », se dit-il en prenant l'ascenseur qui le conduisait directement à la régie. Minelli avait fait le ménage. Seuls restaient aux manettes les indispensables. Sur les écrans, allumés un à un, au fur et à mesure de l'arrivée des équipes, les envoyés spéciaux se préparaient à passer à l'antenne et relisaient leurs notes. Il y en avait une bonne dizaine devant l'Élysée, Matignon, l'Intérieur, l'Industrie, la Culture, le Medef et même chez les concurrents dont les patrons souhaitaient rendre hommage au plus puissant d'entre eux. Leroy avait également dépêché un journaliste dans le village d'Ustaritz au Pays basque, où Bourdarias passait ses week-ends. Loin de Paris, le boss aimait prendre le pouls d'une France dont il disait qu'elle était très éloignée des sujets traités sur ses propres chaînes. Depuis des lustres, Sylvain s'était autoproclamé basque d'adoption et ne manquait jamais la partie de pelote du dimanche matin qui se terminait par une abondante consommation de vins du pays. C'est à l'occasion de ces fins de parties alcoolisées que les langues se déliaient. De l'ironie amicale à la revendication agressive, les oreilles de Bourdarias résonnaient des humeurs alternatives de tous ceux qui arboraient comme un titre de gloire le fait de n'être jamais montés à la capitale. Les colères qui avaient secoué la France pendant plus d'un an, le patron de Globe Info les avait eues chaque week-end en direct sur ce terrain de jeu planté entre montagne et océan. Il avait prévenu Leroy qui ne s'y était guère intéressé, jusqu'au jour où une taxe malencontreuse avait fait débouler ces anonymes dans les studios. Paris découvrait la France et les chaînes d'info les Français. Du lever au coucher, il n'y en avait plus que pour eux. Intarissables, ils contaient leur vie et leur sentiment d'abandon. Souvent furieux, menaçants ou en pleurs, ils étaient devenus par la grâce des micros et des caméras les héros d'un pays qui semblait ne plus se reconnaître. Du pain béni pour les réseaux sociaux et les médias qui ne manquaient jamais de remettre une pièce dans la machine lorsque l'intérêt faiblissait. Sur les plateaux, les éditorialistes étaient à la fête, commentant une crise dont plus personne ne savait qui, des médias ou des Français en colère, était l'œuf ou la poule. À moins que ce ne fussent les deux alternativement. Avant de descendre en régie, le directeur de l'information avait cherché à joindre Simone Bourdarias. Sans succès. Sur le plateau, un ami d'enfance racontait l'adolescence de Bourdarias. La banlieue, la famille modeste, le père ouvrier menuisier, la mère assistante maternelle, ses premiers émois amoureux, casse-cou avec ses copains, timide avec les filles, sa première affaire, le rachat d'une fabrique d'ampoules électriques, et ses premières interventions à la télévision. On le disait doué d'un charisme hors du commun. Ce que confirmait un autre invité, qui retraçait la *success story* industrielle et médiatique du patron de Globe Info. Bref, ça roulait. Les invités chantaient les louanges du disparu et les envoyés spéciaux multipliaient les directs. La lourde machine avait atteint sa vitesse de croisière et s'armait pour un long voyage. Des heures d'antenne qu'il allait falloir nourrir sans faiblir. Minelli assurait le suivi en studio ; rassuré, Leroy pouvait s'isoler et appeler la ministre de l'Intérieur.

Salma et lui se connaissaient depuis toujours ou presque. Il était à l'époque journaliste dans la radio la plus écoutée, elle simple flic à la crim'. Depuis, chacun avait tracé sa route qui les avait fait souvent se croiser au point d'avoir été amants. Quelques week-ends et des nuits joyeuses, mais si espacés qu'ils avaient préféré renoncer. Il restait une solide amitié et Rossel avait été, sur certaines affaires sensibles, une source discrète mais efficace. Ils se retrouvaient régulièrement dans un bistrot militant du XVIIIe qui servait plus de soupes aux sans-papiers que de repas gastronomiques. Ils aimaient cet endroit insolite où ils pouvaient s'attarder jusqu'à pas d'heure en buvant un picrate infâme qui les aidait à se délier de leurs secrets professionnels. Ces escapades s'étaient arrêtées lorsque Salma était devenue ministre. Sécurité oblige. Et depuis qu'elle était place

Beauvau, leurs conversations étaient devenues essentiellement téléphoniques.

Lorsque le nom de Jacques s'afficha sur son portable, Rossel décrocha à la première sonnerie.

— Ah quand même ! s'exclama-t-elle.

— Je pense que tu avais autre chose à faire.

— Oui, dormir ! Mais le président ne m'en a pas laissé le temps. Tu as écouté ma déclaration ?

— Évidemment. C'était factuel. Vous n'avez rien d'autre pour l'instant ?

— Non, le président est très préoccupé des conséquences de cette affaire et puis, entre nous, il s'inquiète surtout pour lui. Il voit bien que les télévisions, les radios et la presse n'en ont plus que pour Bourdarias. Il faut dire que pour l'instant, on nage dans le brouillard. Pas de revendication. Tu devrais rapidement voir débarquer la crim' chez toi.

— Ils m'ont appelé dès que la dépêche est tombée. Ils seront là en fin de matinée. Mais je ne te téléphone pas pour ça. Je cherche Simone Bourdarias. Elle n'est pas chez elle, ni à Paris ni au Pays basque. Son téléphone est coupé. Est-ce que tu sais où elle est ?

— Évidemment, mais je n'ai pas envie de voir les caméras de Globe Info planquer là où elle se trouve. Tout ce que je peux dire, c'est que sa réaction m'a paru plus qu'étrange. Violente et même insultante pour Bourdarias. Rien d'une femme éplorée, crois-moi.

— Et rien d'étonnant non plus. Sa liaison avec Justine Berger minait leur couple. Quand il est arrivé hier matin à la tour, je l'ai senti à la fois excité par la soirée qui s'annonçait et inquiet de la réaction de sa femme, partie en claquant la porte.

— Tu crois qu'elle pourrait avoir quelque chose à voir avec ce meurtre ?

— Simone ? Mais non, c'est impossible. Tu l'imagines poignarder Sylvain ?

— Non, mais elle aurait fort bien pu commanditer cet assassinat.

— Pardon, mais tu délires. Tu sais mieux que personne que ça ne s'organise pas comme ça.

— Évidemment, répondit-elle agacée. Mais on ne me retirera pas de l'esprit qu'elle nous cache quelque chose, son emploi du temps la nuit dernière reste assez mystérieux. Et vous, n'en faites pas trop. Il n'était pas non plus tout blanc, votre Bourdarias.

— Que veux-tu qu'on fasse d'autre ? Nos concurrentes ne parlent que de ça. Si on en fait moins, on est morts.

Avant de raccrocher, il lui proposa un déjeuner qu'elle refusa.

Chapitre 6

Sur le plateau, les éditorialistes de la chaîne, réputés pour leur franc-parler, évoquaient d'une voix blanche, inhabituelle, le grand patron de presse qu'avait été Sylvain Bourdarias. À les écouter, il leur avait laissé une liberté qu'ils n'avaient connue nulle part ailleurs. Et ils contaient avec des trémolos dans la voix les situations nombreuses où le patron les avait protégés contre les interventions souvent peu amènes de Matignon et de l'Élysée. Jacques Leroy trouvait que ses collaborateurs en faisaient un peu trop, mais après tout, c'était la loi du genre, il serait toujours temps d'évoquer les zones d'ombre. Ce que les concurrents du groupe, Star News et Médias 24 avaient commencé à faire. Sans se donner le mot, les deux chaînes avaient vite compris que la mort de Bourdarias ne pouvait qu'affaiblir le leader. L'occasion était belle de grappiller quelques miettes d'audience si Globe Info devait souffrir de la disparition du chef. Le cirque médiatique qui s'emballait autour de ce cadavre pas comme les autres était pour ces petites chaînes l'occasion inespérée d'exister.

Jacques Leroy le savait. Pour éviter de se faire mordre les mollets, il comptait sur Stenbach.

Il faut dire que le reporter, devenu aussi flic que journaliste à force de relations quasi incestueuses avec le Bastion, n'hésitait pas à utiliser des méthodes souvent peu orthodoxes pour obtenir ses informations. Stenbach n'était jamais plus à l'aise que dans cet entre-deux interlope où tout le monde manipule tout le monde, au point de ne plus vraiment savoir qui est qui. Leroy lui-même utilisait à l'occasion ses talents pour faire passer des messages, se faire raconter les bas-fonds de la politique et leur lot de « qui couche avec qui ». Un grand classique dont raffolent les policiers et dont Stenbach avait appris à faire bon usage. En quelques années, il était devenu l'incontestable champion de la diffusion de procès-verbaux glissés discrètement dans une enveloppe. Rien de plus chatoyant que l'information qui vient de nulle part, devenue « scoop du jour » par la magie de cette amicale collusion flic-journaliste. Stenbach avait fait de son carnet d'adresses, qui comptait également nombre de magistrats du parquet financier, la meilleure de ses protections. Quel patron aurait pu avoir l'idée saugrenue de se séparer d'un collaborateur capable de dénoncer les situations les plus gênantes et les coups les plus tordus ? À Globe Info, Leroy n'était pas seul à avoir tissé des liens d'amitié avec son chef de service. Chaque fois qu'il passait à la rédaction, Bourdarias lui-même ne manquait jamais d'aller saluer le journaliste qu'il avait sollicité à plusieurs reprises. Les services rendus n'avaient pas de prix, sinon celui de primes régulières dont le montant était suffisamment élevé pour doubler le salaire officiel de Stenbach.

Derrière son micro, l'homme faisait merveille. Alors que les chaînes concurrentes se contentaient de paraphraser les premières déclarations de la ministre de l'Intérieur, lui déroulait déjà le film de la nuit, après avoir passé quelques coups de fil à ses amis : le corps de Bourdarias lacéré de coups de couteau, le voisin qui l'avait découvert, le commissaire du XVIe qui avait prévenu Rossel, le président qui l'avait appris de la bouche de Salma alors qu'il faisait son jogging, Simone Bourdarias introuvable à Paris et jointe difficilement. C'était du cousu main. Tout était conté dans le moindre détail. Stenbach prouvait une fois de plus que Globe Info était le passage obligé pour tous ceux qui voulaient tout savoir, tout de suite.

Christiane, la fidèle assistante de Leroy, l'attendait dans l'embrasure de la porte. Mi-mère juive, mi-grande sœur, elle accompagnait Jacques depuis plus de vingt ans. Elle avait un don très particulier pour pacifier les relations entre les journalistes et le directeur de l'info, plaidant leur cause lorsqu'ils s'estimaient mal aimés, renvoyant à plus tard un rendez-vous prévu quand le patron n'était pas d'humeur, calmant ses ardeurs colériques qui risquaient de froisser inutilement. Christiane était plus qu'une assistante, une sorte d'agent traitant qui avait tissé au fil des années un réseau invisible au profit de Leroy. Rien ne lui échappait et surtout pas les mauvais coups qui se préparaient contre son patron. Sans elle, il serait tombé à la première embuscade imaginée à l'étage de la direction ou dans un coin de la rédaction. Grâce à elle, il avait chaque fois renversé une situation que d'autres auraient jugée désespérée. C'est elle qui, la première, avait alerté Jacques sur la liaison de Justine Berger avec Bourdarias et le cataclysme que cela risquait de provoquer dans le couple du boss. Christiane n'aimait pas beaucoup le patron de Globe Info ; il avait toujours été très aimable avec elle, mais le personnage l'inquiétait. Ses infidélités n'étaient pas qu'amoureuses et elle le savait capable de lâcher n'importe lequel de ses plus proches collaborateurs, y compris son directeur de l'information, si ses intérêts l'exigeaient.

— Tu vois, dit-elle à Leroy qui s'apprêtait à l'embrasser en entrant dans son bureau, je t'avais dit que cette histoire avec Justine finirait mal.

— Mais ça ne va pas ! s'exclama Jacques en s'écartant. Tu ne vas pas t'y mettre toi aussi. Rossel vient de me laisser entendre que Simone Bourdarias pourrait être pour quelque chose dans cet assassinat. Vous êtes malades. Au lieu de dire n'importe quoi, appelle-moi Justine. C'est insensé, je n'ai aucune nouvelle. On a quand même une émission à préparer.

Lorsque Berger décrocha, Christiane comprit qu'elle venait de réveiller la présentatrice vedette. La nuit de fête avait été courte pour la journaliste, rentrée bien après que les camions avaient livré leurs lots de victuailles aux commerces de la rue du Bac. Depuis un an, Justine surfait avec Sylvain Bourdarias sur un malentendu dont elle seule détenait la clé. Lui pensait vivre une passion, elle s'amusait seulement à jouer les favorites. Depuis la mort à la frontière syro-irakienne du seul homme qu'elle ait jamais aimé, elle refusait tout abandon plus durable que le temps d'un plaisir fugace. Prisonnière volontaire de son amour mort, elle avait décidé qu'elle ne s'en délivrerait que pour des aventures provisoires. Ses passions amoureuses n'étaient que des moments de corps-à-corps égoïstes. Justine n'avait pas envie d'aimer et le faisait comprendre à ses rencontres d'un soir. Le sexe n'avait plus de nom et c'était plutôt agréable. Plus d'attaches, encore moins de « je t'aime » prononcé dans le laisser-aller de l'après-jouissance. Le plaisir. Point.

Sa relation avec Bourdarias n'avait rien changé, il était marié et elle ne lui avait jamais caché qu'elle ne s'interdirait pas les amants de passage. Les dés étaient pipés. Il était amoureux de Justine au point de vouloir divorcer, elle ne l'aimait pas et avait choisi de vivre avec un fantôme.

Les premières notes du Concerto n° 23 de Mozart retentirent dans la chambre inondée de lumière. Elle jeta un coup d'œil sur ses vêtements éparpillés au pied du lit, tira les rideaux qu'elle avait oublié de fermer. Et décrocha.

— Je te passe Jacques.

Leroy parlait si fort qu'elle dut éloigner le téléphone.

— Ne crie pas, tu me fracasses les oreilles.

— Qu'est-ce que tu fous ? Il faut que je t'appelle pour que tu te manifestes ?

— Je suis partie à l'aube, je dormais, il n'y a pas le feu.

— Je rêve. Tu n'as pas vu les infos !

— Ça va, je suis au courant. Les Cévennes n'ont pas été englouties tout de même.

— Mais je ne te parle pas des Cévennes. Je te parle de Bourdarias.

— Oui… Bourdarias. Et alors ?

Dehors, la rue s'animait. Plusieurs voitures de police, sirènes hurlantes, venaient de passer sous ses fenêtres.

— Bourdarias est mort.

— Bourdarias… quoi ? Je n'ai rien entendu avec ces foutues sirènes.

— Bourdarias a été assassiné cette nuit ! hurla Jacques en martelant ces mots.

À l'autre bout du fil, ce ne fut d'abord qu'un interminable silence. Puis le fracas d'un objet cassé. En tombant lourdement sur son lit, Justine venait de renverser la lampe de chevet.

— Justine, tu m'entends ?

Elle aurait dû parler, lui poser mille questions, mais elle était incapable d'articuler le moindre mot. Elle raccrocha et éclata en sanglots. Des larmes d'abord silencieuses, puis des hoquets de plus en plus forts. Les images se brouillaient, le visage de Pierre, son amour disparu, des corps nus anonymes, le rire de Sylvain et ses promesses de divorce, l'annonce d'une vie nouvelle qu'il imaginait avec elle et dont elle ne voulait pas. Justine ne pleurait pas son amant assassiné, elle noyait sa détresse. La journaliste, qui des années durant, avait enfoui ses angoisses en s'enivrant du fracas des guerres, remplissait de larmes le gouffre de ses illusions perdues. La reine Justine, présentatrice vedette de Globe Info, adulée par la foule anonyme et jalousée par ses pairs, mesurait soudain le décalage entre elle et le fantasme qu'elle projetait sur les écrans. L'image de ce corps gisant comme un chien crevé et sanguinolent sur un trottoir l'avait brutalement renvoyée à sa propre existence. Dérisoire et vide. Que restait-il de ces grands reportages qui lui avaient valu autant de gloires éphémères ? De ces milliers de journaux télévisés et des centaines d'émissions spéciales qui faisaient d'elle la journaliste la plus enviée et la plus crainte de la place ? Les larmes séchées, restaient cette question et sa déprimante réponse. Tout ça pour ça ! Elle n'eut pas vraiment le temps de la formuler, le concerto de Mozart emplissait à nouveau la pièce. Elle décrocha aux premières notes. Avant même que Leroy n'ait eu le temps de prononcer un mot, elle s'excusa.

— J'avais besoin de quelques minutes pour digérer.

Et se gardant de faire part de ses états d'âme, elle lui confirma d'une voix sans expression qu'elle serait à la rédaction d'ici la fin de la matinée.

— On ne t'attend pas seulement pour le 18/20. Je veux que tu fasses la Spéciale à partir de 17 heures. Tu es la meilleure, on va exploser nos concurrents. Je t'ai prévu Minelli et Gordon à la rédaction en chef et trois assistantes de production pour organiser tes invitations. Je sais que ça va être compliqué pour toi, mais tu vas assurer, j'en suis sûr.

La première chose qu'elle vit lorsqu'elle arriva à Globe Info ce fut la longue file de cars de gendarmes mobiles qui bordait le parvis de la tour. Si la situation n'avait pas été aussi tragique, Justine en aurait presque souri. Après tout, on ne savait rien de cet assassinat. La piste terroriste n'était pas la plus probable et le crime d'un quelconque malfrat n'exigeait pas un tel déploiement de forces. La France n'était pas en guerre et il n'y avait pas d'émotion dans le pays, juste la curiosité que provoque n'importe quel fait divers lorsqu'il est hors du commun. Les polars font de l'audience et les médias avaient une bonne occasion de feuilletonner.

Les équipes de Le Goff avaient investi l'immeuble dès la fin de la matinée. Ils étaient une bonne dizaine, dirigés par le numéro 2, Sébastien Dubosc, recruté quelques mois auparavant par le patron de la crim'. Dubosc venait de la brigade financière. Malversations, détournements de fonds, règlements de comptes maquillés en crimes de rôdeurs, c'était son quotidien depuis dix ans, il était le mieux placé pour enquêter sur la mort de Bourdarias.

Dans la tour, l'atmosphère était étrange. Après la sidération du petit matin et l'affliction sincère de ceux qui s'étaient précipités au siège, une forme d'excitation s'était emparée des couloirs. Le dossier était alléchant et cochait toutes les cases du fait divers à rebondissements. Quelques heures après sa mort, Bourdarias n'était déjà plus, dans sa propre chaîne, que le nom d'une affaire qui promettait des parts de marché record à Globe Info. N'était-ce pas l'essentiel pour Jacques Leroy et pour Justine – qui n'avait pas mis longtemps à enfiler son costume de meilleure présentatrice du PAF ? Pas un instant ceux qui préparaient avec elle le marathon du soir n'auraient pu imaginer le sentiment de perdition qu'elle avait éprouvé deux heures auparavant. Elle en avait même rajouté.

— Pas de pleurnicheries inutiles, dit-elle en dressant la liste des invités. Les pleurs, c'est bon au début mais on s'en lasse vite. En revanche, il me faut du lourd. Sylvain avait deux enfants. Ils ont une trentaine d'années. Je les veux sur le plateau dès l'ouverture de la Spéciale. Et puis il faut taper fort tout de suite. Pour déshabiller nos concurrents, on va inviter leurs boss. Belle brochette. Je les obligerai à dire quel patron était Bourdarias.

Sa réputation de négociateur, ses coups de bluff et ses réussites. Je les veux tous et qu'ils concluent d'eux-mêmes qu'il était le meilleur.

À dire vrai, la plupart de ceux qui travaillaient à Globe Info connaissaient à peine Bourdarias. Le big boss s'aventurait rarement dans les étages. Il les réunissait deux fois par an, à la veille de Noël et des vacances d'été. Le groupe louait des salles immenses transformées en parc d'attractions pour le personnel, invité à faire la fête jusqu'au petit matin. À l'entrée, chacun recevait un cadeau personnalisé, boissons et victuailles étaient abondantes, témoins de la magnificence de l'époque. Peu avant minuit, Bourdarias prononçait le traditionnel discours sur l'état du groupe, vantant les réussites collectives et les succès de chacun. C'était l'occasion pour le patron d'affirmer sa puissance financière. Il y avait bien quelques bégueules qui s'interrogeaient sur certaines affaires douteuses et ronchonnaient devant cet étalage de chiffres, mais ils n'étaient pas les derniers à profiter des retombées de cet âge d'or qui semblait ne devoir jamais s'arrêter.

N'attendant pas grand-chose de la plupart des collaborateurs, les flics qui avaient investi l'immeuble les avaient réunis par services et invités à ne pas se répandre sur les réseaux sociaux.

Peine perdue, le nom de Bourdarias était déjà en tête des tendances sur Twitter. Des milliers de posts dont certains, à l'évidence, venaient de l'intérieur du groupe. Un cocktail très inégal d'insultes et de témoignages de sympathie. Dans ce fatras numérique, beaucoup d'affirmations sans preuves. Les uns voyaient dans ce meurtre à l'arme blanche l'œuvre d'islamistes fanatisés, amalgamant patrons et gouvernement, d'autres imaginaient la main de la mafia italienne ou celle d'oligarques russes floués par le patron de Globe Info. Les délires allaient bon train, jusqu'à envisager que la vengeance pourrait être celle d'employés du groupe appartenant à un syndicat proche de l'ultradroite. Mais les plus nombreux évoquaient la vie tumultueuse de Bourdarias, sa femme, ses maîtresses et notamment la dernière. Jamais nommée mais suffisamment décrite pour que chacun la reconnaisse.

Au sommet de la tour, Dubosc, accompagné de trois autres flics, fouillait méthodiquement le bureau appartement de Sylvain. Les écrans étaient restés allumés et les heures passant, les studios ne résonnaient plus seulement des condoléances attristées. Même Globe Info, qui ne pouvait faire moins que ses concurrents, avait ouvert les portes du plateau à quelques contempteurs du grand homme. Tout en fouillant les tiroirs de Bourdarias, Dubosc avait écouté d'une oreille d'abord distraite, puis de plus en plus intéressée, ce qu'il se disait quelques étages plus bas. Dans le studio, les membres du *media circus* avaient laissé la place à son patron. Sur le plateau, Gabriel Le Goff affichait la mine sombre des jours difficiles. Rossel, chapitrée par le président, voulait des résultats rapides. Si l'assassinat de Bourdarias n'avait guère suscité d'émotion dans l'opinion, le meurtre avait provoqué une agitation boursière qui ne serait pas sans conséquences si elle devait se prolonger. Et puis, vue de l'étranger, sa mort faisait désordre. Bref, le patron de la crim' était sommé de faire fissa. Il n'avait rien à dire mais il était dans les studios sur ordre et noya le poisson de son ignorance en annonçant l'interpellation de plusieurs témoins, entendus dans les locaux de la police judiciaire. En régie, Minelli jubilait. Globe Info tenait son premier scoop. Jacques Leroy interrogea Dubosc.

— C'est qui, ces témoins ? Ils existent ou c'est un coup de bluff ?

— Non seulement c'est vrai, mais l'un d'entre eux pourrait être placé en garde à vue dès cet après-midi.

— On peut le dire à l'antenne ?

— Quand je vous donnerai le feu vert, lâcha Dubosc qui venait d'ouvrir l'ordinateur personnel de Bourdarias.

Leroy tenta une nouvelle question mais sans succès. Le numéro 2 de la crim' venait de tomber sur un mail de Pierre Lemarchand.

Monsieur,

Vous ne me connaissez pas mais moi je vous connais très bien. Vos journaux et vos chaînes nous ont harcelés, ma femme et moi, pendant les premiers jours d'un malheur qui n'en finit pas de nous détruire. Vos équipes de journalistes ont campé des jours et des nuits devant la porte de notre immeuble. Nous ne pouvions plus faire le moindre pas sans être suivis par une meute. Vos collaborateurs étaient si insistants que nous avions fini par accepter de nous confier à Justine Berger. C'était il y a six ans, notre petite fille a disparu sur le chemin de son école. Depuis plus rien. Je sais qu'elle est en vie quelque part mais vous nous avez abandonnés. Vous avez lâché l'affaire alors que la police elle-même semblait avoir renoncé. La disparition de notre petite fille ne faisait plus recette. Il fallait vite rebondir. Ce fut l'attentat au couteau de Montpellier. Six morts, un drame pour le pays, une aubaine pour vous. J'ai compris trop tard que notre fille ne vous intéressait pas, que ses parents vous étaient indifférents, que seuls comptaient l'émotion et le suspense entretenus à coups d'informations bidon.

Vous allez me dire que vous n'y êtes pour rien, que ce n'est pas votre métier, que vos journalistes sont libres et indépendants. Mais libres de quoi ? De faire l'audience que vous exigez ? En confondant, pour le malheur de ceux dont ils parlent, coup médiatique et information.

Vous êtes pire qu'eux, monsieur. Vous êtes un salaud et un salaud responsable. J'espère qu'un jour vous le paierez. Sinon c'est moi que vous trouverez sur votre chemin.

Pierre Lemarchand

Dubosc referma l'ordinateur et appela la rue du Bastion. Les flics de la crim' lui confirmèrent que Lemarchand avait été interpellé comme témoin une heure plus tôt alors qu'il courait avenue d'Auteuil. Les policiers s'attendaient à ce qu'il se débatte, s'indigne, mais curieusement il n'en fut rien. Il s'était laissé embarquer sans broncher.

Installés dans une pièce immense, les deux flics interrogeaient déjà Lemarchand depuis quelques minutes lorsqu'ils lui notifièrent sa garde à vue après la réception de l'e-mail. Ils s'étaient installés dans une pièce immense. L'endroit était lumineux et ne ressemblait en rien aux salles d'interrogatoire du Quai des Orfèvres. Seules la table carrée et quatre chaises qui semblaient sorties tout droit des stocks de la marine américaine rappelaient l'ancienne P.J. Pour parer aux risques d'agressions extérieures, les baies vitrées avaient été blindées et habillées de stores en bois épais empêchant les regards indiscrets. En entrant dans la salle, Lemarchand avait tout de suite repéré les points rouges des caméras accrochées aux quatre coins du plafond. De quoi calmer les velléités violentes de certains habitués du lieu et accessoirement les ardeurs incontrôlées de policiers en mal d'aveux ! Avec Pierre, aucun risque de ce genre. L'architecte n'avait rien à voir avec les adeptes de la castagne habituellement assis sur la chaise que l'un des policiers lui avait assignée. Inutile de lui braquer une lampe en pleine figure, le soleil qui éclairait violemment la pièce l'éblouissait plus sûrement qu'un projecteur et l'empêchait de distinguer le flic qui venait de s'installer face à lui. En le voyant porter au visage ses deux mains menottées, le lieutenant baissa le store et commença l'interrogatoire.

D'une voix blanche, pas toujours audible, Pierre Lemarchand déclina ses nom, prénom et qualité. Puis, reprenant peu à peu le contrôle de lui-même, fit remarquer agacé qu'il était inutile de poser des questions dont les réponses étaient déjà connues.

— Vous savez très bien qui je suis, puisque vous ne m'avez pas arrêté par hasard, dit-il, ironique.

— C'est la procédure, se contenta de répondre d'une voix neutre et indifférente le lieutenant. Moi, je suis chargé des hors-d'œuvre. Le plat principal, ce sera pour un autre. Donc je continue. Vous vous appelez Pierre Lemarchand, vous êtes marié. Des enfants ?

La question lui fit l'effet d'un coup dans l'estomac. Lemarchand devint plus blanc que les murs sans tache de l'endroit et bredouilla une réponse incompréhensible.

— Non... oui...

— Oui ou non ? interrogea sèchement le lieutenant. Je ne vois pas où est la difficulté.

— Oui, une fille.

— Quel âge ?

— ...

— Quel âge ? demanda-t-il en haussant le ton.

— Douze ans.

— Eh bien voilà. Que faisiez-vous à 6 heures du matin avenue du Maréchal-Maunoury ?

— J'y habite. Et comme chaque matin, j'y faisais mon jogging.

— À 6 heures du matin ? Alors qu'il faisait nuit noire ?

— Oui. Habituellement, j'attends que le jour se lève, mais j'avais besoin de prendre l'air. Je sortais d'une nuit difficile avec ma femme. On s'était disputés.

— À propos de quoi ?

— Ça ne vous regarde pas.

— Mais si, monsieur Lemarchand, tout nous regarde. Je vous rappelle que vous êtes en garde à vue et suspect.

— Ah bon ! Mais suspect de quoi ? s'exclama l'architecte, manquant de s'étrangler. D'avoir prévenu la police parce que j'ai failli buter sur le cadavre de ce Bourdarias dont je n'avais jamais entendu parler ? Décidément avec vous, les honnêtes citoyens ont intérêt à passer leur chemin.

Il s'interrompit à l'entrée d'un troisième flic, tiré à quatre épingles, qui s'était assis face à lui, ouvrant l'ordinateur qu'il avait à la main. L'homme était d'apparence aimable et parlait avec une courtoisie qui frisait l'onctuosité. Mais chez les policiers, la politesse affectée n'est pas forcément bon signe. Tournant vers lui l'ordinateur, Dubosc l'attaqua frontalement.

— Vous mentez, monsieur Lemarchand. Vous connaissiez très bien Bourdarias. La preuve, cet e-mail que nous avons retrouvé dans les courriels du patron de Globe Info. C'est bien vous qui l'avez écrit, n'est-ce pas ?

Lemarchand pâlit à nouveau.

— Oui, mais c'était dans un mouvement de colère. J'aurais pu tout aussi bien vous l'envoyer parce que vous aussi, les flics, vous nous avez laissé tomber.

Dubosc fit mine de ne pas entendre et poursuivit.

— Vous avez un mobile, la disparition de votre fille, et vous menacez Bourdarias quatre jours avant son assassinat, ça fait beaucoup, non ?

— Mais enfin c'est absurde, répondit Lemarchand d'une voix sourde. C'est moi qui ai prévenu la police.

— Et alors ? Vous ne seriez pas le premier meurtrier à le faire. C'est même un classique du genre. Vous savez, si vous l'avez tué, je comprendrai.

Avec une forme de perversité, surjouant la complicité parentale, il ajouta, la voix basse et doucereuse :

— Moi aussi j'ai des enfants. Je comprends ce que vous ressentez. Si l'un des miens avait disparu, je deviendrais fou. Je n'approuve pas mais si vous l'avez tué, je le comprendrai.

— Mais il n'y a rien à comprendre ! s'écria Lemarchand, qui passa de la stupeur à la colère. Cessez de jouer les flics compréhensifs. Vous ne valez pas mieux que les autres. Derrière vos airs polis, dans votre beau costume, vous êtes pire. Je préférais encore votre collègue. Il n'y a rien à comprendre parce que je n'ai tué personne. J'ai juste fait la bêtise d'appeler le commissariat. Croyez-moi, on ne m'y reprendra plus. D'ailleurs, à quelle heure Bourdarias a été assassiné ? Vous devez le savoir. Ma femme pourra témoigner que j'étais avec elle toute la nuit. Je l'ai déjà dit, on s'est disputés et on a fait l'amour. Convoquez-la, vous verrez.

— On va le faire, monsieur Lemarchand, répondit Dubosc sur un ton désormais indifférent. Mais vous savez, le témoignage d'une épouse, on sait ce que ça vaut.

Chapitre 7

De l'autre côté de la Seine, la tour de Globe Info s'était habillée en noir et blanc. Un immense portrait de Bourdarias sorti des archives avait été affiché à la hâte sur la façade. La photo datait de plusieurs années. Jacques Leroy l'avait choisie parce que le visage volontaire mais souriant du boss rappelait le temps de la conquête joyeuse plutôt que celui de la puissance agressive. Au pied du portrait, sur le parvis, la police avait du mal à contenir la petite foule qui se pressait, moins pour rendre hommage au patron assassiné, que pour faire des selfies avec les animateurs et les personnalités invitées. On se bousculait pour approcher Anne-Élisabeth ou poser au bras de Prédaras, tandis que, une fois de plus, Justine Berger faisait exploser l'applaudimètre. Le visage à demi caché par une large écharpe noire, la présentatrice vedette s'était forcée à sourire, mais au grand dam de ses admirateurs, elle n'avait consenti qu'à de rares photos avant de s'engouffrer dans le hall. Au micro de Globe Info, Le Goff venait d'annoncer qu'un homme avait été placé en garde à vue. L'AFP avait publié peu après un flash qui obligea Star News, Médias 24 et I-Direct à reprendre l'information. Leroy jubilait. La chaîne avait un coup d'avance, et la police ayant plié bagage dans les pas de Dubosc, des cartons plein les bras et des heures de vidéosurveillance à visionner, le patron de l'info était redescendu en régie.

La bourrasque Bourdarias avait tout emporté sur son passage. Parler d'autre chose aurait condamné les concurrentes de Globe Info à réduire à rien leurs audiences déjà flageolantes. Médias 24 l'avait compris la première, en organisant un débat sobrement intitulé « Sylvain Bourdarias, l'homme aux mille visages ». Une manière élégante et efficace d'attirer les amateurs de télé bashing, l'indispensable piment qui enrichit le fond de sauce des chaînes d'info et des réseaux sociaux.

Loin des luxueuses terres d'accueil d'Issy-les-Moulineaux, Médias 24 avait planté ses studios dans une commune populaire de la banlieue sud. La chaîne créée par l'ancien patron du *Grand Quotidien du soir* s'était fait une spécialité des enquêtes à charge visant le pouvoir en place. De droite ou de gauche, de droite et de gauche, peu importait, c'était pour Marc Plochin la preuve d'une indépendance qu'il arborait aussi bruyamment que le soin qu'il mettait à taire son passé trotskiste. Pour financer son entreprise, Plochin avait habilement ouvert ses portes à tous ceux qui s'étaient détournés des médias traditionnels, accusés sans nuances d'être au service de l'argent roi. Le patron de Médias 24 avait trouvé parmi les adeptes des réseaux sociaux des milliers de contributeurs qui assuraient la pérennité de la chaîne, malgré une audience confidentielle. La méfiance de ces gens à l'égard des médias était d'autant plus forte qu'elle relevait pour beaucoup de la déception amoureuse. Ces souscripteurs n'avaient juré longtemps que par ce qui était écrit dans les journaux, entendu à la radio, vu à la télévision. Ils partageaient un sentiment de trahison. Et Médias 24 surfait habilement sur ces courants mauvais qui prétendaient nettoyer la politique de l'entre-soi au risque d'exhaler les relents nauséabonds du complotisme et de la délation. Plochin avait dans le passé fait son miel d'affaires qui avaient blessé, et parfois tué, ceux qu'il avait livrés à la vindicte publique. Peu importait que ses victimes soient ensuite lavées de tout soupçon. Le directeur de Médias 24 n'exprimait jamais ni remords ni regrets. Drapé dans la toge immaculée du justicier, il avait toujours su faire oublier ses méfaits en dégoupillant une nouvelle grenade dès qu'une affaire risquait de lui revenir en boomerang.

Adepte du principe selon lequel l'accusation, fût-elle infondée, était la meilleure des défenses, le patron de Médias 24 avait décidé ce jour-là de prendre lui-même l'antenne. Quoi de plus gratifiant que de se poser en concurrent frontal de Justine Berger ? La pièce dans laquelle officiaient les présentateurs de Médias 24 n'avait pas grand-chose à voir avec les locaux flambant neufs de Globe Info. Plochin avait installé sa chaîne dans une maison sans âme nichée au fond d'une impasse à Montrouge. Les murs en meulière décrépis étaient ceux d'une bâtisse des années 1950, comme il en avait fleuri des milliers dans les banlieues mi-ouvrières mi-petites bourgeoises de l'époque. Abandonnée par ses propriétaires, elle menaçait de s'effondrer au prochain coup de grisou météorologique. Plochin avait acquis ces murs avant que les pelleteuses communales ne les réduisent à un tas de gravats. Pour quelques dizaines de milliers d'euros et avec l'aide d'une entreprise amie, il avait rendu l'endroit suffisamment habitable pour y abriter ses bureaux et un mini-studio. La pièce faisait moins de vingt mètres carrés, le plateau à peine plus. Suffisant pour installer un fond bleu sur lequel défilaient des décors virtuels, une table achetée chez un marchand de meubles bon marché et, seul luxe, trois caméras automatiques qui permettaient d'alterner les plans. L'ensemble rappelait les années 1980 et les débuts balbutiants des radios FM, mais le matériel était de bonne qualité et le rendu image n'était guère différent de ce que l'on voyait sur les autres chaînes. Marc Plochin avait habilement utilisé la fibre militante de son équipe pour développer à son profit sa petite entreprise. Né dans une riche famille bordelaise, il avait gardé de ses origines le sens des affaires et avait toujours su faire fructifier l'argent gagné. Que ce soit les indemnités obtenues de ses précédents employeurs ou les sommes collectées auprès de ses téléspectateurs militants, il avait accumulé des fonds suffisants pour ne pas avoir à se soucier du quotidien.

Dès l'ouverture de l'émission, le ton était donné. Pas de fausses condoléances, ni de propos convenus sur la mort d'un grand patron, l'occasion était trop belle de dénoncer ceux qui avaient pris le pouvoir médiatique pour gérer leurs intérêts et faire main basse sur le pouvoir politique. C'était sans nuances mais sans importance puisque Médias 24 s'adressait à un public conquis, fier d'être minoritaire, loin des foules accros à Globe Info ou du journalisme racoleur de Star News. Cet après-midi-là, Plochin avait invité un grand reporter qui avait enquêté sur les affaires africaines de Bourdarias. L'industriel était connu pour financer nombre de dirigeants africains, peu regardants sur ses activités portuaires et agricoles. Après avoir rappelé que le patron de Globe Info avait été condamné à plusieurs reprises pour corruption, le journaliste avait diffusé l'interview qu'il avait réalisée quelques semaines plus tôt d'un opposant clandestin au gouvernement guinéen. Cagoulé, entouré d'une dizaine d'hommes armés assis en tailleur à même le sol, l'homme détaillait les turpitudes de Bourdarias en Guinée, avant d'en appeler au meurtre de celui en qui il voyait le symbole du comportement postcolonial des Occidentaux.

Plochin était aux anges. Le pavé jeté dans les studios de Médias 24 avait enflammé les réseaux sociaux et provoqué un tintamarre si puissant que la police n'avait pas tardé à investir les locaux de la chaîne pour saisir l'interview et embarquer sans ménagement son auteur. La piste de l'attentat politique n'était sans doute qu'une impasse mais Marc pouvait se frotter les mains. Sa chaîne venait d'avoir son quart d'heure warholien et l'arrestation du journaliste complaisamment filmée par un stagiaire était diffusée en boucle sur toutes les télévisions. À Globe Info, Justine Berger n'avait pas apprécié que Leroy l'oblige à diffuser ces images qui, pendant de longues minutes, l'avaient réduite à n'être que la porte-parole de Plochin et de sa chaîne putaclic. Des minutes indigestes mais vite oubliées. Les enfants du patron assassiné étaient encore sur le plateau et ils avaient détesté que la chaîne de leur père diffuse des accusations portées contre lui par une antenne concurrente.

Dénonçant la salissure dont ils s'estimaient victimes, ils quittèrent précipitamment le studio. Bingo, Justine, qui avait eu un instant le désagréable sentiment de perdre la main, allait utiliser ce clash pour faire l'événement.

Désormais, les hommages obligés n'avaient plus lieu d'être. Moins de vingt-quatre heures après l'assassinat de Bourdarias, place au grand déballage. Et Globe Info devait être la meilleure. Elle avait perdu son patron, c'était l'occasion de conforter sa place de leader. La soirée commençait à peine et la présentatrice allait s'y employer. D'autant que Salma Rossel avait tenu sa promesse. La ministre de l'Intérieur venait d'arriver sur le plateau. Les maquilleuses avaient bien travaillé. Après trente-six heures sans sommeil, oubliée la mine défaite du matin au point que Justine ne put s'empêcher d'esquisser un sourire en apercevant Rossel à l'entrée du studio. Les deux femmes ne se voyaient plus beaucoup, mais depuis vingt ans, les tempêtes qu'elles avaient vécues ensemble, l'une au *Grand Quotidien du soir*, l'autre à la crim', avaient forgé une amitié qui ne s'était jamais démentie.

— Tu vas bien ? interrogea Justine alors que la ministre s'installait pendant la pause pub.

— Oui. Je viens d'avoir Le Goff. Ce type qui a découvert le corps est vraiment bizarre, en revanche je ne crois pas beaucoup à la piste africaine. J'ai l'impression que Plochin a surtout voulu se faire mousser. Mais enfin, on n'écarte rien. Et on va interroger dès demain la femme de Bourdarias, elle non plus n'est pas très claire. On a découvert qu'il voulait divorcer après trente ans de mariage. Tu dois en savoir quelque chose, dit-elle, plus amicale qu'interrogative.

Justine sursauta. Salma était au courant de sa liaison avec le patron de Globe Info. Elles l'avaient évoquée ensemble à plusieurs reprises, mais la question de la ministre lui rappela brutalement que sa situation risquait de devenir rapidement inconfortable.

Dans le studio, le rouge venait de s'allumer. Salma à son tour eut un regard admiratif pour son amie. Face caméra, souriante, presque joyeuse à l'idée du débat qui s'annonçait, la présentatrice avait repris l'antenne comme si leur échange n'avait pas eu lieu.

Après un bref hommage de circonstance, Salma Rossel redit à quel point le président et le Premier ministre étaient attachés à ce que la vérité éclate. Elle allait poursuivre quand l'un des débatteurs habitués de Globe Info l'interrompit sèchement. Chercheur mondain, la soixantaine élégante, il cultivait une barbe de trois jours qui ajoutait au côté belle gueule du personnage. Sa famille lui avait permis d'être suffisamment à l'aise financièrement pour qu'entre deux pistes de ski et un séjour à l'île Maurice il se penche sur le sort des pauvres dont il se disait proche. D'extrême gauche, il enfourchait volontiers sur les plateaux de télévision la rhétorique des plus démunis, sans mesurer que son populisme en cachemire était plus ridicule que convaincant.

— Madame la ministre, dit-il en plongeant ses yeux dans ceux de Rossel, je ne crois pas que ces propos convenus convainquent ceux qui nous regardent. Certes, cet assassinat est horrible et la mort d'un homme toujours à déplorer, mais je ne pense pas que le sort de Bourdarias vous préoccupe réellement. Ce qui vous gêne, vous et le président, c'est que ce crime crée un désordre inconvenant dans votre ordre établi. Qu'un pauvre type se fasse dépouiller au coin d'une rue, c'est le cadet de vos soucis, mais qu'un grand patron se fasse poignarder dans les beaux quartiers, cela vous est intolérable. Bourdarias symbolisait tout ce dont les Français ne veulent plus. Un industriel aux affaires douteuses, l'homme qui a démantelé des dizaines d'entreprises en entassant les millions sur le dos de pauvres bougres. Celui qui a asservi les médias au mépris de l'indépendance des journalistes et qui pendant des décennies a tiré les ficelles de la politique tel le marionnettiste en chef. C'est dans ce monde de gendarmes et de voleurs que l'assassinat de Bourdarias fait tache.

Devant la rudesse de la charge, Justine fit mine de s'offusquer en prenant la défense de Globe Info et de ses confrères journalistes, mais au fond d'elle-même, elle jubilait. Le chercheur mondain avait joué sa partition et mérité sa pitance hebdomadaire. La ministre de l'Intérieur avait répondu sur le même ton en dénonçant le discours tout aussi convenu et prévisible de son interlocuteur. Elle était partie peu après, appelée par le président qui venait de l'entendre. Vincent Peretti avait apprécié sa réponse mais trouvait que décidément les chaînes d'info perdaient le sens de la mesure. Dans la régie, Gaspard Minelli, qui achevait sa douzième heure de direct aux côtés de Jacques Leroy, exultait.

— Génial, non ? s'exclama-t-il à l'adresse de son boss. Justine formidable, et le danseur mondain, là il a fait le job.

— Ouais... marmonna le directeur de l'information.

— Quoi « ouais » ? Ça fait deux fois aujourd'hui que tu joues les rabat-joie. Tu as vu le minute par minute ? On cartonne. Le petit coup de Médias 24, ça a fonctionné cinq minutes et ils sont revenus chez nous. Et ça n'est que le début. Tu vas voir la suite de la Spéciale qu'on a préparée.

— Fais attention, se contenta de répondre Leroy. Si tu roules trop vite, tu vas finir par nous envoyer dans le décor. Pour l'instant, les Français en redemandent parce qu'ils ont compris qu'ils pouvaient nous utiliser à leur profit. Mais à ce jeu de qui perd gagne, on ne sera pas toujours les plus forts. On fait le show et on remplit la salle. Mais les spectateurs sont versatiles. Un jour, ils se lasseront et détesteront ce qu'ils adorent aujourd'hui. Mieux vaut prévoir, sinon...

— Sinon quoi ?

— Sinon tu te casseras la gueule. Et nous avec.

Minelli regardait son patron devenu subitement indéchiffrable. Physiquement, il n'avait pas changé. À soixante-deux ans, il en faisait à peine plus de cinquante. Juste quelques cheveux gris et deux rides légères au coin des lèvres. Jacques, c'était une force de la nature qui pour s'entretenir pratiquait depuis quarante ans l'information comme d'autres s'adonnent à leur sport quotidien. Sa force, c'était sa résistance à l'absence de sommeil, au stress, et l'expérience du terrain. Il détestait les optimistes qui, disait-il, passaient leur temps à se fracasser sur le mur du réel. Mû par un pessimisme qui flirtait avec une forme de misanthropie, il y trouvait au contraire des ressources inépuisables de créativité. Arrivé le premier à la rédaction, il n'en partait qu'une fois vérifiées et verrouillées les émissions du soir et du lendemain matin. Il était épuisant pour les autres et intraitable avec lui-même. Quelques-uns, peu nombreux, ne l'aimaient pas, revendiquant le droit à l'erreur et au repos, mais tous le respectaient, admiraient son énergie et reconnaissaient cette capacité d'anticipation qui avait fait de lui le numéro 1 partout où il était passé.

Minelli faisait partie de ceux qui l'avaient toujours suivi sans états d'âme ni le moindre questionnement. Mais ce soir-là, il avait devant lui un Leroy qu'il ne connaissait pas. Dans le brouhaha de la régie, il lui répondit en chuchotant presque :

— Jacques, pardon mais je te trouve bizarre. Je comprends que l'assassinat de Bourdarias te bouleverse, mais je n'ai pas le sentiment que ce soit de sa mort qu'il s'agisse. Il y a autre chose, n'est-ce pas ?

— Peut-être. J'ai croisé Nathan Rubinstein, l'ancien patron de la première chaîne publique il y a quelques jours. Nous avons déjeuné ensemble à Roissy avant son départ pour New York.

— Quel rapport ? Rubinstein a abandonné le métier il y a plus de quinze ans. Il ne sait rien de ce que l'on fait aujourd'hui. Laisse-le à ses romans et continue de t'occuper de Globe Info, surtout après la mort de Sylvain. Ça vaudra mieux pour tout le monde. Pour nous et plus encore pour toi.

Leroy regardait Minelli sans répondre. Son téléphone vibrait dans sa poche, il s'éloigna. Numéro inconnu. Trop tard, le correspondant avait déjà raccroché.

— Je remonte dans mon bureau, dit-il en fixant son téléphone qui vibrait à nouveau. Cette fois, c'était la messagerie. Foutu portable, il n'arrivait pas à écouter le message. Après trois essais infructueux, l'appareil se mit enfin à parler. Une voix grave déformée par un logiciel d'ordinateur.

« Aujourd'hui, 20 h 10 :

Bourdarias n'est pas le premier. Et ils seront nombreux à payer. Seuls les imbéciles croient au pardon. Un conseil, n'effacez pas ce message. Il est la preuve qu'une fois de plus vous aurez été informé avant les autres. »

La voix digitale était à la fois ironique et menaçante. Jacques ne prit pas la peine d'allumer son bureau, éclairé par l'image de l'écran qui lui faisait face. En regardant Justine s'agiter sans l'entendre, il réécouta le message. Suffisamment crédible pour qu'il appelle la ministre de l'Intérieur.

— Salma, j'ai un truc à te faire écouter.

— Quel truc ?

— Un message. Je ne peux rien te dire au téléphone.

— Viens prendre un petit déjeuner demain matin.

— Non. Tout de suite.

— Écoute, ça ne m'arrange pas. Le président veut me voir.

— Eh bien le président attendra. J'arrive.

En traversant le pont d'Issy pour rejoindre les quais, Leroy se repassait le film de ces dernières vingt-quatre heures. Digne d'une série. La veille à la même heure, Bourdarias s'auto-sacrait au pied de son chef-d'œuvre, étalant sans pudeur la magnificence de son empire. En moins de quarante-huit heures, Globe Info avait enchaîné Spéciales sur Spéciales. L'incendie à Lyon, les inondations dans le Gard et depuis le début de la matinée, la chaîne surfait sur des audiences record avec la mort de son propriétaire. Toute la journée, Leroy, qui ne croyait guère à la culpabilité de l'homme retenu en garde à vue, avait opté pour la version la moins intéressante mais la plus plausible, le crime de rôdeur. Et voilà que ce message bouleversait ses demi-certitudes. Même si son portable n'était guère protégé, trouver son numéro exigeait malgré tout un minimum de recherches. Et l'avoir choisi lui n'était pas indifférent. Il était l'un des plus proches de Bourdarias et symbolisait aux yeux de beaucoup le pouvoir médiatique de l'industriel. Au point qu'une méchante idée lui traversa l'esprit alors qu'il était bloqué à deux pas de la place de l'Alma. Et si c'était lui le prochain ? S'il n'était que le premier informé de sa propre mort ! En approchant de la place, il découvrit la ville grouillante de monde. Cette première nuit d'automne était douce et les terrasses de café avaient colonisé une large partie des avenues qui débouchaient sur l'Alma. La foule s'enivrait d'effluves encore estivaux. D'une table à l'autre, on se parlait, s'attroupait autour d'un orchestre éphémère et se promettait une nuit de fête. Jacques s'engouffra sur le pont envahi par des dizaines de jeunes gens qui n'avaient que faire des voitures qui tentaient de se frayer un chemin sur l'unique voie réservée. Il réalisa qu'il était enfermé dans la tour depuis trente-six heures, dans cet entre-soi télévisuel réduit bien souvent à n'être que la loupe grossissante d'un monde virtuel. La France, elle, n'avait pas cessé de vivre parce qu'un patron avait fini en cadavre de série noire. Il ouvrit la fenêtre de sa voiture et huma l'air léger qui flottait sur la capitale.

Place Beauvau, il s'apprêtait à sortir sa carte d'identité lorsque le policier de faction devant les grilles lui indiqua d'un geste que c'était inutile. Chacun connaissait ses liens d'amitié avec la ministre et un second policier le dirigea vers l'une des places de parking habituellement réservées aux membres du cabinet. Il avait suffi de cet accueil peu ordinaire pour que le directeur de l'information oublie la foule laissée de l'autre côté du portail et redevienne ce qu'il avait toujours été : un journaliste du sérail, même s'il n'était pas de cour. Il était tard et Salma, revenue de Globe Info, s'était fait servir un en-cas dans le jardin. Elle l'attendait en haut de l'escalier qui conduisait au salon et à son bureau. En entrant dans la pièce, elle le prit par le bras en s'offusquant faussement de sa précipitation.

— Il m'a fallu beaucoup de diplomatie, dit-elle en riant, pour expliquer au président qu'il me paraissait plus urgent de te voir que de traverser la rue pour aller à l'Élysée. Alors, c'est quoi ton truc ?

— Tiens, écoute, dit-il en ouvrant sa messagerie vocale.

Salma, impassible, ne dit rien et lui prit le téléphone des mains pour écouter le message une seconde fois.

— C'est ton téléphone ? Évidemment, numéro inconnu. J'appelle Le Goff. Il n'a plus qu'à relâcher son suspect puisqu'il était dans la salle d'interrogatoire lorsque tu as reçu ce message. En attendant, laisse-moi ton portable.

— Je ne peux pas. Tu imagines bien qu'avec la mort de Bourdarias j'ai trois appels à la minute.

— Dans ce cas, va rue du Bastion. Ils vont l'analyser tout de suite. Qui est prévenu ?

— Personne.

— Pas même Justine ?

— Mais non. Dès que j'ai écouté ce truc, je t'ai appelée. En voiture, j'ai eu le temps de gamberger. Et si le prochain c'était moi ?

— Je ne peux pas te dire le contraire, répondit d'une voix neutre Salma. En tous les cas pas un mot, surtout dans ta chaîne. On ne va pas commencer à affoler les Français. C'est déjà assez compliqué politiquement. Quant à toi, dit-elle pas vraiment rassurante, je ne peux rien dire. Tout ce que je peux faire, c'est te proposer une protection policière.

— Sûrement pas ! Je n'ai aucune envie d'être fliqué à longueur de journée.

— Alors débrouille-toi, mais tu n'iras pas te plaindre s'il t'arrive quelque chose.

— Si je suis mort, ça ne risque pas, dit-il en riant.

— Va à la crim', Gabriel sera prévenu. Je vais voir le président, dit-elle en soupirant.

Au palais, ils n'étaient plus que deux, le secrétaire général qui s'épuisait à signer des dizaines de parapheurs parcourus à la hâte, et Vincent Peretti, installé dans le bureau d'angle. Les conseillers étaient partis depuis longtemps, fuyant prudemment la mauvaise humeur du patron. Mis à part deux gardes républicains qui faisaient les cent pas dans le hall pour oublier qu'ils n'avaient rien à faire, l'Élysée était vide et silencieux. Aussi sinistre qu'une maison de campagne inhabitée. Aucune voiture pour froisser le gravier de la cour d'honneur, les canards du parc saisis par la tristesse de l'endroit avaient cessé de cancaner dès la nuit tombée, et au sous-sol, les cuisines avaient fermé après avoir préparé une assiette de cœur de laitue agrémenté de quelques œufs de saumon. C'était la commande du président. Frugale et inintéressante. Le président n'aimait pas les grandes tablées et avait réduit au minimum ses obligations officielles. On était loin des dîners fastueux qu'affectionnaient ses prédécesseurs, convaincus que la grandeur de la France était proportionnelle à son art culinaire. Les dîners d'État avaient été supprimés au profit de déjeuners réduits à quelques convives. Plutôt que de sombrer dans la déprime, le chef et une partie de sa brigade étaient partis sous des cieux plus festifs. Seul le sommelier y trouvait encore son compte. Peretti ne goûtait guère la bonne chère, en revanche il était amateur de grands vins. Et ce soir-là, il avait choisi le Clos des Lambrays 2015 vanté par son caviste. Nez de roses fanées, de prunes rouges et touches de fruits noirs, un vin large, fruité avec des tanins ronds et soyeux. Il s'était donné l'air averti des œnologues en proposant un verre à Rossel qui venait d'entrer dans son bureau.

— Je ne vous savais pas à ce point connaisseur ! s'exclama Salma, bercée par ces mots qu'elle n'avait jamais entendus dans la bouche du président.

— Je vous rassure, je n'ai aucun mérite, je ne fais que répéter ce que vient de me raconter le sommelier, dit-il en souriant.

Et plus amer qu'enjoué, il ajouta en levant son verre :

— Buvons à cette journée pourrie. Le Premier ministre a dû réunir d'urgence les syndicats patronaux qui imaginent qu'après Bourdarias d'autres vont subir le même sort. À croire qu'ils ont tous quelque chose à se reprocher. Et moi j'ai reçu en catastrophe le patron du Medef qui s'inquiétait des dégâts que cet assassinat allait provoquer sur l'image de la France. C'est vrai qu'on a connu plus courageux que les investisseurs. Cette affaire tombe au plus mauvais moment. Et pas seulement parce que je m'envole demain pour Washington. J'imagine le dialogue avec le patron du FMI. Le type placé en garde à vue, c'est une piste sérieuse ?

Salma, qui venait de boire une première gorgée du Clos des Lambrays, n'eut pas le temps d'en apprécier le goût de poivre, d'épices et de kirsch. Elle finirait son verre plus tard, si le président lui en laissait le temps. Peretti s'était enfoncé dans le canapé, à l'écoute du message reçu par Leroy.

— Que dit Le Goff ? se contenta de grogner le président.

— Qu'il faut prendre cet enregistrement au sérieux. On va devoir libérer Lemarchand. C'est juste un type paumé. Il en veut à la terre entière mais ça n'en fait pas un meurtrier.

— Et la femme de Bourdarias ?

— On va l'interroger, mais il ne faut pas en espérer grand-chose.

— Donc vous n'avez rien !

— Pire que rien, on a une grave menace sur les bras. Et si les médias l'apprennent, ils vont se déchaîner. On va garder le suspect au chaud quarante-huit heures pour éviter d'avoir à nous expliquer sur sa libération mais ça ne va pas tenir longtemps.

— La piste africaine ?

— Guère plus sérieuse. Le reporter arrêté dans les studios de Médias 24 risque une mise en examen pour complicité d'assassinat. Habituellement, ça délie les langues d'autant que trois hommes de la brigade antiterroriste sont déjà en route pour Conakry, mais je ne suis pas très optimiste. Plochin a juste voulu faire un coup.

Les deux s'étaient tout dit. Le grand bourgogne n'avait rien perdu de sa couleur mais beaucoup de son goût. Ni l'un ni l'autre ne finirent leur verre. Salma allait franchir la porte quand Peretti l'apostropha.

— Votre ami Leroy, vous êtes sûre qu'il ne dira rien ?

— Avec un journaliste on n'est sûr de rien.

La voiture de la ministre l'attendait au pied du perron. Le garde qui avait enfin trouvé une occasion de s'occuper se précipita pour ouvrir la portière, mais Rossel était déjà en train de composer le numéro de Leroy et préféra continuer à pied, loin des oreilles indiscrètes de son chauffeur. Jacques décrocha et lui demanda sur un ton énervé si elle avait du nouveau.

— Non.

— Alors on se rappelle plus tard, dit-il en raccrochant brusquement.

Il n'était pas seul. Salma avait reconnu la voix lointaine qui téléphonait à quelques pas de Leroy. C'était celle de Justine.

Chapitre 8

En sortant de la rue du Bastion, Jacques était repassé par Globe Info. Justine était encore à l'antenne. Six heures dans le studio et aussi lumineuse qu'à la première seconde. À quarante-cinq ans, Justine n'avait rien perdu de cette beauté intemporelle. Avec sa longue chevelure brune et bouclée, ses yeux d'un vert transparent indéfinissable, elle évoquait dans le même instant les stars hollywoodiennes des années 1950 et le physique italo-américain des actrices de ce début de siècle. Les années semblaient avoir coulé sur elle sans jamais l'effleurer. Seul l'habit avait changé. Elle avait troqué les pull-overs trop larges et les pantalons achetés à la va-vite pour des tenues soigneusement choisies. Reportrice au *Grand Quotidien du soir*, puis au *Journal de Genève*, elle connaissait tout du métier : la fraternité du terrain et le doute des investigations solitaires, la célébrité que lui valurent nombre de ses reportages et le lâchage de ses pairs lors d'enquêtes contestées. Pendant des années, elle avait appris à ne défaire ses valises que le temps de renouveler sa garde-robe. L'appartement de la rue du Bac, immense et désert, n'avait été longtemps qu'une étape repos accueillant au gré de ses rencontres des amants fugaces qui ne duraient pas plus que ses désirs éphémères. Justine avait été l'amante d'un seul homme et n'avait jamais caché à Bourdarias qu'elle ne lui offrirait rien d'autre que la jouissance de moments volés. C'était lui qui l'avait convaincue cinq ans plus tôt d'abandonner le papier pour l'image. Elle n'était qu'une signature en bas de page, il lui avait proposé la lumière et l'argent.

C'était un week-end de juin 2017, Genève désertée somnolait. La vague de chaleur avait fait fuir les Vaudois sur les cimes qui surplombent le lac. En semaine, trouver une table à La Favola, un italien niché au creux des remparts, à deux pas de la cathédrale, relevait de l'exploit impossible. Mais Justine savait qu'en ce samedi estival, le restaurant n'accueillerait que de rares touristes perdus dans la Vieille Ville. Pour ne pas courir le risque d'une rencontre inopportune, elle s'était installée au premier étage. L'appel de Bourdarias l'avait d'autant plus surprise qu'elle l'avait peint en noir peu de temps auparavant. Il sentait le soufre, elle détestait l'odeur. Elle ne s'était pas gênée pour l'écrire dans un portrait au vitriol qu'elle avait fait de lui sans le rencontrer. Persuadée qu'il était venu pour se justifier, elle imaginait déjà l'interview dont ses confrères rêvaient depuis des années. Le patron de Globe Info s'était fait une règle de ne jamais répondre aux journalistes et voilà qu'il se jetait dans la gueule du loup. Sûre de son affaire, elle avait préparé ses questions et fourbi ses répliques. Mais les premières rencontres se passent rarement comme prévu. À la seconde où il s'était assis face à elle, elle avait compris qu'elle ne sortirait pas du restaurant comme elle y était entrée.

Sylvain était beau. Justine le savait, mais plus elle le regardait, plus elle trouvait qu'il avait un je-ne-sais-quoi, différent de ce qu'elle imaginait. Il n'avait pas cette ombre de vulgarité qui voilait les photos et renvoyait l'image d'un Apollon des mauvais quartiers. Aminci, le visage légèrement hâlé, il portait une veste de lin noir sur une chemise blanche fermée jusqu'au cou. Il était élégant et discret avec pour seul bijou une montre extraplate au poignet. Où était l'homme qu'elle avait maltraité sur archives ? Celui qui ne la quittait pas des yeux était à l'opposé du portrait qu'elle en avait fait. Un choc qui l'avait obligée à lutter contre la rougeur qu'elle sentait monter. D'autant plus difficile à maîtriser qu'il l'avait désarçonnée par un propos liminaire qui lui avait fait oublier d'emblée les questions préparées. Il disait bien la connaître, n'avoir manqué aucun de ses reportages et attribuait la noirceur du portrait au fait qu'ils ne s'étaient jamais rencontrés. L'embarras de la journaliste était devenu si visible qu'elle avait applaudi intérieurement à l'arrivée d'un jeune couple installé à l'autre bout de la salle. Le garçon et la fille s'étaient assis côte à côte et semblaient plus intéressés par la promesse de caresses discrètes que par le menu que leur proposait le patron. Cette diversion bienvenue avait permis à Justine de reprendre ses esprits. Elle avait proposé à Sylvain de goûter les spécialités de l'endroit. Artichauts en entrée, raviolis au bœuf et à la truffe et un tiramisu léger avec le café. Le patron, qui avait longtemps fait une cour discrète et infructueuse à la journaliste, avait ajouté aux plats commandés l'incontournable risotto maison. Sans succès. Justine avait à peine pioché dans le plat et Sylvain trop préoccupé par ce qu'il avait à dire s'en était désintéressé au grand dam du chef qui avait vu revenir l'assiette à demi entamée. Elle s'attendait à ce qu'il parle de lui, se défende, réponde aux accusations à peine voilées qui parcouraient ses quatre pages publiées. Elle l'avait imaginé contre-attaquer et assurer que l'homme qu'elle avait décrit n'était que le fantasme de ses concurrents défaits, mais il n'était pas venu pour ça, il savait ce qu'il voulait et peu importait ce qu'elle pensait de lui. Il était venu la chercher. Globe Info ne pouvait se contenter d'être la numéro 1 des chaînes d'info. Bourdarias voulait plus et faire de sa chaîne la première en France réduisant les 20 heures à n'être que les spectateurs de leur défaite. Il avait besoin d'une présentatrice vedette. Ce serait elle.

— Je vous veux, vous et personne d'autre, avait-il dit en lui prenant la main qu'elle avait retirée d'un geste brusque.

Ce « je vous veux » avait sonné désagréablement aux oreilles de la journaliste. Et si tout compte fait elle ne s'était pas trompée ? Si Bourdarias n'était rien d'autre que cet affairiste arrogant et dragueur qu'elle avait décrit avant même de l'avoir vu ? Pourquoi avait-il fait ce voyage alors qu'il lui suffisait de l'appeler ? Justine l'avait regardé fixement, pensant un instant qu'il n'était venu que pour la mettre dans son lit, persuadé que son argent et sa belle gueule suffiraient à la convaincre. Mais elle s'en était voulu aussitôt. Elle était perdue au point de ne pas entendre le serveur venu leur proposer un café. Le couple, sans doute avide d'embrassades moins tendres, était parti depuis un bon moment déjà. La jeune femme ne s'en était même pas aperçue. Elle regardait Sylvain, un peu honteuse de la brutalité avec laquelle elle avait retiré sa main. Il était le même qu'en arrivant. Avec un soupçon d'inquiétude en plus. Il avait fait sa proposition et n'était pas sûr de la réponse. Pour lui c'était une première fois, il y en aurait beaucoup d'autres avec elle. Justine avait détourné le regard, la pièce était devenue tout à coup très sombre. Les nuages, noirs de pluie, formaient un bloc compact qui avait progressivement plongé la rue dans une nuit sans lune.

— Vous aviez l'intention de reprendre l'avion cet après-midi ? Ça risque d'être compliqué avec l'orage qui s'annonce.

— Peu importe, avait-il dit en s'agaçant de cette diversion. Je resterai jusqu'à demain s'il le faut, d'autant que vous n'avez pas répondu à ma proposition.

— Vous ne m'en avez pas fait. Vous avez simplement dit que vous me vouliez. Je ne suis pas à prendre, encore moins à vendre.

— Pardon, avait répondu Bourdarias, peu habitué au rôle qu'elle lui avait assigné, ma formulation était maladroite. Je vous propose de devenir la star de Globe Info à la présentation du 18/20.

— Mais le journalisme n'a pas besoin de stars, s'était-elle écriée, et puis je n'ai jamais fait de télévision. Franchement, je ne suis pas sûre que ce soit une bonne idée. D'ailleurs, vous en avez parlé à votre directeur de l'information ? Je connais bien Jacques Leroy, je ne suis pas certaine qu'il soit d'accord.

— Leroy, je m'en charge. Dans les affaires, j'ai toujours fait confiance à mon intuition. Vous êtes une journaliste appréciée, talentueuse, l'une des meilleures. Avec Globe Info, vous serez la meilleure.

La pluie venait de tomber si fort qu'il avait dû hausser le ton.

— Vous voyez, avait-elle dit en souriant, vous ne rentrerez pas ce soir.

Il l'avait interrompue.

— Vous ne m'avez pas répondu.

— Laissez-moi le temps. Vous me proposez de faire un autre métier.

— Pas du tout.

— Si. Je suis une journaliste de l'écrit, les mots que je choisis traduisent ce que je veux dire. À la télévision, l'image écrase le verbe. Au mieux, elle brouille le message, au pire, elle trahit l'information.

— C'est une vue un peu simpliste, vous ne croyez pas ?

— Peut-être, mais je veux y réfléchir. Et quelle garantie aurai-je d'être libre ?

— Moi.

— Justement, avait-elle dit en riant, c'est peut-être le plus inquiétant.

La flèche avait fait mouche. Bourdarias avait failli répondre sur le même ton, mais s'était ravisé, il voulait Justine.

— Je vais prendre une chambre à La Réserve. Voulez-vous que je vous dépose en taxi ?

Ça n'était plus seulement la pluie mais de gros grêlons qui les avaient cueillis à la sortie du restaurant. La rue Jean-Calvin était déserte. Justine habitait à deux pas mais c'eût été suffisant pour qu'elle rentre chez elle habillée d'une robe serpillère. Elle avait accepté. En descendant de voiture, elle lui avait serré la main en affichant une fausse indifférence.

— Je vous appelle d'ici la fin du week-end, promis, avait-elle dit en s'engouffrant sous le porche.

L'appartement qu'elle habitait n'avait rien à voir avec les deux cents mètres carrés de la rue du Bac. Elle avait loué ce deux-pièces à un confrère de la télévision suisse parti vivre une vie qu'il voulait moins paisible, à San Francisco. L'endroit n'était pas grand mais plein de charme, les poutres lui donnaient les allures d'un chalet valaisan. Et Justine l'appréciait d'autant plus qu'il était au cœur de la Vieille Ville, le seul quartier de Genève qui ne s'endormait pas à l'heure de la fermeture des banques. De toute façon, cet appartement n'était pour elle qu'une vaste chambre qu'elle désertait des semaines entières. Lorsqu'elle n'était pas en reportage, Justine, qui avait depuis longtemps perdu le mode d'emploi de la cuisine, dînait dans l'un des nombreux restaurants qui bordaient les minuscules rues environnantes. Jamais seule, elle piochait dans son carnet de bal pour commencer la soirée, laissant le vin et l'amitié décider de la suite. Ce samedi-là, à peine la porte fermée, elle s'était débarrassée de sa robe mouillée de pluie et de sueur, avait balancé ses chaussures au beau milieu du salon, ôté à la hâte slip et soutien-gorge et s'était glissée dans l'eau d'un bain brûlant. Après ce déjeuner inattendu, elle éprouvait un violent besoin de se laver le corps et de se vider la tête. En glissant dans un demi-sommeil, elle sentit son ventre s'ouvrir en repensant à Bourdarias, sa belle gueule et sa proposition. Après tout, il n'avait pas tort. Des milliers de kilomètres parcourus dans les turbulences de ciels incertains et celles plus dangereuses des terrains de guerre dont elle avait pensé mille fois ne jamais revenir, des enquêtes par centaines, dont il fallait chaque fois convaincre un rédacteur en chef frileux, des morts anonymes par milliers, des morts connus par dizaines, des morts amis, la mort du seul homme qu'elle ait jamais aimé, vingt ans de crapahutage et, au final, la solitude d'une baignoire un samedi d'été. Sylvain avait raison, il était temps de tourner la page. Il lui proposait la botte, elle allait la prendre. À ses conditions.

À peine sortie du bain, elle s'était aperçue qu'elle transpirait encore. L'eau trop chaude sans doute, mais plus sûrement le numéro de téléphone qu'elle était en train de composer. Bourdarias avait mis du temps à décrocher. Le nom de Justine s'était inscrit sur son portable, il pariait mentalement sur sa réponse et avait tenté de jouer gagnant.

— Alors, c'est oui ?

— Je ne sais pas encore. Vous êtes à La Réserve ?

— Oui.

— Dans ce cas, invitez-moi à dîner. Le restaurant chinois est l'une des meilleures tables de la région, ça serait dommage que vous y goûtiez seul, avait-elle dit d'une voix qui se voulait complice. Je serai là à 20 heures.

Il n'avait pas eu le temps de s'en réjouir, elle avait déjà raccroché.

Le palace était bâti à l'écart de la ville, entre lac et montagne. Justine n'avait pas menti, le Tsé Fung, avec son décor de velours rouge, ses tentures de soie et de laques noires, offrait aux nostalgiques de l'empire du Milieu les rêves d'un

Shanghaï d'autrefois. Oubliés la Suisse et ses hôtels passe-partout, la journaliste était intarissable sur le Huangpu, le fleuve de la rive jaune qui traverse et désaltère la plus cosmopolite des cités chinoises. Elle racontait ses rencontres improbables, cet orchestre de jazz Nouvelle-Orléans croisé dans un restaurant français, vestige des nuits coloniales de l'avant-guerre, le Bund grouillant de Chinois venus d'ailleurs, les samedis de printemps. Le bordeaux choisi pour accompagner la soupe de fruits de mer et le filet de bar aidant, Bourdarias n'écoutait plus vraiment Justine, il la désirait et s'en cachait à peine. Il avait eu envie d'elle à l'instant même où elle était entrée dans le restaurant, somptueuse, haut perchée sur des escarpins noirs, jambes nues à demi couvertes par une robe de soie légère, un châle parme sur les épaules. La journaliste était d'autant plus intarissable qu'elle connaissait la fin de l'histoire. Elle avait joué ainsi de leurs désirs mêlés jusqu'à ce qu'il l'interrompe en lui prenant la main.

— Alors, c'est d'accord ?

Elle n'avait pas retiré sa main et lui avait répondu avec un tutoiement qui scellait l'ambiguïté de leur relation.

— À ton avis ?

En guise de réponse, il s'était contenté de lever son verre. La fin du dîner avait été délicieuse et légère. Le restaurant s'était progressivement vidé, le maître d'hôtel leur avait proposé de s'installer sur l'une des terrasses qui surplombaient le lac. L'orage avait lavé la ville de cet air poisseux qui depuis quarante-huit heures alourdissait les corps. En contemplant l'eau qu'une brise légère avait transformée en fine dentelle, il l'avait prise par l'épaule et glissé à l'oreille :

— Je te fais raccompagner ou tu préfères rester ?

Il avait senti les lèvres de Justine l'effleurer et pour la deuxième fois lui murmurer :

— À ton avis ?

Elle avait tout de suite aimé sa peau étonnamment douce, goûté le plaisir animal de la première fois et apprécié la sensualité délicate dont il avait fait preuve. Mais elle avait décidé que ce serait sans suite et le lui avait dit au petit déjeuner.

— J'ai beaucoup aimé ce moment mais nous sommes d'accord, il ne pourra se reproduire.

— Pourquoi pas ?

— Parce que je ne peux être payée par ton groupe et coucher avec toi. Et accessoirement, je te rappelle que tu es marié.

— Je ne vois pas où est le problème.

— Moi si. Je ne serai pas la pute du patron. Tu sais très bien que mon arrivée ne fera pas plaisir à tout le monde. Inutile d'en rajouter. D'ailleurs, je ne t'ai pas précisé mes conditions. Ton prix sera le mien, je sais que sur ce plan-là je n'ai pas à m'inquiéter, en revanche je veux un titre et ne dépendre que de ton directeur de l'information.

— Et moi dans cette histoire ? C'est quand même moi qui viens te chercher.

— Tu es le patron mais tu n'es pas journaliste. Entre Globe Info et moi, ce doit être une affaire de journalistes. Rien d'autre.

Il s'était approché d'elle et avait tenté de l'embrasser. En vain. Il la regardait dans cette robe de soirée qui la rendait presque irréelle dans cette chambre inondée de soleil. D'une voix douce, elle avait ajouté :

— Sois toi-même au lieu de jouer ce personnage désagréable que tu crois devoir être.

Puis elle était partie en lui confirmant qu'elle serait le soir même à Paris.

Chapitre 9

À Globe Info, le présentateur de la nuit avait pris le relais de Justine. Dans l'ascenseur qui les conduisait à la rédaction, la journaliste avait pris affectueusement Leroy par le bras. Après six heures d'antenne, Justine n'avait plus sommeil. Dopée au direct, elle ressentait, face caméra, l'effet d'un rail de coke. Il lui fallait du temps pour qu'elle s'effondre, épuisée.

— Tu as vu ? C'était bien, non ? Parce que c'est quand même une situation compliquée pour nous et pour moi. Qui pouvait en vouloir à ce point à Bourdarias ?

— Je n'en ai aucune idée. Apparemment les flics non plus. Mais sortons d'ici, je voudrais te parler.

— Tu veux qu'on aille chez moi ?

— Non, j'ai faim. Ce n'est pas toi qui vas me faire un plat de pâtes, dit-il en éclatant de rire pour la première fois depuis le début de cette folle journée.

Justine lui faisait du bien. C'était sa complice des bons et surtout des mauvais jours, elle était son infirmière en chef, celle qui lui faisait une piqûre de rappel lorsqu'elle sentait le doute l'envahir. Et ces moments-là étaient de plus en plus fréquents au point que la journaliste s'était mise à les craindre. Le bonheur n'est jamais contagieux, la déprime l'est souvent. Jacques lui proposa La Rotonde où, dans une autre vie, les deux aimaient se retrouver avec Salma Rossel. À l'époque, ils nourrissaient leurs enquêtes des infos que leur glissait leur amie flic, entre deux gorgées de chablis. Avec ses banquettes rouges et ses faux Modigliani, le restaurant était chaleureux et servait une cuisine généreuse. Les trois aimaient se retrouver au creux de la nuit, à l'heure où les huîtres avaient l'odeur de la mer et le goût de l'amitié.

Justine et Jacques avaient décidé de faire à pied les quelques centaines de mètres qui séparaient la place du 18-Juin de La Rotonde. Mauvaise idée. À la hauteur de La Coupole, un groupe de jeunes gens, chope de bière à la main, reconnut Justine et se mit à hurler son nom en l'insultant tandis que l'un d'entre eux tentait de la gifler. Les passants, témoins de la scène, avaient pressé le pas et les consommateurs attablés sur les trottoirs détourné le regard. L'incident n'avait duré qu'une minute, le temps pour Leroy d'agripper l'un des agresseurs et de faire fuir les autres. Sur le visage de Justine, il ne restait déjà plus rien de la frayeur qu'il avait perçue l'instant d'avant. Des années de guerre avaient habitué la journaliste à des situations plus périlleuses, lui en revanche avait du mal à retrouver son calme. Il n'avait pas eu le temps d'avoir peur mais c'était pire, il avait encore dans l'oreille les mots du jeune homme qui en s'échappant lui avait soufflé d'une voix rauque puant la mort :

— Tu as eu le message et la seule chose que tu as faite, c'est d'en parler aux flics. Ta chaîne de merde n'en a pas dit un mot, on s'en souviendra.

Justine lui avait pris le bras et signifié que l'incident était sans importance. Ils traversèrent le carrefour sans prendre garde à l'autobus qui arrivait à contresens, les frôlant dangereusement. La terrasse de La Rotonde grouillait de touristes. Quelques-uns cherchaient les traces des artistes qui avaient fait du Paris des années 1920 leur terre nourricière, les plus nombreux, indifférents aux fantômes de Picasso et de ses compagnons, dévoraient le guide du Paris secret qui leur dirait où finir la nuit. Le calme de l'intérieur à peine troublé par quelques tête-à-tête amoureux contrastait étrangement avec cette agitation joyeuse. Installés au fond de la salle, ni Justine ni Leroy n'étaient d'humeur à disserter sur l'air du temps et moins encore à commenter l'assassinat de Bourdarias. Le maître d'hôtel avait bien tenté de leur arracher quelques informations confidentielles, mais le regard noir de Leroy lui fit comprendre qu'il était urgent de s'en tenir à son rôle et de ne pas sortir de son texte.

Jacques regardait Justine décortiquer sa langouste sous laquelle trônaient les 6 Gillardeau et les 12 Spéciales numéro 3 qu'il avait choisies. À la voir consommer presque goulûment la mayonnaise servie avec les crustacés, il se dit que, décidément, Justine n'était pas ordinaire. Lui n'avait plus faim. Elle semblait avoir l'appétit décuplé. Après avoir englouti une bonne partie de l'assiette, elle lui expliqua, comme pour s'excuser, qu'après un stress ou un choc inattendu elle avait besoin de se remplir le ventre.

— Ma façon à moi de me réparer. Certains boivent, moi je mange. En l'occurrence, c'est moins l'agression que l'effet de surprise qui m'a fait peur, mais ça n'a duré qu'un instant, j'ai très vite compris que ce n'étaient que quatre pauvres types éméchés.

Leroy, qui avait enfin attaqué les huîtres, reposa sa fourchette. Après avoir vérifié que les rares clients encore attablés étaient trop occupés d'eux-mêmes pour s'intéresser à ce qui se disait autour, il mit sa main sur celle de Justine comme s'il voulait l'empêcher de se servir à nouveau.

— Écoute, Justine, ça n'était pas le fait de quelques ivrognes croisés par hasard. Je suis sûr qu'ils nous suivaient depuis Globe Info. D'abord en voiture, ensuite à pied. Et crois-moi, je ne suis pas parano. L'un d'eux, avant de s'enfuir, m'a menacé ; il était au courant du message que j'ai donné à Salma et à Le Goff avant de te rejoindre.

Justine, surprise, oublia le ton feutré de leur conversation et l'interrogea suffisamment fort pour que le couple attablé à l'autre coin de la salle se retourne, interrogatif.

— De quel message parles-tu ? Tu ne m'as rien dit.

— Ne crie pas, s'il te plaît. Je ne voulais pas t'inquiéter. Il s'agit d'un message que j'ai reçu pendant que tu étais à l'antenne. Il annonce d'autres crimes et Bourdarias ne serait pas le premier de la liste.

— C'est absurde, il n'a jamais été question d'autres meurtres.

— C'est ce que j'ai pensé en l'écoutant la première fois, mais à l'évidence ça n'est pas l'œuvre d'un mauvais plaisant. L'Intérieur et les flics pensent la même chose. L'abruti qui t'a agressée m'a reproché de ne pas avoir diffusé l'information.

— Et il n'avait pas tort. Enfin Jacques, c'est quand même un énorme scoop ! s'écria-t-elle.

— N'exagère pas. Ce n'est qu'une menace anonyme.

— Il y a peut-être un tueur en série qui se promène dans Paris et on ne dirait rien ? Imagine que d'autres journalistes aient reçu ce message. On aurait l'air de quoi s'ils le donnaient avant nous ?

Leroy écoutait et regardait Justine en se disant que le petit écran avait fait son œuvre. La journaliste avait changé. Le scoop à n'importe quel prix. Le patron de l'info le lui dit avant d'ajouter :

— Chacun fait ce qu'il veut, moi je n'ai pas envie de me fâcher avec la ministre de l'Intérieur.

Justine lui prit les deux mains en le regardant fixement et les secoua presque brutalement.

— Oublie Rossel, chacun son job. Le nôtre, c'est d'être les meilleurs.

Leroy l'interrompit, agacé :

— Et accessoirement de faire de l'information, pas de balancer des messages anonymes !

— En tous les cas, il faut qu'on se décide vite, dit-elle en repoussant l'assiette de langoustines.

C'était à son tour de ne plus avoir faim. Ils décidèrent de rentrer, sans toucher au café que l'un des deux patrons avait apporté espérant, lui aussi, glaner deux ou trois informations. Il n'avait rien entendu. Sinon tout Paris aurait été mis au courant dans l'heure.

Il faisait encore très doux, Jacques proposa à Justine de la raccompagner à pied. Elle n'avait pas envie de marcher et surtout besoin d'être seule ; elle s'engouffra dans le premier taxi hélé boulevard Raspail. Elle n'était pas bien, l'échange rugueux qu'elle venait d'avoir avec Leroy l'avait mise mal à l'aise. Rentrée rue du Bac, après être passée par le réfrigérateur pour prendre une bière, elle se planta devant le miroir du dressing qui jouxtait sa chambre. L'endroit à peine occupé pendant des années ressemblait désormais à une boutique de prêt-à-porter de luxe. Nue devant la glace en pied qui trônait entre une penderie débordant de tenues habillées et des étagères regorgeant de pull-overs, elle finit par s'asseoir en cherchant ce qui avait changé. Physiquement, elle n'était pas différente de la Justine Berger débutante au *Grand Quotidien du soir*, celle qui arrivait la première au journal pour pêcher le poisson du jour en évitant le marronnier de la semaine. Pas un cheveu blanc et le corps léger de ses vingt ans. En s'approchant du miroir, elle voyait bien ce presque-rien qui sonne la fin des corps parfaits, mais la maturité donnait à sa silhouette une grâce et un charme qui compensaient les marques du temps. Le costume avait changé, mais Prada ne lui avait pas fait oublier Levi's, ni ses tailleurs-pantalons les jeans, dress code monochrome de ses années de terrain. Sa passion du métier restait intacte même si le malaise qu'elle ressentait à cet instant faisait écho à cette petite musique irritante qui la réveillait parfois. À qui avait-elle vendu son âme en acceptant la proposition de Bourdarias cinq ans auparavant ? Elle n'était plus depuis longtemps la femme libre qu'elle prétendait être. Au fond d'elle-même, elle le savait depuis qu'elle avait pris le train Genève-Paris.

En se glissant dans les draps, elle prit son téléphone pour appeler Leroy. Elle voulait s'excuser et reprendre cette conversation qu'elle jugeait finalement nécessaire. Elle n'eut pas le temps de chercher le nom de Jacques, il venait de s'inscrire sur l'écran du portable. C'est lui qui appelait et qui l'entendit répondre avant même qu'il n'ouvre la bouche :

— Pardon, Jacques, on s'est quittés un peu brutalement, mais tu as raison, il faut qu'on se parle. Du 18/20 et plus généralement de Globe Info.

Leroy ne lui laissa pas le temps d'aller plus loin, il l'interrogea d'une voix inquiète :

— Tu as vu Twitter ? Ce type qui m'a appelé a balancé son message sur les réseaux sociaux. En t'accusant de n'en avoir rien dit dans ta Spéciale.

Le tweet envoyé à 1 h 02 avait déjà été liké plusieurs milliers de fois. Signé « le Zorro et l'infini », un pseudonyme jusque-là inconnu du réseau, il était sans ambiguïté.

@leZorroetl'infini :

Bourdarias a payé pour toutes ses saloperies. D'autres ont déjà connu ou connaîtront le même sort à la tombée des feuilles. Cette journalope de Leroy a été prévenu mais il a préféré aller pleurer chez les flics. Qu'il aille en enfer avec sa pute Justine Berger.

— C'est dégueulasse mais ça n'est qu'un tweet, réagit Justine, plus furieuse que troublée. Tu ne vas pas dire le contraire, toi qui passes ton temps à nous expliquer qu'il faut cesser de réagir au premier post publié.

— Peut-être, mais en l'occurrence, le message que j'ai reçu, le type qui t'a agressée et maintenant ce tweet, ça commence à faire beaucoup. Et puis tu connais nos confrères, ils vont en faire leurs choux gras. Les radios m'ont déjà appelé. France Inter et RTL m'invitent dans leur Matinale. On ne peut rester sans rien dire. Retrouve-moi à la rédaction, j'appelle Rossel, dit-il en raccrochant sans attendre une réponse.

Au ministère de l'Intérieur, l'appartement de la ministre n'était pas grand mais suffisamment confortable pour que Salma s'y sente chez elle. Dès son arrivée à Beauvau, elle avait décidé de faire de ce trois-pièces impersonnel le refuge discret de ses rares moments privés. Interdite de vie amoureuse pour cause de ministère, elle aimait s'y retrouver au creux de la nuit avec pour seule compagnie Plumeau, un chat de gouttière qui s'était incrusté dans le jardin avant même qu'elle ne soit nommée. Les irruptions impromptues du félin dans le bureau du rez-de-chaussée et l'affection encombrante qu'il manifestait à certains visiteurs avaient conduit Salma à l'installer dans cet appartement. C'est lui qui le premier réagit au coup frappé à la porte. Lové contre sa maîtresse qui venait enfin de s'assoupir, il bondit hors de la chambre comme s'il donnait ordre à Salma de le suivre. Au seuil de l'appartement, le jeune homme qui était accompagné du policier de garde lui était inconnu. Vingt-cinq ans au plus, il ne ressemblait pas aux jeunes gens habituellement rencontrés dans les couloirs du ministère. Veste prince-de-galles sur un tee-shirt noir échancré, en jean et baskets, on l'imaginait plutôt créatif dans une agence de pub que dans la maison mère des flics. C'est pourtant lui qui, d'un ton assuré, venait expliquer à Salma que le gouvernement devait réagir au plus vite s'il ne voulait pas être débordé par les réseaux sociaux. Il lui tendit un paquet de feuilles sur lesquelles avaient été imprimés les milliers de posts qui avaient liké, retweeté ou commenté le tweet de « Zorro et l'infini ». Sans attendre ses questions, il expliqua à Rossel que non seulement le pseudo avait été créé pour l'occasion mais que, à l'évidence, le tweet avait été envoyé d'un téléphone à carte prépayée. Impossible de remonter jusqu'à l'auteur.

Comprenant que cette nuit serait aussi blanche que les deux précédentes, Salma redescendit dans son bureau où l'attendait le chef de cabinet alerté lui aussi par le jeune homme à la veste prince-de-galles.

— Le directeur de l'information de Globe Info a cherché à vous joindre sur votre portable. Il vient de m'appeler pour connaître vos intentions. Si on confirme les menaces et le message, on va vers un sacré bordel, Madame la ministre…

— Mais si on ne dit rien, ça va être pire. Autrement dit, c'est la merde, laissa tomber Salma, retrouvant son langage cru d'avant le ministère.

Elle ne croyait pas si bien dire. Au même moment à Marseille, le gardien d'un immeuble cossu qui surplombait la corniche Kennedy appelait la police. Une odeur nauséabonde s'était répandue au 3e étage.

Chapitre 10

Antoine Legarec aimait bien son job. Malgré ce nom breton hérité de ses grands-parents paternels, c'était un vrai Marseillais né dans le quartier de l'Estaque. Il avait le sang chaud et le coup de poing facile. Il en donna beaucoup et en reçut suffisamment pour que son père l'éloigne des Calanques et ampute une bonne partie de son médiocre salaire pour l'envoyer dans un lycée planté dans la campagne aixoise. Antoine se découvrit un goût pour la nature et les jardins qui le conduisit, vingt-cinq ans plus tard, à retrouver les bords de mer de son enfance. À ceci près que, passant du nord au sud, il avait tourné le dos au Marseille des dockers pour le seul endroit où le prix du mètre carré rivalise avec celui de la capitale. De ce Marseille-là, il n'avait connu longtemps que les plages des Catalans et du Prado où entre deux mini-larcins, il tapait dans le ballon avec ses copains des quartiers nord. Adolescent, il s'attardait sur le siège d'une vieille Vespa et contemplait des heures durant la mer, fendue par le sillage des bateaux à l'approche du Vieux-Port. Un samedi, il était monté à bord de la navette des îles. À l'instar des riches sur leur yacht, il avait caboté autour du

Frioul avant de se perdre dans les eaux bleues des Calanques. Il s'était imaginé, tel ce Dantès dont il avait vaguement entendu parler, revêtir les habits vengeurs de Monte-Cristo. Son amour de la nature et cette tendresse qu'il avait éprouvés pendant ses années aixoises pour les oliviers, les cyprès et les forêts de chênes verts l'avaient sauvé d'un destin qui ne l'aurait certainement pas conduit au château d'If mais plus sûrement aux Baumettes. Il avait le choix entre devenir mauvais garçon ou horticulteur, il opta pour les plantes et fit une scolarité convenable au lycée agricole d'Aix-Valabre. Longtemps régisseur d'une propriété qui prenait racine au pied de la colline de Ventabren, il habita des années dans la maison de gardien avec Jeannette, sa compagne rencontrée un soir de 14 juillet. Deux adolescents plus tard, le couple assouvit ses envies de bord de mer en offrant ses services aux résidents d'un luxueux parc de la corniche. Dix hectares de pins de Norfolk, de micocouliers, de poivriers de Californie et autres arbres de soie, un domaine enchanteur qu'il chérissait comme s'il en était le propriétaire. Dès le printemps et les premières rosées du matin, il aimait humer les odeurs mêlées de cette mini-forêt seulement séparée de la mer par la route en lacets qui flirtait avec le vallon des Auffes avant de se perdre dans les sables du Prado. Les îles du Frioul, qui l'avaient fait rêver enfant, étaient à ses pieds. Quatre gros rochers blancs qui montaient une garde redoutable à l'entrée de la côte. Jeannette gérait les services hôteliers de la résidence dans laquelle se cachaient quatre petits immeubles abritant une dizaine d'appartements et d'immenses terrasses plantées d'essences rares et de mini-piscines.

Le couple avait su se rendre indispensable aux riches et paisibles retraités qui habitaient l'endroit.

Parmi ces derniers, Michel Palombi habitait au 4e étage du Pomègues, l'un des immeubles nichés au cœur de la pinède. Depuis la mort de sa femme, il vivait seul dans ce cinq-pièces beaucoup trop grand pour lui mais dont il avait fait le lieu de mémoire de son amour disparu.

Palombi, grand flic dont la dureté tranchait avec la tendresse dont il entourait sa compagne, était un homme du Nord, né dans une famille d'industriels qui avait fait fortune dans le textile. D'autant plus imperméable à l'argent qu'il était assuré d'une fortune le mettant à l'abri des angoisses du quotidien. Le tissu n'avait jamais été pour lui une perspective de vie. La police avait été sa famille. Commissaire à moins de trente ans, il avait vécu entre Saône et Rhône jusqu'à une nomination parisienne qui fit de lui quelques années plus tard un patron du Raid apprécié. Directeur général de la police au terme d'une carrière que le ministre de l'Intérieur avait qualifiée d'exceptionnelle en lui remettant la croix de commandeur de la Légion d'honneur, il avait enfin profité de cet argent familial pour s'installer dans cet appartement où seuls le chant des mouettes et le souffle du mistral venaient troubler le silence des grands arbres.

Michel Palombi sortait peu, mais ne manquait jamais une marche matutinale qui l'emmenait jusqu'à la Pointe-Rouge avant de le conduire au pied de ces grandes bâtisses, vestiges délabrés de la bourgeoisie maritime qui avait conquis Marseille à l'aube du XXe siècle. Le flic dur et sans états d'âme s'était mué en un élégant vieillard discret et généreux. En particulier avec Antoine Legarec qui ne jurait que par cet homme à la parole rare et au billet facile. Le régisseur s'occupait des plantations de sa terrasse magnifiée, par la grâce d'une main verte exercée à la culture des essences exotiques, en jardin extraordinaire.

Quand Antoine se résolut à appeler la police, cela faisait six jours qu'il n'avait pas vu Palombi. Ordinairement, il se passait rarement plus de quarante-huit heures sans que le gardien ne croise le grand flic. Les voisins du 3e étage l'avaient alerté. Une étrange odeur de beurre rance avait envahi leur appartement. Elle résistait aux fenêtres ouvertes. Désagréable au 3e, elle était insupportable sur le palier de l'ancien directeur général de la police.

Lorsqu'ils défoncèrent la porte, les policiers eurent un mouvement de recul. L'odeur était suffocante et la vision épouvantable. Michel Palombi était nu sur son lit, couvert de sang séché, les mouches, bruyantes et voraces, s'agglutinaient autour du ventre tailladé et verdâtre. Les yeux fermés, il avait sans doute été surpris dans son sommeil et assassiné d'une dizaine de coups de couteau. Sur le mur à la droite du lit, le meurtrier avait écrit en lettres de sang six mots en majuscules : *le premier mais pas le dernier*.

À Paris, le chef de cabinet de la ministre de l'Intérieur posa le téléphone sur le bureau en actionnant le haut-parleur. Salma Rossel n'avait pas entendu le début de l'échange mais comprit très vite. Le préfet de police des Bouches-du-Rhône décrivait, sans omettre le moindre détail, la scène de crime qu'il avait sous les yeux. Le corps très abîmé, la décomposition qui avait déjà fait son œuvre, Palombi mort depuis cinq jours au moins, l'assassin n'y était pas allé avec le manche du poignard. Et une signature qui était une menace. Les mêmes termes que le message adressé à Leroy, les mêmes mots que ceux publiés dans les tweets, déjà repris sans précaution par les radios. La ministre avait raison, c'était bien la merde. Twitter faisait état d'une étrange agitation policière sur la corniche Kennedy. Rossel ne pouvait laisser l'Élysée plus longtemps en dehors de la boucle. Le secrétaire général prévenu appela lui-même le président. Et Salma, de son côté, réveilla le Premier ministre. Ça n'était pas seulement le manque de sommeil qui marquait les visages. Autour du président, le secrétaire général, le Premier ministre, Rossel, Le Goff et le préfet de police pensaient la même chose : Palombi et Bourdarias étaient les premiers d'une série annoncée. Mais quel rapport entre le patron de Globe Info et l'ancien directeur de la police nationale ?

— À ma connaissance, dit Salma, leurs chemins ne se sont jamais croisés ou alors dans une intimité que nous ne connaissons pas.

— Le plus inquiétant, ajouta Le Goff, c'est le mode opératoire, qui voudrait nous faire croire qu'il s'agit d'une opération terroriste. Palombi et Bourdarias incarnaient chacun une forme de pouvoir, les victimes n'ont pas été choisies au hasard.

— Et alors, s'énerva Peretti, vous n'allez pas mettre un flic derrière tous ceux qui symbolisent l'État ou l'argent ! Faites votre boulot, trouvez ce salopard. Et laissez les journalistes divaguer sur les hypothèses. De toute façon, avec la presse, le bal des âneries ne va pas tarder à s'ouvrir.

Le ton tournait à l'aigre et Salma, qui n'avait jamais complètement abandonné sa casquette de flic, enchaîna :

— Nous n'allons lâcher aucune piste et fouiller le passé des deux hommes. La vie du premier était aussi transparente que celle du second fut tumultueuse et trouble.

L'AFP prévenue, la première dépêche tomba à 5 h 08.

Mort de l'ancien directeur général de la police Michel Palombi.

AFP – 5 h 09 flash

Michel Palombi a été retrouvé poignardé chez lui à Marseille.

AFP – 5 h 11 flash

Découvert nu sur le lit, le corps de Michel Palombi était en état de décomposition avancée, lacéré d'une dizaine de coups de couteau. Selon la police, la mort remonte à cinq jours au moins.

La puanteur rendait la mort laide et médiocre. Legarec avait ouvert les baies vitrées mais les mouches par dizaines continuaient de fouiller les entrailles du cadavre. L'odeur flottait sur la résidence et les mouettes au nez délicat s'étaient éloignées du bord de mer. Le préfet de police de Marseille, Pierre Pélissier, n'avait jamais vu un tel spectacle. Il avait croisé Palombi dans une autre vie, lorsque, chargé de mission au cabinet du ministre de l'Intérieur, il servait d'agent de liaison entre la Place Beauvau et le patron du Raid. À ce titre, il avait participé à l'opération qui avait mis hors d'état de nuire deux terroristes qui avaient pris en otage, durant deux longues journées, les clients d'un supermarché de la banlieue lilloise. Pélissier avait pu apprécier le sang-froid de Palombi conduisant l'assaut tel un général d'armée. À l'époque, le patron du Raid était salué pour son courage et son savoir-faire. Et voilà que trente ans plus tard, le grand flic qu'il avait sous les yeux ressemblait plus à un animal sauvagement dépecé qu'à un dignitaire de la République. Ce cadavre aux intestins mangés par les vers n'avait pas plus de dignité qu'un chien écrasé sur un chemin de campagne. Le préfet, nauséeux, donna ordre qu'on évacue au plus vite le corps. La police scientifique était venue en nombre mais dut se résoudre à l'évidence : l'assassin n'avait laissé aucune empreinte. L'appartement n'avait été ni fouillé ni cambriolé. L'ordinateur, dont Palombi faisait peu usage, était toujours ouvert sur le bureau. Seule l'inscription écrite avec le sang de la victime témoignait du passage du meurtrier. Embarqué dans un grand sac noir cerné par les mouches tourbillonnantes qui semblaient s'agacer de ne plus pouvoir faire ripaille, le corps avait été transféré à l'Institut médico-légal de la Timone mais au final peu importait que l'assassin ait frappé d'abord la gorge ou le ventre, les causes de la mort étaient si nombreuses et évidentes que cette chirurgie post mortem était de pure forme. Dans l'appartement enfin débarrassé du cadavre et de son odeur pestilentielle, les policiers restés sur place avaient travaillé jusqu'au lever du jour à la recherche d'un indice qui leur ouvrirait une piste. Soigneusement rangé et entretenu par la compagne du gardien, l'appartement ne souffrait d'aucun désordre. Les commodes et penderies étaient encore pleines des vêtements de la femme de l'ancien policier. Depuis son veuvage, la mort avait envahi cet endroit. Les pièces étaient inondées de lumière mais semblaient si froides à Palombi qu'il les avait ignorées au point de les avoir rayées de sa géographie du quotidien. Il n'y avait que le salon, sa chambre et la terrasse qui trouvaient grâce à ses yeux. Les heures n'étaient pas douces et seule la mer lui permettait d'égrener un temps qu'il trouvait interminable. Il imaginait la vie sous-marine, la faune et la flore immergées à ses pieds, suivait aussi longtemps que le regard le permettait les ferries qui accostaient quelques tours plus loin et contemplait les îles immuables avec du côté d'If, ce Dantès qui rêvait d'ailleurs alors que lui n'attendait que la fin. Dans cet appartement où le bonheur n'était plus qu'un amer souvenir, les policiers avaient eu beau vider sans ménagement les tiroirs et retourner tout ce qui pouvait l'être, ils n'avaient rien trouvé qui puisse leur donner un début d'explication. Qui aurait pu en vouloir à ce vieux monsieur ignoré de tous, sauf d'Antoine Legarec et de sa femme ? Seuls témoins de cette vie qui ne ressemblait à rien, ils furent les premiers interrogés mais mis rapidement hors de cause. Palombi était pour eux une sorte de parrain affectueux qui complétait discrètement leurs revenus. Ils n'avaient aucune raison d'éventrer celui qui leur permettait de se croire bourgeois parmi les bourgeois.

Pour ne pas être dérangé dans ses rêveries aussi solitaires que lugubres, Michel Palombi avait souhaité que Jeannette, l'épouse d'Antoine, lui prépare des plats pour la semaine. Il exigeait une frugalité des menus qui convenait à la médiocrité de son appétit. La cuisine comme le reste de l'appartement avait été désertée par l'ancien flic qui n'y passait que le temps d'un café matinal et de repas absorbés sans plaisir. Une seule fois, la compagne d'Antoine vit l'endroit en désordre, les placards vidés de leur contenu, conserves et épicerie traînant sur le carrelage au beau milieu de la vaisselle. Comme elle s'en étonnait, elle fut sèchement rembarrée par Palombi.

— Je n'ai pas compris, dit-elle aux policiers. C'était un monsieur si gentil. Il a refusé que je range les placards.

— Et ?

— Quand je suis revenue le lendemain, tout était en ordre.

— C'était il y a longtemps ?

— Oh oui, plusieurs mois.

— Et ça ne s'est jamais reproduit ?

— Non, monsieur était redevenu comme avant, courtois, prévenant. On n'était pas amis mais on l'aimait bien. Et je crois que lui aussi nous appréciait.

Le policier et son collègue venaient de réaliser que ni l'un ni l'autre n'avaient fouillé la cuisine. La pièce ressemblait plus à l'antre d'un restaurant étoilé qu'à une cuisine ordinaire. Trois fours, un immense plan de travail dans lequel étaient encastrées des séries de quatre feux, deux réfrigérateurs, deux congélateurs et des placards en abondance. Il y avait quelque chose d'absurde dans cet endroit qui n'avait pas servi depuis des années. Les deux enquêteurs s'étaient fait accompagner de Jeannette, invitée à recréer le désordre dont elle avait été témoin. Cette reconstitution impromptue ne révéla rien, sinon que les conserves accumulées n'étaient jamais consommées. Un fait cependant intrigua la femme du gardien : rien n'était à sa place.

— Ça n'est sûrement pas monsieur Palombi qui a touché à ces conserves ! s'exclama-t-elle en vidant le dernier placard.

— Qui voulez-vous que ce soit ? répondit incrédule l'un des enquêteurs. Rien n'a été volé dans l'appartement. Le meurtrier n'est pas venu pour prendre deux boîtes de raviolis !

Malgré tout, le policier s'approcha du placard et remarqua que le fond était différent. Il n'était pas fixé mais seulement clippé. En appuyant sur les deux côtés, le flic fit sortir la planche de ses gonds. Bingo. La pêche qui n'avait rien donné jusqu'alors venait de livrer son gros poisson. Un coffre scellé au mur qui, de l'avis des flics, devait peser près d'une tonne.

— Vous n'aviez rien remarqué ?

— Non, rien ne bougeait jamais dans ce placard.

Les policiers durent attendre l'arrivée du serrurier. L'homme avait pourtant l'habitude, les coffres les plus coriaces lui résistaient rarement plus d'une vingtaine de minutes. Mais cette fois-ci, il fallut près de deux heures à l'artisan pour en venir à bout. La porte ouverte, les deux flics auxquels s'étaient joints ceux qui avaient fouillé en vain le reste de l'appartement restèrent sans voix. Les armes s'accumulaient en vrac devant eux. Du Glock 18 au fusil d'assaut HK416, il y en avait une bonne dizaine. Des armes récentes qu'utilisaient les hommes du Raid. Comment Palombi avait-il pu se procurer un tel arsenal et dans quel but ? À l'examen, aucune de ces armes n'avait été utilisée. Sur la tablette supérieure se trouvait un vieil attaché-case que le serrurier n'eut aucun mal à ouvrir. À l'intérieur, le port d'armes que Palombi avait fait renouveler l'année précédente, des actes de propriété, un vieux contrat de mariage et trois lettres postées à Aubagne. La première datait d'il y a quelques mois, la deuxième et la troisième avaient été envoyées simultanément une semaine auparavant.

— C'est vous qui avez apporté ces courriers à M. Palombi ? demanda le policier à Jeannette qui attendait sur la terrasse.

— La première, je ne sais plus, mais les deux dernières je m'en souviens très bien, j'avais été d'autant plus étonnée que monsieur ne recevait jamais de courrier. D'ailleurs, lui aussi avait l'air surpris. En les ouvrant, il était devenu si blanc que j'ai cru le voir défaillir.

À Paris, Prédaras et Derrida avaient pris l'antenne plus tôt que prévu. Au moment où la dépêche annonçait le meurtre de Palombi, ils s'interrogeaient encore sur ce qu'ils allaient pouvoir dire à propos de Bourdarias. L'enquête piétinait, la femme du patron de Globe Info serait interrogée chez elle dans la journée, mais les deux journalistes savaient qu'ils marchaient sur des œufs. La vie privée du boss était pour la chaîne un terrain miné. Daniel et Anne-Élisabeth n'avaient pas la liberté de leurs concurrents qui ne s'étaient pas privés dès la veille au soir de multiplier les reportages sur les parts d'ombre de l'industriel. Jusqu'à évoquer indirectement la relation que le patron de Globe Info entretenait avec l'une de ses présentatrices. Star News s'était particulièrement distinguée en évoquant en termes peu confraternels les liaisons dangereuses de Bourdarias en affaires et en amour.

C'est dire si le flash de l'AFP annonçant la mort de Palombi était tombé à point nommé pour relancer la machine à fantasmes. À Globe Info, les deux présentateurs avaient invité un spécialiste des tueurs en série. L'expert, qui avait écrit des milliers de pages sur les épopées macabres des Landru, Petiot et autre Guy Georges, avait expliqué, sceptique, à Prédaras qu'aucun de ces tueurs célèbres n'avait annoncé ses projets morbides avant de les mettre à exécution. Mais le même avait reconnu qu'avec les réseaux sociaux tout était désormais différent. Sur Twitter, la tentation était grande pour les gamins en mal de plaisanteries, les pervers impuissants et les complotistes de tout poil de s'approprier un attentat ou un crime dont ils ne connaissaient rien l'heure d'avant, mais qui leur donnerait, l'espace d'une seconde, la délicieuse sensation d'être le grand ordonnateur du chaos.

Trois dépêches sur Palombi, et voilà Bourdarias condamné à n'être plus qu'un cadavre parmi d'autres à l'Institut médico-légal. Il n'y en avait plus que pour l'ancien directeur général de la police, son corps en lambeaux et les menaces relayées sur les réseaux sociaux. Sur le plateau de Globe Info, Stenbach fut prié de mettre du piment dans la soupe que servait la chaîne de Bourdarias. Sous le regard réprobateur de l'expert qui continuait d'en appeler à la raison, le grand reporter, doublant ses concurrents sur le terrain de la chimère, imaginait l'homme au poignard mettant à exécution sa promesse d'ouvrir une série sans fin. Le tableau était sombre et les hypothèses fumeuses. Quel mobile pour tuer ces deux hommes qui ne se connaissaient pas ? Le journaliste commençait à s'aventurer sur des chemins incertains quand Prédaras l'interrompit pour donner un nouveau flash AFP.

AFP – 9 h 12 flash

Opération policière d'envergure visant les milieux islamistes radicaux.

Chapitre 11

À Marseille, l'armada de voitures de police qui avait débarqué entre la prière du matin et celle de la mi-journée avait fait fuir les dealers qui avaient rangé précipitamment leur stock de *green haze* à 60 euros le pot. Peine perdue, ce n'étaient pas eux qui intéressaient les policiers, arrivés en nombre au pied de la mosquée Islah et des lieux de culte implantés dans les quartiers nord de la ville. Les agents de la DGSI avaient réactualisé leurs listes de fichés S et plusieurs dizaines d'entre eux avaient été embarqués sans ménagement, avant d'être dispatchés dans les différents commissariats de la ville.

Les mêmes scènes s'étaient reproduites dans les mosquées de la région parisienne dont les imams appartenaient à la mouvance des Frères musulmans. À Lyon, à Strasbourg, dans tous les endroits proches du mouvement Tabligh, de jeunes gens, soupçonnés de radicalisation, avaient été arrêtés. À Nice, les descentes de police dans les quartiers de l'Ariane et des Moulins avaient provoqué des rassemblements qui avaient rapidement dégénéré. Il avait fallu le renfort de plusieurs compagnies de CRS pour éviter que les policiers qui s'étaient engagés trop près d'une mosquée ne soient pris en otage. Les opérations s'étaient déroulées sans caméra, la ministre de l'Intérieur qui n'ignorait rien du rôle dévastateur des images en pareille situation n'avait prévenu l'AFP qu'une fois l'opération terminée. Pour autant, les descentes de police avaient laissé des traces et les médias n'étaient pas les bienvenus. Prudemment, les reporters étaient restés à la lisière des quartiers investis.

À Beauvau, Salma Rossel était folle de rage. L'opération de police avait été un sans-faute ou presque et voilà que Star News débattait des courriers reçus par Palombi. Au téléphone avec le préfet de police de Marseille, Salma éructait si bruyamment qu'elle en était incompréhensible.

— Vous avez vu Star News, Pélissier ? Vous avez intérêt à trouver l'enflure de flic qui a balancé les lettres trouvées chez Palombi. Sinon, vous pouvez dire adieu à vos dimanches à la plage.

— C'est impossible, Madame la ministre, ces courriers ont été mis sous scellés à l'instant où nous les avons trouvés chez Palombi.

— Et ne me prenez pas pour une conne en plus, il y avait une dizaine d'enquêteurs dans l'appartement. C'est forcément l'un d'eux. Trouvez-le et mettez-le au frais avant de le virer. Des jean-foutre ! Des jean-foutre !

Salma hurlait dans son bureau sans qu'elle sache elle-même si elle parlait des flics ou des journalistes de Star News. Sur le plateau de la chaîne, l'un d'entre eux, manifestement fier de son coup, relisait pour la troisième fois les courriers dont il avait reçu la copie sur son téléphone. Le numéro était masqué et les vérifications presque impossibles mais le scoop était énorme et l'occasion de doubler Globe Info trop belle. La rédaction avait eu confirmation que des lettres avaient été trouvées dans le coffre de l'ancien patron du Raid. Léger mais suffisant, avait estimé le rédacteur en chef de Star News qui avait toujours professé qu'une information et son éventuel démenti, c'étaient deux informations pour le prix d'une.

Les trois lettres étaient manuscrites, d'une écriture appliquée presque enfantine, mais le contenu n'avait rien de puéril. La première, datée d'une quinzaine de jours, accusait Palombi d'avoir tué plusieurs dizaines de musulmans.

Nos frères étaient des purs, élevés dans la croyance en un Dieu tout-puissant, ils n'ont fait que répondre à son appel et ont toujours agi en son nom. Les opérations qu'ils ont menées ne visaient qu'à faire entendre la voix de Dieu et protéger nos femmes et nos enfants des perversions de votre monde sans foi. Seule la loi d'Allah nous conduira à la plénitude. À Arles, en 1998, avec vos hommes vous avez tué cinq d'entre eux, pris aux pièges du Raid, alors qu'ils se fournissaient en armes pour leur juste combat. Et vous avez recommencé trois ans plus tard en massacrant douze de nos frères dans cet hypermarché où les Juifs n'avaient fait que payer les douleurs qu'ils infligent à nos familles sur la terre de Palestine.

Vous avez organisé ou couvert des dizaines d'opérations au cours desquelles nos combattants ont été torturés et jetés dans vos prisons moyenâgeuses. Il est l'heure de payer. Le bord de mer sera votre lieu de torture et la Méditerranée votre linceul.

Les deux autres lettres avaient été envoyées à cinq heures d'intervalle, quarante-huit heures avant l'assassinat de Palombi. Chacune d'une écriture différente mais avec un contenu identique.

Nos frères ont délibéré. Ils ont décidé de commuer la peine de mort en une pénitence éternelle. Chaque jour un message te rappellera tes crimes. Et ton sommeil sera peuplé de ces âmes pures qui t'empêcheront à jamais de connaître le repos. Ta vie ne vaut plus rien sinon le prix des armes que tu devras régulièrement nous procurer. Le lieu du rendez-vous sera précisé dans un prochain courrier. Et sache que si tu préviens la police, c'est toi qui auras décidé de ta mort.

Allah Akbar.

Dans le studio de Star News, son polémiste vedette cachait mal une jubilation obscène. Enjambant le bon sens affiché par le jeune philosophe qui lui était opposé, il trouvait dans ces courriers la preuve définitive que tout adepte de l'islam était nécessairement un terroriste islamiste. Ancien journaliste d'un quotidien du matin, auteur de best-sellers qui répétait de livres en livres ces antiennes islamophobes, il avait fait de Star News l'otage consentant de ses délires. Avec lui, la chaîne qui piétinait dans les limbes du néant audiovisuel avait réussi à mordre les mollets de Globe Info. Plus il tapait fort, plus l'audience frémissait. Et ce matin-là, il tapait très fort. Écrasant de références historiques invérifiables par son contradicteur du jour, il appelait au soulèvement des croisés modernes pour faire barrage à la vague des fous de Dieu qui submergeait déjà la France.

Alors que l'adepte de la philosophie des Lumières en appelait à l'antiracisme raisonnable des grands auteurs, il exigeait la démission immédiate du président et de son gouvernement incapable de rassembler les Français dans un juste combat contre les barbares. Plus rien ne l'arrêtait. Ses excès auraient dû le disqualifier mais l'audience dont il jouissait confirmait que ses propos trouvaient un écho puissant dans le pays. Le présentateur lui-même, qui d'ordinaire écoutait sans broncher ses diatribes les plus fantasques, avait tenté de l'appeler à un peu plus de raison. Rien jusqu'alors ne permettait de déduire que les auteurs de ces lettres étaient les meurtriers de Palombi. Mais le rédacteur en chef l'arrêta net. Le minute par minute venait de confirmer que le polémiste avait fait exploser les compteurs et mis pour la première fois Globe Info dans la plus humiliante des situations, celle de numéro 2.

Jacques Leroy, qui avait assisté au désastre dans son bureau, venait d'avoir une mauvaise pensée. L'espace d'une seconde, il avait béni celui qui, par la grâce de quelques coups de poignard, lui avait épargné la salve d'injures dont l'aurait couvert Bourdarias dans un moment pareil ! Le temps de se ressaisir, il demanda à Justine de le rejoindre. La journaliste avait la mine défaite, mais les cernes d'une nuit trop brève accentuaient encore l'étrangeté de son regard et sa longue chevelure bouclée offrait à son visage un je-ne-sais-quoi d'inaltérable. Dans l'ordinaire des jours, même les beautés les plus éclatantes se banalisent dans le regard des autres, mais celle de Justine qui semblait se moquer de l'heure et du temps était si rare que rien ne semblait devoir l'altérer. Lorsqu'elle entra dans le bureau, Leroy plongea son regard dans le sien sans rien dire. Et mi-furieux mi-tendre, il l'interrogea.

— Qu'est-ce qu'on fait ?

— Quoi, qu'est-ce qu'on fait ? On enquête, comme tout le monde.

— Tu as vu Star News ?

— Et alors ? On ne va pas courir après ces enfoirés qui sont allés jusqu'à balancer que j'étais la maîtresse de Bourdarias.

— Bon, mais ça on s'en fout. En revanche, je ne me fiche pas qu'ils aient eu les courriers adressés à Palombi et pas nous. Qu'est-ce qu'il fabrique, Stenbach ?

— Manifestement, il n'était pas branché avec le flic qui a balancé les lettres.

— On le paie cher. Star News était devant nous ce matin. Si ça devait t'arriver, j'imagine ta tête.

— Tu ne veux quand même pas qu'on rentre dans les divagations de l'autre illuminé ?

— Non, c'est même l'inverse. Cette course à l'audience m'emmerde. On la paie cash. Tu as vu notre image ? Dégueulasse. Tout le monde nous regarde et tout le monde nous déteste. Tu as envie de continuer comme ça ?

Berger regardait son ami. Lui aussi avait l'air fatigué. Pour la première fois, elle remarquait ses cheveux grisonnants et une barbe de quarante-huit heures déjà blanche. Elle avait l'impression de découvrir un visage inconnu, même s'il lui arrivait d'exprimer une lassitude qu'elle partageait parfois.

— Moi non plus, je ne sais pas si je vais continuer longtemps, dit-elle songeuse, mais ce dont je suis sûre, c'est qu'on ne va pas déposer les armes aujourd'hui parce qu'un concurrent nous a piqué la place pendant deux minables heures. Stenbach travaille sur les coups de filet dans les milieux islamistes. Fais-moi confiance, ce soir on ne leur laissera que des miettes.

À la même heure à Marignane, la voix de l'aéroport pressait les derniers passagers pour le vol Nice–Hong Kong de 13 h 45. À ce moment de la journée, le Hall 1 était une sorte de tour de Babel où les langues et les mots s'entrechoquaient dans un indescriptible brouhaha. Les hôtesses de l'aérogare, épaulées par les agents de sécurité, tentaient en vain de mettre de l'ordre dans les files d'attente où l'impatience des uns se cognait à l'indifférence blasée des autres. Entre ceux pressés de rentrer chez eux et les couples rêvant d'un ailleurs prévu de longue date, aucun n'avait de raison particulière de s'intéresser au groupe d'une trentaine de personnes menottées et encadrées par des hommes armés qui venait de faire irruption dans le terminal réservé aux liaisons internationales. Prudents, les policiers avaient choisi le Hall 1 pour éviter d'inopportunes rencontres dans l'aérogare réservée aux vols intérieurs. Un ATR 42 les attendait en bout de piste. Au commissariat central de Marseille, les trente avaient été peu loquaces, protestant de leur innocence et s'insurgeant contre leur arrestation dont les avocats commis d'office avaient dénoncé l'arbitraire. La plupart, fichés S, s'étaient abrités derrière leur foi pour justifier leur présence quotidienne à la mosquée. Dans l'avion, ils s'étaient réfugiés dans un silence d'autant plus lourd qu'un orage qui avait éclaté au-dessus des Alpes ballottait la carlingue entre éclairs et trombes d'eau.

À Lyon, un hélicoptère gros porteur avait décollé de l'aéroport Saint-Exupéry avec à bord la vingtaine d'hommes arrêtés au cours de la matinée. Les deux appareils s'étaient posés en bout de piste à Roissy et la cinquantaine de suspects conduits en fourgons blindés jusqu'à la rue du Bastion.

Gabriel Le Goff et son adjoint Dubosc n'avaient pas fait les choses à moitié. Tous les policiers de la crim' disponibles avaient été mobilisés pour arrêter ces hommes protestant d'une innocence malmenée par des curriculum vitae qui alternaient braquages et violences à l'encontre des forces de l'ordre. La plupart avaient séjourné à Londres, Bruxelles ou Amsterdam, entre deux passages par la case prison. Les tampons de leur passeport témoignaient de leurs liens avec les réseaux islamistes européens. Mais ils étaient français, nés en France, et la police avait jusqu'alors été impuissante à faire la preuve d'une possible relation entre leur activité de malfrats et le terrorisme islamiste. Échaudé par ces échecs, Gabriel n'était sûr de rien mais les courriers trouvés chez Palombi, menaçant de mort au nom d'Allah l'ancien patron de la police avant d'exiger des armes, étaient suffisamment parlants aux yeux du patron de la crim'. Le terrorisme islamiste et le grand banditisme chassaient en meute sur les mêmes terres.

La salle d'interrogatoire de la rue du Bastion avait été transformée pour l'occasion en salle d'écriture. À la place de la table aux dimensions modestes qui occupait le milieu de la pièce, une quarantaine de bureaux récupérés dans l'école primaire voisine avaient été installés, donnant à l'endroit l'apparence étrange d'une salle de classe participant à un concours d'orthographe. Gardés par la vingtaine de policiers armés en faction dans les allées formées par l'alignement des pupitres, les suspects avaient été priés d'écrire sous la dictée de Le Goff les trois courriers manuscrits trouvés dans le coffre de Palombi. Comme toujours en pareille circonstance, les graphologues avaient divergé sur les conclusions, mais l'exercice n'avait pas été inutile. L'un des participants avait une écriture si proche du graphisme qu'il pouvait légitimement être suspecté. Les lettres cibles, la barre du *t*, la boucle du *e*, le dessin du *a* étaient identiques. Insuffisant pour conclure à une quelconque culpabilité mais le patron de la crim' avait trouvé un os à ronger, il n'allait pas le lâcher.

— Et les autres, tu en fais quoi ? lui demanda Salma à qui il venait de rendre compte par téléphone. Parce qu'avoir mobilisé un avion, un hélicoptère et une centaine de flics pour en garder un seul, ça fait cher le suspect.

— Les autres ? La plupart ont des alibis. Foireux mais plausibles. Et puis tu es gonflée, s'emporta Le Goff, oubliant qu'il parlait à la ministre de l'Intérieur, c'est toi qui m'as suggéré cette opération. Et tu n'avais pas tort, la preuve, le type qu'on a identifié, c'est du lourd. Trois allers-retours en Syrie, plusieurs séjours à Molenbeek, cinq ans de prison pour trafic de drogue, fréquentant tout aussi assidûment les salles de tirs que la mosquée de son quartier.

— Tu as intérêt à transformer l'essai, répliqua Rossel, parce que depuis ce matin j'ai le président sur le dos. Il n'apprécie pas du tout le coup de filet dans les banlieues.

— Quand il saura qu'on a un suspect, il se calmera. Le président, c'est ton affaire ça n'est pas la mienne.

— Sauf s'il me demande de te virer.

— Eh merde ! lâcha furieux Le Goff alors que Salma venait de raccrocher.

La salle d'interrogatoire avait retrouvé son aspect habituel. L'homme assis en face de Gabriel s'appelait Mustapha Boumediene. Au premier abord, il n'avait rien d'imposant. De taille moyenne, d'un aspect plutôt frêle, il était d'apparence sympathique et disert, rien à voir avec son curriculum vitae. Né à Drancy, fils unique, il s'était installé avec ses parents à Saint-Denis vingt-cinq ans plus tôt. Son père artisan ferronnier et sa mère aide-soignante formaient un couple sans histoires. Boumediene avait été un élève dans la bonne moyenne jusqu'à son entrée au lycée. Un amour adolescent l'éloigna durablement du cocon familial. Sans diplôme, squattant ici et là, il fit nombre de petits boulots avant de trouver plus lucratif le marché de la drogue qu'il organisa à grande échelle à Drancy où il était retourné vivre. C'est à Drancy qu'il rencontra un groupe de religieux lié aux Frères musulmans. D'abord plus intéressé par le trafic d'armes que par la gloire d'Allah, il se rapprocha progressivement de ceux qu'il considérait désormais comme ses frères en islam. Et c'est en musulman transformé par la foi qu'il se présenta à Le Goff.

— Tu te moques de nous, suffoqua le patron de la crim' en l'entendant défendre ses convictions religieuses avec la voix doucereuse du converti. On connaît ton passé et tes titres de gloire. Dans ton milieu, on porte ses années de prison comme autant de médailles. Et tu n'es pas loin d'être le plus décoré du département. Que faisais-tu la semaine dernière ?

— Je n'ai pas quitté Drancy. J'ai organisé un festival de poésie arabe avec mes frères.

— Tu continues à te foutre de nous, explosa Le Goff. Il y a six jours tu étais à Marseille. Tu as pris le train de 15 h 39. Qu'est-ce que tu es allé faire là-bas ?

— Ah oui, pardon, j'avais oublié. J'y ai passé quelques heures. J'avais rendez-vous avec des frères dans une mosquée du XVe arrondissement. Ils m'ont aidé à monter ce festival de poésie.

— Et le soir, tu as fait quoi ? Parce que tu n'as repris le train que le lendemain à 12 h 49.

— J'ai dîné et dormi chez l'imam. Il m'a fait visiter la ville que je ne connaissais pas. Si vous n'avez rien d'autre, je m'en vais, ajouta-t-il en faisant mine de se lever, parce que votre histoire d'écriture, c'est un peu léger.

— Rassieds-toi, rétorqua sèchement Le Goff.

Le patron de la crim' s'arrêta net, Dubosc venait d'ouvrir la porte en lui faisant signe de le rejoindre. À travers la vitre, Boumediene voyait le numéro 2 faire de grands gestes, manifestement excité par ce qu'il avait découvert au domicile du malfrat. Mustapha ne pouvait entendre les policiers mais en voyant Le Goff prendre son téléphone, il comprit que l'affaire allait se compliquer pour lui.

Dubosc avait envoyé le matin même deux de ses hommes perquisitionner à Drancy. L'appartement était spacieux, peu meublé et impersonnel. Les flics de la crim' n'avaient trouvé aucune trace de présence féminine. En revanche, Mustapha Boumediene aimait s'habiller. Le dressing regorgeait de costumes et de chemises achetés chez les meilleurs faiseurs de l'avenue Montaigne, quant aux chaussures, les policiers ne les avaient jamais vues autrement qu'en photo. Le luxe insolent de l'endroit contrastait avec la banalité des canapés et des autres meubles achetés à la va-vite dans le centre commercial le plus proche. Seul le bureau dont la porte avait dû être forcée était élégamment décoré. La pièce était grande et donnait sur le parc de Ladoucette, tout proche. Vingt-cinq ans après avoir quitté la cité Gagarine à l'ouest de la ville, Boumediene avait choisi cet immeuble du Vieux Drancy parce qu'il symbolisait une réussite prétendument inaccessible. Les fauteuils en cuir, la bibliothèque débordant de livres et l'immense table couverte de papiers et de photos ressemblaient plus à l'antre d'un intellectuel féru d'histoire qu'au bureau d'un chef de gang. Mais les enquêteurs n'étaient pas d'humeur à s'attarder sur cette apparente contradiction. L'appartement avait livré ses secrets. L'arrière-cuisine, protégée par une porte blindée restée étrangement ouverte, n'abritait ni conserves ni vaisselle mais un véritable arsenal. Des explosifs, quatre Beretta et des armes lourdes de fabrication allemande. De quoi faire face à une compagnie de CRS.

En rentrant dans la salle d'interrogatoire, accompagné de son adjoint, Le Goff avait l'air grave et réjoui du flic qui vient de toucher le jackpot. En jetant sur la table la chemise rouge qui contenait une bonne dizaine de coupures de presse, il regarda fixement Boumediene et l'interrogea triomphant.

— C'est quoi, ça ?

— Des coupures de presse, ça se voit, non ?

Oui, qu'on a trouvées dans le troisième tiroir de ton bureau. Il n'y en a que pour Michel Palombi. Et pas seulement sa fiche Wikipédia. Il ne manque rien. Ses faits et gestes à Lyon, les opérations qu'il a dirigées lorsqu'il était patron du Raid, sa nomination à la direction générale de la police, jusqu'au compte-rendu de son pot de départ et son installation à Marseille. Ça n'est plus de l'intérêt, c'est de l'amour, conclut ironiquement Le Goff en enfonçant le clou. Donc tu connaissais Palombi.

— Mais non. Pas du tout, je n'avais jamais entendu parler de lui avant de le voir à la télévision. La Chaîne parlementaire a rediffusé il y a trois semaines un documentaire sur la prise d'otages dans un hypermarché. À l'époque, Palombi était le patron du Raid, le type était intéressant, j'ai voulu me renseigner.

— Et comment as-tu fait pour retrouver les coupures de presse ?

— Je les ai imprimées sur Internet.

Dubosc sentit que son patron allait s'énerver inutilement. Il posa sa main sur le bras de Le Goff et prit le relais en jetant sur la table une enveloppe kraft A4.

— Et Bourdarias ? Lui non plus tu ne le connais pas ?

— Celui qui a été assassiné avant-hier ? Non.

— Pourtant tu l'as vu de près, c'est bien toi, là !

Dubosc sortit de l'enveloppe un cliché pris sur le parvis de Globe Info.

— Le smoking te va bien et manifestement, il ne déplaît pas à la femme qui t'accompagne, mais ça n'est pas elle qui nous intéresse. C'est l'homme qui est derrière, à trois mètres de toi.

— Bah oui, c'est Bourdarias. Je l'ai croisé pour la première fois ce soir-là. Mais je ne lui ai même pas adressé la parole.

— Et qu'est-ce que tu faisais à cette fête ? Les médias, ce ne sont pas vraiment tes amis…

— J'accompagnais Céline, je l'avais rencontrée la veille dans un club des Champs-Élysées. Elle est journaliste, je crois. On avait passé la nuit ensemble.

— Et le soir de la fête également ?

— Non, on est partis vers minuit, elle est rentrée chez elle et moi à Drancy.

— On va vérifier, mais avoue que tu accumules les coïncidences. À Marseille, à l'heure probable de l'assassinat de Palombi, et à portée d'oreille de Bourdarias la nuit de sa mort…

Boumediene interrompit Le Goff en bondissant de sa chaise.

— Mais je n'avoue rien du tout, je n'ai rien à voir avec ces meurtres. Ça vous arrangerait bien, parce qu'en fait vous n'avez rien de concret, vos coïncidences, c'est un truc commode pour faire croire que vous avez un suspect. Vous croyez que vous allez faire gober cette histoire à la ministre et aux médias ? En fait, Le Goff, vous êtes un flic médiocre. Sans Rossel, vous seriez au mieux commissaire au fin fond de la Creuse.

Habitué aux insultes, Le Goff fit mine de n'avoir rien entendu et enchaîna.

— De toute façon, on a de quoi t'envoyer au trou un bon moment. Le juge va se faire une joie de te recevoir, il est prévenu. Et tu vois, il est comme moi, il ne croit pas aux coïncidences. Les médias non plus.

Chapitre 12

Dans la chaîne de Bourdarias, après les révélations de Star News, on pansait les blessures d'une audience en berne. Dans les couloirs, les humiliés du jour se regardaient à peine, évitant de lire dans les yeux des autres l'image honteuse de leur échec. À l'antenne, les présentateurs accablés tentaient de faire bonne figure en commentant les informations qui venaient d'ailleurs. Mais personne n'était dupe, les entrailles puantes de l'ancien patron du Raid, les lettres de menaces, les armes découvertes, c'était d'abord sur Star News. Pour les journalistes de la chaîne leader, le camouflet était violent. Une seconde mort pour le boss dont l'image n'était plus qu'une ombre déjà floutée, une minuscule photo d'identité sur les écrans envahis par le nouveau héros du jour, Palombi, et l'hypothèse pleine de promesses d'un tueur en série.

— Tu y crois, toi, à cette hypothèse ? demanda Justine affalée sur son fauteuil, pieds nus sur le bureau.

Face à elle, Stenbach, le téléphone à l'oreille, fit un geste agacé, lui faisant comprendre qu'il avait mieux à faire que se perdre en conjectures inutiles. Et dans la minute qui suivit, il leva le pouce de la victoire. Lui, le grand reporter historique de la chaîne, le meilleur ami des flics et des juges, allait sauver Globe Info du déshonneur et remettre la tour au milieu du village médiatique. Le Goff venait de lui donner les armes de la contre-offensive.

Justine, qui avait fait la même promesse au directeur de l'info, avait déprogrammé ses commentateurs multicartes habituels. L'enseignante avait été priée de retourner à ses cours d'histoire, le chercheur à ses éprouvettes, le sondologue à ses courbes et le philosophe à ses études. Elle ne voulait plus de cette friture médiocre, ce soir-là elle avait décidé que seuls les gros poissons feraient le spectacle. Dans la première heure avaient été invités le patron de la crim', le chef du parquet antiterroriste, l'historien des tueurs en série, Stenbach et l'éditorialiste politique maison. De son côté, Salma Rossel avait accepté d'ouvrir la deuxième heure et de participer à un débat avec les responsables de l'opposition.

Jacques Leroy avait rejoint Justine et Stenbach au maquillage. Le grand reporter jubilait. Rien n'avait filtré. Le patron de l'info corrigea une dernière fois le conducteur, demanda à voir les reportages tournés à Marseille et à Drancy, en jetant un œil sur l'écran installé dans le coin repos. Il eut juste le temps de s'agacer, Star News avait ouvert son journal avec deux minutes d'avance, mais finalement quelle importance ? Stenbach venait de tirer la première fusée d'un feu d'artifice qui allait réduire à rien ses concurrents. Le journaliste venait d'annoncer l'arrestation de Mustapha Boumediene. En arrivant peu après, la ministre de l'Intérieur n'eut plus qu'à se féliciter du travail de la police. Selon Salma Rossel, le suspect était déjà plus que présumé coupable, même si elle reconnaissait être incapable d'imaginer un mobile cohérent liant les deux crimes.

— Quel rapport, demanda Justine, entre le grand flic et l'industriel ? Quel rapport avec ce Boumediene qui mêle sans scrupule Coran et trafic d'armes ?

— Nous ne tarderons pas à le savoir, se contenta de répondre Salma.

Justine l'écoutait à peine. Et regardait son amie sans la voir. Des images défilaient très loin du plateau. C'était l'été dernier, si proche et déjà si loin. La femme de Sylvain Bourdarias était en vacances, installée depuis plusieurs semaines dans son chalet bâti au cœur de la forêt canadienne, entre Montréal et Québec. Le couple avait découvert l'endroit trente ans plus tôt et la cabane, enfouie dans un entrelacs de mélèzes et de bouleaux, était devenue au fil des années une immense bâtisse où l'industriel recevait tous ceux qui prétendaient fuir le brouhaha des plages méditerranéennes. En réalité, ceux-là n'avaient que faire du chant des érables, ce qui leur importait c'était seulement de pouvoir dire « j'en étais ». Bourdarias agaçait mais il était devenu incontournable. Le passeport du Tout-Paris exigeait l'estampille canadienne.

Pour la première fois, à l'aube de l'été, Sylvain avait laissé sa femme prendre seule les rênes de leur refuge canadien. S'inventant des affaires urgentes à traiter en Asie, il avait choisi Hanoï et la baie d'Halong pour abriter sa liaison avec Justine. La journaliste avait accepté, jouant un jeu qu'elle pensait maîtriser. Sylvain lui avait proposé de prolonger cette parenthèse par une semaine à Shanghaï. Abandonnant son amant à ses rendez-vous dont elle préférait ne rien connaître, Justine s'était immergée huit jours durant dans la moiteur étouffante de la cité chinoise. À l'heure du thé, elle retrouvait Sylvain au bar du Hyatt. Elle aimait ces moments où les bruits de la rue venaient s'écraser sur les immenses baies vitrées de la tour. Bourdarias était un compagnon charmant, délicat et attentif, loin du personnage qu'il donnait à voir en public. Dans la suite qu'ils occupaient au 83e étage de la Jin Mao Tower, les fenêtres se déployaient du sol au plafond, donnant aux amants le sentiment de faire l'amour entre terre et ciel. Ce soir-là, ils avaient décidé de goûter aux plats chinois du Club Jin Mao, niché au 86e étage de l'hôtel. Évitant le regard de Justine, en faisant mine de contempler la ville illuminée qui se livrait à ses pieds, impudique et grouillante, Sylvain avait glissé dans un souffle :

— Je vais divorcer.

Justine n'avait pas fait semblant, elle avait mal compris et lui avait demandé de répéter.

— Je vais divorcer.

— Fais ce que tu veux mais ne le fais pas pour moi, lui avait-elle répondu, mi-surprise mi-désemparée.

Et se gardant de tout geste affectueux, elle avait ajouté :

— Je ne t'aime pas, Sylvain. Ces voyages n'ont rien changé. J'ai beaucoup d'affection pour toi. Tu me plais. En amour, tu es délicat et entreprenant, doux et sûr de toi. Avec toi, j'ai du plaisir, et pas seulement au lit. Tout le monde connaît chez le patron de Globe Info la face A, je préfère la face B, tes jardins secrets et tes doutes. Mais je ne t'aime pas. Alors divorce si tu penses que c'est mieux, mais n'imagine pas que notre histoire sera différente. En revanche, si tu le veux, on peut rester quelques jours de plus, je n'ai pas besoin de rentrer à la rédaction avant la fin du mois.

— Non, c'est impossible, je dois voir Palombi la semaine prochaine.

— Palombi ?

— Oui, Palombi, l'ancien directeur général de la police.

— Qu'est-ce qu'il te veut ?

— Je n'en sais rien. Il m'a appelé avant-hier, la conversation était hachée. Il m'a parlé de menaces. Il voulait l'aide de Globe Info. On doit se voir à Paris à la fin de la semaine.

— Je ne vois pas ce qu'on peut faire, s'il est menacé il ferait mieux de s'adresser à la police, ça n'est pas très difficile pour lui.

— Oui, mais précisément, j'ai compris qu'il voulait l'éviter.

L'intermède Palombi avait permis à chacun de retrouver un ton apaisé. Bourdarias ne parlait plus de divorce et Justine était redevenue la maîtresse joyeuse qu'elle avait été jusqu'à ce dîner. La journaliste avait proposé à son amant de terminer la soirée au piano-bar qui, chaque soir, accueillait le Tout-Shanghaï. Entre boîtes de nuit, bars lounge et chantiers ouverts vingt-quatre heures sur vingt-quatre, la cité avait depuis longtemps ravi à New York le titre de « ville où l'on ne dort jamais ». Mais le dîner ayant laissé un arrière-goût désagréable à Sylvain, il lui avait fait comprendre qu'il préférait profiter de cette dernière nuit chinoise. Lui, si doux d'ordinaire, avait été presque brutal. Justine y avait trouvé un plaisir décuplé.

Sur le plateau, la présentatrice ne laissa rien paraître de ce visionnage intérieur. Elle entendait Salma sans vraiment l'écouter. Manifestement, Palombi n'avait jamais rien dit à la police. La ministre de l'Intérieur réfuta l'idée qu'il s'agisse d'un tueur en série. Qu'y a-t-il de commun entre un ancien policier et un patron de presse ?

— C'est précisément la question que je vous pose, rétorqua sans ironie Justine, qui se garda de révéler les confidences que lui avait faites Bourdarias à Shanghaï.

D'autant qu'elle ne savait rien de plus. De retour à Paris, Sylvain ne lui avait rien dit des raisons qui avaient conduit Palombi à le contacter. Il avait éludé, elle n'avait pas insisté et finalement pas même su si les deux s'étaient rencontrés.

L'émission terminée, Justine raccompagna Rossel sur le parvis de la tour. Maquillées, les deux amies faisaient encore bonne figure. Mais le halo blanc des lampadaires qui éclairaient la place était cruel.

— On n'est pas belles à voir, dit Justine en éclatant de rire. Tu as compté tes heures sans sommeil ?

— Trois jours et deux ou trois siestes qui n'avaient rien de reposant, répondit Rossel. Et la nuit n'est pas terminée, le président veut me voir. Il s'inquiète de ce que vous faites. Moi aussi d'ailleurs. Vous êtes en boucle depuis quarante-huit heures sur l'assassinat de Palombi. Si vous continuez comme ça, vous allez foutre la trouille à la France entière. Alors que franchement, les gens n'ont pas à s'inquiéter.

— Non, rétorqua Justine, mais tout le monde voit que vous pataugez. Parce que ce Boumediene et vos coïncidences, j'ai fait semblant d'y croire pendant l'émission, mais c'est un peu léger.

— Ça n'est pas une raison pour dire n'importe quoi, Justine.

— On ne dit pas n'importe quoi. On fait notre boulot. Et puis ne mets pas tous les médias dans le même panier. Je n'ai rien à voir avec ces abrutis de Star News. Mais un ex-patron du Raid et mon propre boss assassinés, tu veux qu'on parle de quoi d'autre ?

— N'exagère pas, la Terre ne s'est pas arrêtée de tourner. Et puis tenez-vous-en aux faits, bon Dieu !

— Tu ne peux pas empêcher les politiques de poser des questions.

— Non, mais chacun son métier. Moi, je fais le mien, fais le tien et laisse les politiques faire le leur. Crois-moi, ça sera mieux pour tout le monde.

Au moment où Rossel allait refermer la portière de sa voiture, Justine lui glissa à l'oreille :

— Palombi, il avait pris contact avec Bourdarias il y a un mois.

— Mais tu es folle, pourquoi tu ne m'as rien dit ?

— Parce que je n'en sais pas plus, mais à mon avis, sa femme était au courant.

Chapitre 13

Simone Bourdarias avait refusé que des policiers la protègent. Le Goff lui avait proposé de l'accompagner à l'Institut médico-légal mais elle avait choisi d'y aller seule. Accompagnée du légiste, elle reconnut le corps, sans manifester d'autre émotion que celle que l'on peut ressentir à la vue de n'importe quel cadavre. La mort ne changeait rien au mépris qu'elle éprouvait pour cet homme, elle regrettait seulement de s'être mise à nu en répondant à la ministre de l'Intérieur. Elle avait réalisé un peu tard que cette indifférence haineuse manifestée violemment faisait d'elle une suspecte opportune alors que la police avait dû relâcher l'homme qui avait découvert le cadavre de son mari et qu'aucun mobile sérieux ne crédibilisait la prétendue culpabilité de Boumediene.

L'appartement de l'avenue du Maréchal-Maunoury était resté tel qu'elle l'avait laissé quarante-huit heures plus tôt. Les restes du petit déjeuner s'étalaient sur la table de la cuisine et le désordre dans le salon témoignait encore de la violence qui l'avait opposée à Bourdarias. La femme de ménage, sans doute effrayée par ce qu'elle avait vu à la télévision, avait préféré rester chez elle. Simone s'appliqua à effacer les traces de ses disputes avec Sylvain et ouvrit grandes les fenêtres comme si cela suffisait à nettoyer l'appartement de la puanteur laissée par des années d'humiliation.

Le Goff s'était déplacé dans l'après-midi pour une première conversation qu'il avait promis respectueuse. Rien à voir avec un interrogatoire dans les locaux de la crim', mais Simone n'était pas dupe. Le Goff avait repoussé sa visite de quelques heures après l'annonce de l'assassinat de Palombi. Elle en profita pour mettre de l'ordre dans les affaires de Bourdarias et fit disparaître les papiers gênants. L'industriel avait toujours été imprudent. Ou provocant. Ses tiroirs étaient autant de livres ouverts sur sa vie. Les chéquiers, les relevés de compte, les documents personnels traînaient dans son bureau comme autant de petits cailloux contant ses aventures amoureuses dont il n'avait jamais cherché à se cacher. Le Vietnam, Shanghaï, les semaines d'été passées avec Justine, les restaurants au bord du fleuve, les nuits dans les clubs du quartier français. Tout était dans le deuxième tiroir. Une paperasse bienvenue pour un patron de la crim' à la recherche d'un mobile.

Quitte à être suspecte, autant l'être avec élégance. Habituée des robes suggestives et des chemisiers largement échancrés, souvent perchée sur des talons qui lui interdisaient les rues pavées, Simone avait choisi pour cette conversation qui n'avait rien de galante, un tailleur-pantalon gris perle, un chemisier de soie mauve et des mocassins noirs. Les cheveux noués dans un chignon savamment travaillé, elle n'avait rien de la riche épouse photographiée au bras du magnat de la presse.

D'emblée, elle prit le flic à revers en lui confirmant que son mariage n'était plus qu'une façade vermoulue qu'utilisait son mari pour faire bonne figure lorsque ses affaires l'imposaient. Ils ne s'aimaient plus mais avaient passé un *gentleman's agreement* qui leur convenait. Il avait besoin de son couple, elle profitait de son argent et de ses multiples villégiatures. Face à elle, assis dans un canapé profond qui n'encourageait pas à l'interrogatoire policier, goûtant un whisky vingt-quatre ans d'âge acheté directement à un producteur irlandais, Le Goff l'écoutait, fasciné par le cynisme dont elle faisait preuve. Il ne put s'empêcher de l'interrompre pour le lui faire remarquer.

— Mais, rétorqua-t-elle, je ne suis pas cynique, je suis transparente, c'est bien ce que vous souhaitez, vous les policiers. Vous voulez la vérité. Eh bien, je vous la livre sans hypocrisie.

— À vous entendre, votre mésentente cordiale fonctionnait sans nuage depuis très longtemps. Dans ce cas, pourquoi vous être violemment disputés le jour de sa mort ?

— Je l'ai déjà dit à Mme Rossel.

— Salma est ministre de l'Intérieur, elle n'est plus flic. C'est moi qui vous interroge.

— M'interroge ! réagit-elle ironique. Je croyais que c'était une simple conversation.

— Je suis là pour vous poser des questions, réagit Le Goff qui commençait à regretter le whisky et sa visite à domicile. Si vous ne me répondez pas chez vous, je serai obligé de vous convoquer à la P.J.

— Je préférerais éviter, dit-elle en abandonnant l'ironie. Je sais que vous me suspectez. La fortune de Sylvain me revient. Vous avez le mobile. Reste à prouver que c'est moi qui ai utilisé le poignard.

Mais je vais vous éviter de perdre votre temps. Je n'ai pas tué mon mari. Si vous avez le mobile, j'ai un alibi. Je ne suis pas allée à sa soirée, j'étais en Normandie et mon amie pourra témoigner.

— Le divorce vous aurait fait beaucoup perdre, lâcha Le Goff, sûr de son effet.

Il ne s'était pas trompé, Simone pâlit et resta quelques instants sans voix avant de se reprendre, furieuse.

— Qui vous a parlé de divorce ?

— Vous. Pas à moi mais à la ministre de l'Intérieur, dès son premier coup de fil.

— C'est vrai, murmura-t-elle d'une voix étouffée, il a évoqué le divorce et c'est pour cela que nous nous sommes disputés. Mais il ne pouvait pas m'y obliger. Il n'avait rien à me reprocher. Je suis partie après lui avoir dit que je refusais.

— Possible, répondit Le Goff songeur, mais tant que nous n'aurons pas mis la main sur l'assassin de votre mari, vous êtes suspecte. Ne vous éloignez pas de Paris.

Gabriel s'était déjà levé en prononçant ces derniers mots quand Simone Bourdarias l'invita à se rasseoir, le temps de faire un aller-retour dans le bureau de Sylvain. Elle revint avec un courrier arrivé une semaine auparavant. Postée de Marseille, l'enveloppe contenait un papier à en-tête. Le billet était bref, quelques lignes rédigées d'une écriture puissante et ample.

Cher Sylvain,

Je compte sur vous pour en dire un mot à Justine mais il faudra traiter le sujet habilement. Suffisamment pour leur faire peur sans que j'aie à en parler à la police. J'ai été ravi de vous revoir après tant d'années de silence. Il est vrai qu'à l'époque, le simple flic que j'étais vous en avait beaucoup voulu, à vous et à vos confrères. Aujourd'hui, j'ai besoin de vous, voyez ce que vous pourrez faire.

Votre dévoué Michel Palombi.

Gabriel relut deux fois la lettre avant de relever la tête.

— Vous avez trouvé ça où ?

— Dans le premier tiroir de son bureau au milieu d'un fatras de papiers sans intérêt.

— Vous saviez qu'il avait rencontré Palombi récemment ?

— Non, mais je sais que vous cherchez un lien entre les deux crimes. Ça peut vous aider. Vous voyez, dit-elle en souriant, je suis prête à coopérer. À condition que vous me croyiez, je n'ai pas tué Sylvain.

Le Goff prit la lettre et lui demanda si d'autres étaient au courant de ce rendez-vous. Elle n'en savait rien. Il la crut et sortit en se précipitant sur son portable. Salma était sur messagerie. Elle le rappela dans la nuit.

— Tu savais que Bourdarias et Palombi s'étaient vus récemment ?

— Justine vient de me le dire, mais apparemment, elle ne sait rien de plus.

Chapitre 14

À peine rentrée rue du Bac, Justine Berger avait balancé ses escarpins à l'autre bout de l'entrée, dégrafé son pantalon et s'était effondrée sur le canapé dans sa tenue préférée. Demi-nue, les pieds sur la table basse, elle alluma machinalement la télévision en se servant une lourde rasade d'un breuvage fort, mélange de rhum et de jus d'ananas. Elle zappa rapidement sa chaîne qui repassait en boucle les déclarations de Rossel sur son plateau. Star News avait retrouvé sa posture de petit coursier à la traîne de la chaîne leader. Quant à Médias 24 qui avait tenté une percée avec ses prétendues exclusivités sur les liaisons dangereuses de Bourdarias, elle en était réduite à rediffuser tous les quarts d'heure des sujets montés à la hâte, sur l'ancien patron du Raid, ses exploits, ses échecs et ses combats contre les terroristes islamistes.

Sur les écrans, il n'était plus question que de l'ancien directeur général de la police. Un mort chasse l'autre. Le cadavre sanguinolent de Bourdarias s'était dilué dans le corps à demi décomposé de Palombi. L'assassinat de Bourdarias avait été rapidement perçu comme un règlement de comptes de l'entre-soi parisien. Spectaculaire mais si loin de la vie ordinaire. En revanche, le meurtre d'un policier connu de tous, qui des années durant avait fait la une des journaux, c'était autre chose.

Malgré les vapeurs de l'alcool qui semblaient avoir embué l'écran, Justine n'avait pas envie de dormir. C'était comme ça chaque fois qu'elle sortait d'une Spéciale « compliquée ». Elle se remémorait le film de ces heures d'antenne où tout peut arriver. Où l'obsession du ratage et de la concurrence conduit à dire ce que l'on devrait taire parce que non vérifié. Où le langage plus que d'ordinaire précède trop souvent la pensée. Mais cette nuit, la journaliste pouvait être satisfaite. Sur son plateau, personne n'avait manqué à l'appel. Le rhum avait fini par faire son effet, Justine sombrait doucement dans un sommeil satisfait quand les premières notes du Concerto n° 23 de Mozart la firent sursauter. Le nom de Jacques Leroy défilait en bandeau sur son portable.

— Tu dors ?

— C'était le cas il y a dix secondes. Tu as vu l'heure ? On a un troisième mort sur les bras ou quoi ?

— Non, pas que je sache, mais je voulais te parler. J'imagine que tu as abusé de ton cocktail maison ?

— Tu imagines bien. Le jus d'ananas a fait son effet ! Tu ne veux pas qu'on se voie plutôt demain matin ?

— D'accord, à 10 heures au Café Varenne.

Le restaurant au charme désuet d'une brasserie à l'ancienne avec ses affiches des années 1950 et ses carafes surannées aux couleurs de pastis s'était déjà vidé des jeunes gens, costumes gris cravates sombres qui peuplaient les ministères voisins. Ne restaient que quelques attardés venus avaler à la va-vite un café. Il faisait encore doux, presque chaud ; Leroy choisit de s'installer sur le bout de trottoir déserté à cette heure entre deux où les rares clients hésitent entre un dernier petit noir et le premier verre de blanc. De sa fenêtre, Justine pouvait l'apercevoir. Il ne quittait pas des yeux son portable qui affichait le minute par minute. Installée par Médiamétrie quelques mois auparavant, la nouvelle mesure permettait aux rédacteurs en chef d'adapter à chaque instant le contenu des plateaux aux courbes qui défilaient sur l'écran de leur téléphone. Les plus raisonnables y attachaient peu d'importance mais les moins expérimentés en avaient déjà fait l'alpha et l'oméga de leurs choix éditoriaux. Un propos qui faisait glisser la courbe ? L'invité était exfiltré sur-le-champ. Un reportage qui permettait de grappiller quelques points ? Un second sur le même sujet était immédiatement commandé. Dans les chaînes qui rêvaient de faire vaciller Globe Info, l'info Kleenex avait déjà rendu inutiles les conférences de rédaction. Les téléspectateurs et les réseaux sociaux se chargeaient du travail.

— Arrête de regarder ce truc-là, on n'en a pas besoin, dit Justine en arrachant le téléphone des mains de Leroy. Tu es venu pour me parler ou pour t'autocongratuler parce que tes courbes sont en érection ? ajouta-t-elle en éclatant de rire.

— Pour te parler de nous, répondit Leroy sans sourire. Il a suffi que Star News nous plante quelques minutes hier matin pour qu'un vent de panique souffle sur la tour. On a vite inversé la courbe, mais si ça n'avait pas été le cas... Tu y as pensé ?

— La ministre de l'Intérieur t'a appelé ! aboya Justine, furieuse.

— Non, pourquoi ?

— Parce qu'elle m'a tenu un discours pas très différent cette nuit.

— Je me moque de ce que pense Salma. En revanche, il faut qu'on réfléchisse, ça va trop vite, Justine. On ne donne plus l'information, on la fabrique. Que reste-t-il de la réalité des faits lorsqu'on les a malaxés en boucle pendant des jours ? Nous transformons la réalité au point de l'oublier. Non seulement la vérité d'un jour n'est pas celle du lendemain, mais chaque jour nous montrons un réel que nous avons nous-mêmes ensemencé. La puissance de Globe Info ne nous protège pas des dérapages, elle devrait au moins nous mettre à l'abri des précipitations dont font preuve nos concurrents.

— C'est la mort de Bourdarias qui t'inspire ces réflexions ? Parce que je t'ai connu moins regardant sur la manière de faire de l'audience.

— Possible, mais jusqu'à présent je n'avais pas eu le sentiment que nous ayons dépassé les bornes. Aujourd'hui, je ne suis plus sûr de rien et tu as raison, c'est la mort de Bourdarias qui m'inquiète. Derrière l'aspect grossier du personnage, il avait un vrai courage. Il nous a protégés. Pas sûr que son successeur ou celui qui rachètera Globe Info ne panique pas au premier soubresaut de l'audience.

— J'aurais peut-être mieux fait de rester au *Journal de Genève*, lâcha-t-elle mi-ironique, mi-sincère.

— Mais non, la presse écrite n'est pas différente. Simplement c'est moins visible, regarde ce qu'est devenu ton ancien journal, le *Grand Quotidien du soir*, il ne fait pas autre chose que Médias 24. Du bashing. Avec l'élégance et la perversité en plus.

Dans le taxi qui les conduisait à Globe Info, le chauffeur ne put s'empêcher d'interroger Justine, qu'il avait reconnue.

— Alors, madame Berger, qu'est-ce qu'il y a dans cette lettre de Palombi ?

— Quelle lettre ? demandèrent d'une seule voix les deux journalistes.

— Ils viennent d'en parler à France Inter. Ils ont trouvé un courrier que le policier avait écrit à votre patron. Justine se tourna vers Leroy :

— Tu es au courant ?

— Oui, c'est pour cela que je t'ai appelée cette nuit. Apparemment, il avait rencontré Bourdarias.

— Ça, je le sais, Sylvain m'en avait parlé à Shanghaï. Mais c'était avant leur rendez-vous.

— Et alors ?

— Alors, rien. Il avait éludé lorsque je lui avais demandé ce que voulait Palombi.

— Selon Le Goff, c'était un appel au secours. Il demandait l'aide de Globe Info pour le protéger.

Et se tournant vers le chauffeur de taxi :

— Ils n'en ont pas dit plus à France Inter ?

— Non.

En descendant de voiture, Justine marmonna :

— C'est bon, on a encore une longueur d'avance.

Au pied de la tour, elle prit le bras de Leroy et l'entraîna vers l'entrée.

— Alors, Monsieur le directeur, dit-elle affectueusement, qu'est-ce qu'on va faire aujourd'hui ?

— La même chose qu'hier, répondit-il sans sourire. Palombi, Palombi, Palombi.

— Et le reste de l'actualité ?

— En bref, et encore. On ne doit pas laisser le terrain à Star News ou à Médias 24.

— Tu vois, tu es pire que nous ! dit-elle en éclatant de rire.

— Non, je veux seulement continuer de gagner, mais pas à n'importe quel prix, ajouta-t-il pour se rattraper.

Justine ne répondit pas mais lui serra le bras très fort et sourit à nouveau.

Chapitre 15

Le parvis était noir de monde. La basilique Sainte-Clotilde n'avait pu accueillir les milliers de personnes venues assister aux obsèques de Sylvain Bourdarias. Baptisé dans une obscure église de la banlieue nord, il achevait son parcours dans l'endroit le plus prisé du microcosme parisien. Que l'on soit une grande signature, une tête du CAC 40 ou un écrivain à succès, on ne pouvait imaginer son cercueil ailleurs qu'à Sainte-Clotilde. La basilique était d'autant plus remplie qu'une bonne partie des hommes du Bastion, qui avaient abandonné jean et blouson de cuir pour un costume de circonstance, occupait les travées centrales. Simone n'avait pas cherché à jouer les veuves éplorées, mais vêtue d'une stricte robe noire et chaussée de talons mi-hauts, elle portait dignement le deuil de son mari. Ministres, industriels, personnel de Globe Info et dirigeants des chaînes concurrentes, tous étaient déjà assis en rangs serrés quand Vincent Peretti fit son entrée dans l'église. L'émotion du président était sincère même si la crainte du désordre l'emportait sans doute sur la tristesse provoquée par la disparition de l'homme qui reposait à ses pieds. Les mots étaient forts.

— En assassinant Sylvain Bourdarias, c'est la France et ses valeurs qu'on a voulu atteindre dans ce qu'elle a de plus exemplaire, la réussite d'un garçon de banlieue qui a puissamment contribué au développement économique de notre pays. L'homme avait des défauts mais il portait dans ses gènes et dans son sang ce qui fait la force de notre République. Un sens inaltérable de la liberté et un courage qui le fit chaque fois se relever devant la difficulté. Avec lui, en Afrique, en Asie, de l'autre côté de l'océan, c'est la France qui gagnait. Il n'était pas journaliste mais l'histoire de l'information ne serait pas la même sans lui.

Et Peretti eut cette conclusion étonnante :

— Oui c'était un ogre, mais un ogre bienfaisant.

S'accrochant au pupitre, il se tourna vers l'immense portrait noir et blanc dressé au pied de l'autel et invita chacun à un moment de silence et de recueillement. Scène étrange où le laïc avait pris la place du religieux, où la politique s'était immiscée dans la maison de Dieu. Puis le président reprit la parole et utilisa un tutoiement qui n'était pas dans ses habitudes pour une dernière adresse.

— Sylvain, ta mort, je le jure ici, ne restera pas impunie. Pas plus que celle de l'ancien directeur général de la police, Michel Palombi. J'ai donné ordre au Premier ministre et à la ministre de l'Intérieur de mobiliser toutes nos forces pour mettre hors d'état de nuire celui ou ceux qui à travers vous ont attaqué la France dans ce qu'elle a d'essentiel. Je n'accepterai pas que l'autorité de l'État soit ainsi bafouée. Je sais que nos services de renseignement et la police judiciaire sont à la tâche depuis la première heure. Si les assassins m'entendent, qu'ils le sachent, où qu'ils soient nous les retrouverons. S'il s'agit d'une organisation criminelle, elle sera démantelée, s'il s'agit de terroristes, ils seront débusqués. La France ne peut tolérer qu'on s'en prenne aux meilleurs des siens.

Le président resta encore quelques instants silencieux derrière la tribune et descendit s'asseoir à la droite de Simone Bourdarias. La femme de Sylvain, qui jusqu'alors n'avait manifesté aucune émotion, se tourna vers Peretti, les larmes aux yeux.

— Merci, Monsieur le président, dit-elle, la voix cassée.

— Il fallait que je parle, murmura Peretti comme s'il s'adressait à lui-même.

Le président avait entendu ce qui se disait sur les réseaux sociaux, sur les plateaux et dans la presse. Les propos martiaux qu'il venait de tenir intervenaient après une semaine où son silence avait été abondamment commenté et dénoncé. Les Français n'étaient pas dupes et balançaient entre ricanement et inquiétude. Quant aux chroniqueurs, ils comptaient les gardes à vue inutiles, les suspects d'un jour, relâchés le lendemain, et doutaient des présomptions de culpabilité avancées à l'encontre du seul incarcéré, Mustapha Boumediene. Devant la basilique, de petits groupes s'étaient formés et commentaient les propos du président alors que le cortège avait rejoint depuis longtemps le cimetière du Montparnasse. Il y avait les concurrents de Globe Info qui soulignaient avec malignité les oublis présidentiels et la face sombre de Bourdarias, les collaborateurs qui s'inquiétaient de l'avenir du groupe et les passants mêlés à la foule, indifférents aux circonstances, qui scrutaient les visages connus à la recherche d'un hypothétique selfie. Justine, plus émue qu'elle ne l'avait imaginé, s'accrochait à Leroy et au groupe des présentateurs qui échangeaient à mi-voix. Eux s'interrogeaient sur un futur sans Bourdarias. Justine ne disait rien, encore sous le coup de l'échange qu'elle venait d'avoir avec Simone Bourdarias. S'éloignant un instant du convoi funéraire, la femme de Sylvain s'était approchée suffisamment de son visage pour que personne ne puisse l'entendre. La bouche collée à l'oreille de la journaliste, elle lui avait soufflé :

— Maintenant qu'il est mort, j'aimerais vous voir, j'ai trouvé des papiers qui pourraient vous intéresser.

— Vous ne les avez pas donnés à la police ?

— Non, je préfère qu'on en parle d'abord. Je vous appelle demain.

Berger s'attendait à des insultes, l'invitation de Simone Bourdarias la laissa sans voix. Elle la regarda sans répondre, se contentant d'un acquiescement silencieux. La cérémonie justifia ensuite qu'elle se taise, mais Leroy qui connaissait son amie s'étonnait de ce mutisme qui perdurait. Et finit par lui en faire la remarque. La réponse lui revint en boomerang, violente et définitive :

— Tu aurais envie de parler toi, si tu avais perdu ta maîtresse ?

— Excuse-moi mais tu m'as souvent dit que tu ne l'aimais pas.

— Et alors ? C'était mon amant.

Et avec la même brutalité elle ajouta :

— Les moments que nous avons partagés me convenaient, c'était l'essentiel.

Leroy n'écoutait plus. Son téléphone vibrait à l'intérieur de sa veste. Il s'éloigna du groupe et décrocha. La voix déformée était la même :

— Tu as vu Palombi ? Je vous avais prévenus. Bourdarias n'était pas le premier, il ne sera pas le dernier. Le discours du président, c'est du pipeau. Ils n'ont rien. Boumediene, c'est bidon. Les gens en ont marre de toi et de ta caste. Les politiques, les journalistes, les flics, les juges, les patrons, vous vous croyez tout permis et nous on subit et on crève. Plus pour longtemps. Vive le PDP.

Leroy allait poser une question quand il entendit le déclic du téléphone. Cette fois, son correspondant n'avait pas utilisé une carte prépayée mais appelé d'une cabine. Le Bastion n'eut aucune difficulté à remonter l'adresse. C'était celle de l'aéroport Saint-Exupéry à Lyon.

Une heure plus tard, une dizaine de voitures de police arrivaient toutes sirènes hurlantes à l'aérogare, fermée sans explication sur ordre de la préfecture. Les vols avaient été suspendus et les passagers évacués. L'opération était spectaculaire et forcément vaine. Sur place, les flics n'avaient trouvé aucun indice utile sinon des empreintes multiples dans la cabine et sur le combiné. Pour la forme, les relevés avaient été envoyés à Paris mais les patrons de la crim' savaient qu'ils n'avaient rien à en attendre. En revanche, Le Goff était désormais certain que les assassinats de Bourdarias et de l'ancien directeur général de la police étaient le fait du même homme. Le ton des messages laissait penser qu'il ne s'agissait pas de terroristes islamistes mais d'extrémistes français. Illuminés ? Politiques ? Les statuts du PDP avaient été déposés à la préfecture du Rhône au creux de l'été, un mois avant le meurtre de Palombi. Depuis le dépôt de ces documents, aucune trace, aucun signalement, aucune action revendiquée.

De retour à son bureau, Leroy n'avait pas attendu le feu vert de la police. Sitôt rentré, il avait transmis le message à la régie, les informations à Stenbach et refusé de donner l'enregistrement aux chaînes concurrentes, réduites à commenter une information qu'elles n'avaient pas. Avec la diffusion répétée de la menace, les commentaires alarmistes de Stenbach et ceux des éditorialistes de la chaîne qui racontaient les coulisses d'un pouvoir impuissant et d'une Place Beauvau en plein désarroi, la dialectique de la peur entre Globe Info et Twitter fonctionnait à plein. Oubliées les interrogations de Leroy sur les risques d'une information livrée à la précipitation de l'instant. Portée par le tourbillon des parts de marché, la chaîne avait appelé ses téléspectateurs à se manifester par téléphone ou par tweet, leur promettant d'inoubliables minutes de notoriété. Succès garanti, les autres chaînes avaient ce jour-là disparu du paysage. La plupart des tweets posaient la question de la victime d'après. Qui serait le prochain sur la liste de ce PDP, encore inconnu quelques heures plus tôt ? Chacun avait son idée et dénonçait une caste politique qui avait laissé le peuple à la porte de ses ripailles.

L'anonymat de Twitter permettait tous les excès, le téléphone qui obligeait hors antenne à donner son numéro contraignait à plus de mesure. En régie, le patron de l'info faisait le tri. Les uns s'indignaient de cette inversion des valeurs qui faisait d'un criminel un vengeur masqué, Zorro d'une France déboussolée, les autres s'inquiétaient de cette vague réfractaire qui emportait les politiques et risquait du même coup de noyer la démocratie. L'honneur de la chaîne était sauf et les équilibres respectés. À la fin de l'émission, Justine avait rejoint Leroy dans le salon qui jouxtait le studio. La journée avait été rude, mais Bourdarias enterré quelques heures plus tôt aurait été fier. Sa chaîne avait fait des scores historiques. La direction s'était empressée d'envoyer un e-mail à l'AFP pour communiquer sur des audiences jamais atteintes. Globe Info était en tête à l'heure des 20 heures rassemblant jusqu'à six millions de téléspectateurs sur cette tranche. Au total, près de vingt millions de Français avaient suivi l'émission, tout ou partie de la soirée.

— On a quand même fait très fort ! s'exclama Justine en voyant les chiffres. Finalement, Sylvain nous a rendu un sacré service.

— Tu te rends compte de ce que tu dis ? répondit, gêné, Leroy. Imagine ce qui pourrait arriver si d'autres que nous tenaient les rênes de l'antenne. Entre Twitter et les appels en direct, on a joué avec le feu. Si on n'avait pas rééquilibré les délires hystériques de certains tweets, si j'avais choisi de ne diffuser que des appels allant dans le sens de ces posts, on aurait peut-être fait plus d'audience encore mais sûrement beaucoup de dégâts. On a été au bord du précipice plus d'une fois.

Leroy avait raison et Justine le savait, mais elle trouvait que l'heure était mal choisie. Elle avait envie de savourer ce moment et le lui dit.

— Tu ne peux pas juste un instant goûter cette soirée ? Avec des « si », tu peux tout imaginer mais c'est nous qui sommes là et personne d'autre, alors tout va bien.

— Non, tout ne va pas bien. Imagine ce qu'aurait fait Star News avec nos informations. Imagine les divagations de leur présentateur vedette en appelant à l'armée, seule capable de prévenir le risque de nouveaux crimes. Et puis je te rappelle qu'un tueur est toujours dans la nature, que ce PDP que personne ne connaît nous promet des jours sombres. Derrière la violence des réactions que tu as diffusées, il n'y avait pas seulement le déchaînement d'un populisme de bazar, il y avait surtout la trouille. Les Français ont peur. À nous de ne pas en rajouter.

À l'Élysée, Vincent Peretti ne disait pas autre chose. Le président avait convoqué le Premier ministre et Rossel accompagnée de Le Goff et des patrons de la DGSI et de la DGSE. Chacun savait que la promesse faite à Sainte-Clotilde devait être tenue sans délai. Sinon le président pourrait dire adieu à un second quinquennat.

Le Goff regardait ses chaussures. « La pire semaine de ma vie de flic », avait-il pensé en entrant dans le bureau présidentiel. Deux morts, un mode opératoire identique, une revendication qui n'en était pas vraiment une, venant d'une organisation inconnue et des suspects avec des mobiles trop évidents pour être convaincants. Seul Boumediene avait été gardé derrière les barreaux pour trafic d'armes, mais après quatre-vingt-seize heures de garde à vue, le patron de la crim' ne croyait plus guère à sa culpabilité.

Peretti avait donné la parole à Le Goff sans même lever le nez de ses papiers. Salma s'attendait à une volée de bois vert, ce fut tout le contraire. Le président se contenta de résumer le rapport du patron de la crim' d'une phrase qui avait claqué comme une ultime humiliation :

— Bref, vous n'avez toujours rien !

— Ça n'est pas tout à fait exact, Monsieur le président, glissa la ministre d'une voix mal assurée. Nous venons de lancer une opération dans les milieux extrémistes de Lyon.

Peretti l'interrompit :

— Je ne dis pas que vous ne faites rien, je dis que vous n'avez rien. Ce qui est pire puisque si l'on vous écoute, monsieur Le Goff, vous avez déjà fait beaucoup pour un résultat nul.

Le ton était monté d'un cran. Plutôt que de s'en prendre directement à la ministre et aux flics qu'il avait devant lui, Peretti se lança dans une violente diatribe contre les médias et les politiques qui crachaient sur le pouvoir et attisaient les haines.

— Vous avez vu Globe Info ? C'est une honte. Madame la ministre, je croyais que le directeur de l'information était votre ami.

Brandissant la dépêche AFP, il poursuivit, élevant la voix :

— Ils publient leurs audiences comme autant de victoires mais leur victoire, c'est la défaite de la pensée. Ils surfent sur la peur. Mieux, ils la créent. Plus les Français auront peur, plus ils s'agglutineront devant leur écran. À ce compte, ils auront bientôt plus de téléspectateurs que je n'ai eu d'électeurs. Mais ils oublient qu'ils ne sont rien, qu'ils ne représentent rien sinon le monde des passions irraisonnées. Ils devraient être des éclaireurs, ce ne sont que des incendiaires.

Le Goff tenta de prendre la parole pour détailler les coups de filet en cours, mais Peretti l'interrompit sèchement :

— Monsieur le directeur, réservez le détail des opérations à votre ministre, vous aurez la parole quand vous aurez des résultats. Arrêtez-moi ce tueur, c'est tout ce que je vous demande. Quant à vous, Rossel, vous jouez votre tête dans cette affaire. Les Français ne comprendraient pas que vous restiez en poste si vous ne parvenez pas à mettre hors d'état de nuire ce PDP.

— Je ne doute pas que nous y arrivions rapidement, répliqua Rossel en ajoutant d'une voix forte : puis-je me permettre de vous répondre à propos de Jacques Leroy ? C'est mon ami, en effet. Voilà plus de vingt ans que nous nous croisons. Il n'est pas l'homme que vous dites. J'ai vu Globe Info et j'ai plutôt le sentiment qu'ils ont fait leur travail. Nous aurions aimé que ces messages restent confidentiels mais on ne peut pas reprocher à cette chaîne d'avoir exploité ses propres informations. On ne peut pas empêcher les médias de faire leur métier. Si vous pensez que j'ai tort alors n'attendez pas une minute de plus pour accepter ma démission.

Salma avait parlé d'une seule traite sans jamais quitter du regard Peretti. Le Goff et ses collègues du Renseignement avaient reculé de trois pas, assistant muets à ce tête-à-tête musclé. Dans un silence qui leur sembla durer une éternité, les trois attendaient la sanction. Ils entendirent seulement une réponse agacée.

— Salma, cessez de dire n'importe quoi. J'ai dit que je ne pourrais pas vous maintenir à Beauvau si vous n'obteniez pas de résultat, mais je ne doute pas que vous y parveniez. Je ne vais pas, cette nuit, ajouter une crise à la crise. Quant à Leroy et à Globe Info, j'ai sans doute été un peu excessif mais vous ne m'ôterez pas de l'esprit que les journalistes attisent le feu chaque fois que cela peut leur profiter.

— Pas tous, Monsieur le président.

— Peu importe, quand on est ministre, il faut se méfier de tout le monde et surtout de ses amis. Je vous ai nommée parce que vous étiez une grande flic mais depuis que vous êtes entrée au gouvernement vous êtes une politique. Et rappelez-vous qu'en politique, il y a des vérités qui sont bonnes à dire et d'autres qu'il vaut mieux taire. Même à ses proches.

Peretti s'était levé. De manière peu protocolaire comme s'il voulait manifester sa confiance malgré la rudesse des propos, il s'approcha de Salma et l'embrassa avant de serrer avec une froideur ostensible la main des trois hommes. Dans la cour de l'Élysée, Le Goff proposa aux patrons de la DGSI et de la DGSE de l'accompagner rue du Bastion pour suivre l'opération en cours à Lyon. Les deux refusèrent, prétextant que les contacts seraient plus fluides avec leurs hommes de terrain s'ils étaient dans leur bureau.

— Eh bien moi je t'accompagne, dit Salma en prenant Le Goff par le bras.

— Tu ne crois pas que ta place est à Beauvau, surtout après la dégelée que l'on vient de prendre ?

— Que tu viens de prendre, répliqua Salma en souriant. Si nécessaire, je ferai venir mes collaborateurs au 36, je n'ai pas perdu la main, tu sais…

— Je vois, dit en riant Le Goff, pas mécontent que son duo avec Rossel se reforme, ne serait-ce que quelques heures. Numéro 2 ce n'était pas si mal, murmura-t-il, un brin de nostalgie dans la voix.

Chapitre 16

Les hommes de la crim' et leurs collègues des renseignements avaient débarqué à Lyon la veille en milieu d'après-midi. La ville aux deux collines n'avait pas de secret pour les flics dépêchés entre Rhône et Saône. Plusieurs dizaines de voitures les attendaient à l'aéroport. Réservé à l'aviation d'affaires, l'endroit était peu fréquenté et à portée d'ailes de la grand-place. Les voitures occupées chacune par quatre policiers s'étaient séparées dès la sortie de l'aérogare. Pas de cortège, encore moins de sirène. La plupart des militants recherchés n'avaient pas trente ans, beaucoup habitaient dans les quartiers proches de la gare, à la pointe de la presqu'île où les prix avaient résisté à la folie immobilière. Quant aux associations visées, elles avaient toutes installé leurs locaux à la périphérie de la ville. La rue Marius-Berliet avait été interdite à la circulation et fermée aux piétons pour permettre aux voitures de police de s'y garer discrètement. En quelques heures, le commissariat central était devenu un immense centre de dépôt. Les hommes et les femmes arrêtés affectaient de ne pas se connaître et ne parlaient que pour protester de leur innocence et insulter la police.

Pour éviter que les esprits ne s'échauffent, Sébastien Dubosc qui était à la manœuvre avait prévu qu'après un bref relevé d'identité les gardés à vue soient dispatchés dans les dix-neuf commissariats de Lyon et de sa proche banlieue.

Pour la majorité des interpellés, l'opération s'était réduite à quelques heures de détention. Ceux-là n'avaient commis d'autre faute que de passer plus de temps à coller des affiches ou à distribuer des tracts que sur les bancs de la fac. L'absentéisme universitaire n'étant pas encore puni par la loi, ils avaient été d'autant plus vite relâchés qu'ils avaient juré leurs grands dieux ne pas connaître les fondateurs du PDP. Les barres de shit retrouvées dans les affaires de quelques-uns auraient pu intéresser les stups, mais les flics de la crim' avaient autre chose à faire que de dresser des procès-verbaux pour quelques grammes de haschich. Au final, seule une petite dizaine avait passé la nuit au dépôt et avait été transportée à nouveau au commissariat central pour être interrogée par Dubosc. Entre-temps, les perquisitions avaient parlé. Anodines pour sept d'entre eux dont l'activisme militant se réduisait à quelques banderoles dénonçant le capitalisme broyeur et la police assassine, elles avaient été accablantes pour trois autres.

Parmi ces derniers, Patrice Legrand, quarante ans, cadre dirigeant chez EDF, adepte du costume-cravate en semaine et qui se muait, chaque week-end de manif, en défenseur des pauvres. En blouson de cuir et cagoule noire, il chassait en bande les symboles de l'oppression capitaliste. Sa spécialité, les banques, les agences de voyages, les magasins de luxe et surtout les flics, bras armés de ce fascisme d'État dénoncé dans les piles de tracts retrouvées chez lui. Legrand, fils d'un pédiatre réputé, habitait un élégant quatre-pièces sur la rive gauche du Rhône, à quelques foulées du parc qu'il parcourait à grandes enjambées chaque matin, pour entretenir le fantasme d'un corps parfait. Alice, sa femme, ignorait tout de ses activités du week-end et plus encore de ses choix militants. La quarantaine, brillante avocate qui avait décroché son doctorat en droit à l'âge où d'autres achèvent leur licence, elle venait d'intégrer le cabinet du meilleur pénaliste de la ville. Les deux avaient choisi de ne pas avoir d'enfants, s'imaginant incapables d'organiser le télescopage de leurs ambitions personnelles avec une vie parentale. Les week-ends où Legrand n'était pas de manif, Alice et Patrice dévoraient, gourmands, les routes qui les conduisaient l'hiver aux pieds des pentes alpines, et au cœur des calanques marseillaises dès que le soleil printanier les maquillait d'un bronzage discret.

Lorsque les hommes de Dubosc avaient sonné à l'interphone, le couple se préparait pour une de ces soirées de gala, élégante et désuète, où se nouent des amitiés à but lucratif. Sous le smoking de Patrice Legrand, qui pouvait imaginer le blouson des samedis de braise ? Les policiers eux-mêmes crurent un instant s'être trompés d'adresse. L'appartement était à leur image. Transparent et lumineux. Alice avait regardé sans comprendre les trois flics silencieux et méthodiques vider le dressing et les commodes avant de renverser les tiroirs du bureau. Elle fixait son mari, enfoncé dans le fauteuil qui lui faisait face, étrangement indifférent au film qui se déroulait sous leurs yeux.

— Tu ne dis rien ? explosa la jeune femme alors que l'un des policiers parcourait à la hâte les papiers trouvés dans le bureau. Cette histoire est folle, il y a dans notre appartement trois flics qui se pointent avec une commission rogatoire et toi tu ne bouges pas.

— Que veux-tu que je te dise ? finit par rétorquer Legrand. Tu es avocate, tu sais très bien qu'ils ne diront pas pourquoi ils sont là. C'est sans doute une erreur mais tu veux qu'on fasse quoi ?

Les trois policiers avaient fait chou blanc. Comme ils allaient partir sans s'excuser, Alice les arrêta, provocante.

— Vous n'avez rien trouvé ? Normal, nous n'avons rien à cacher. Mais on voit que vous n'avez pas travaillé vos fiches. Chaque appartement a plusieurs dépendances. Nous, par exemple, nous avons deux chambres de bonne qui nous servent de débarras et une cave que nous n'avons jamais utilisée.

Legrand tenta de la calmer en l'enveloppant d'un geste affectueux. Et ajouta, sur un ton doucereux qui ne lui était pas habituel :

— Laisse partir ces messieurs, nous allons être en retard.

L'un des trois flics, faisant mine de ne pas entendre, se fit malgré tout conduire à l'étage des chambres de bonne. Alice n'avait pas menti. C'était un amoncellement de meubles à demi cassés et de valises en attente de départ. Rien qui puisse intéresser les hommes de la crim'. En les raccompagnant à la porte avec un ton que sa femme trouva étrangement aimable, Patrice Legrand, gardant longuement la main d'un des policiers dans la sienne, le salua d'une phrase banale :

— J'espère que vous nous direz un jour pourquoi vous êtes venus.

— Moi non, mais mon chef ou le procureur s'ils le décident. Au fait, votre femme ne nous a pas dit que vous aviez également une cave ?

— Si, mais je vous confirme qu'on ne l'a jamais utilisée. D'ailleurs, je crois que nous n'avons pas les clés. Comme vous avez pu le voir, c'est une des chambres du 6e qui nous sert de fourre-tout, c'est plus commode et moins sinistre.

— Pardon d'insister mais puisque nous sommes là… dit le flic en entraînant Legrand.

La cave était fermée par une vieille porte ajourée qui permettait d'apercevoir sur le mur du fond une armoire normande datant d'un autre siècle.

— Qu'y a-t-il dans cette armoire ? demanda le policier qui tentait d'éclairer l'endroit avec une lampe torche.

— Que voulez-vous que j'en sache ? répondit Legrand. C'est sans doute l'ancien propriétaire qui l'a laissée là.

La voix avait changé. Aimable auparavant, elle était devenue fébrile.

— Vous êtes sûr que vous n'avez pas les clés ? dit l'un d'entre eux alors qu'il s'apprêtait à défoncer la porte d'un coup d'épaule.

— Certain.

La porte était plus solide qu'ils l'avaient imaginé. Si solide qu'ils durent faire appel à un serrurier pour l'ouvrir. Alice les avait rejoints.

— Qu'est-ce que vous cherchez ? demanda-t-elle plus inquiète que furieuse.

— Je ne sais pas, madame, répondit le flic. Nous sommes là pour fouiller, on fouille !

— D'où vient cette armoire ? s'exclama Alice en voyant le meuble qui avait une taille impressionnante.

— C'est ce que nous aimerions savoir, mais apparemment elle est fermée à clé. Et cette clé-là non plus, vous ne l'avez pas ?

— Non, répondit-elle sèchement, puisque je vous dis que je ne l'ai jamais vue.

— Dans ce cas, le serrurier va continuer de faire son travail.

Il ne fallut pas dix secondes pour que la serrure cède dans un grincement peu discret. Les policiers restèrent un instant stupéfaits et silencieux, voyant à peine dans la pénombre le visage décomposé de Legrand. Il n'y eut que sa femme pour s'étonner bruyamment de leur découverte. Le coffre était devant leurs yeux. Énorme. Occupant une bonne moitié de l'armoire dont le plancher avait été enlevé, il était scellé à même le sol.

— C'est quoi ce truc ? interrogea Alice en fusillant du regard son mari.

Legrand, blême, la regardait, incapable de prononcer un mot.

— Mais je n'en sais rien, finit-il par bredouiller.

Le plus grand des trois flics l'interrompit en haussant le ton.

— Arrêtez de vous moquer de nous, monsieur Legrand.

Et d'un mouvement de tête, il demanda au serrurier d'intervenir une dernière fois.

Alice vit d'abord les vêtements. Deux jeans noirs, trois cagoules de la même couleur et un blouson de cuir. Jamais son mari n'avait porté ce blouson. Les flics, eux, s'intéressaient moins au côté penderie qu'à l'arsenal caché sous les vêtements. Un fusil de chasse, une arme de poing 9 mm, plusieurs matraques et deux longs couteaux à la lame effilée.

Dans la partie supérieure du coffre, il y avait une tablette sur laquelle étaient empilés des tracts signés « le Parti du peuple » et un carnet noir répertoriant une centaine de noms, de téléphones et d'adresses. Ministres, industriels, journalistes, magistrats, policiers, leur patronyme était précédé d'étoiles hiérarchisant l'influence et l'intérêt de chacun.

— C'est quoi tout ça ? hurla Alice.

— Je ne sais pas, répondit Patrice avec une froideur que sa femme ne lui connaissait pas.

— Mais si, vous savez très bien, rétorqua l'un des policiers. Vous allez nous suivre, monsieur Legrand, mais auparavant je vais vous demander de vous déshabiller et d'essayer les vêtements qui sont dans le coffre.

— Pas question ! s'insurgea Legrand.

— Si, fais-le, je veux savoir ! s'écria Alice en jetant le blouson à la figure de son mari.

La venue de la ministre de l'Intérieur rue du Bastion n'avait surpris que le vieux planton qui était déjà en fonction quai des Orfèvres. À cette heure de la nuit, seuls trois verres d'eau à moitié pleins traînaient encore sur la table de la salle d'interrogatoire, témoignant d'une garde à vue qui s'était achevée peu auparavant.

— Finalement, dit Le Goff, tu es venue pour rien, les suspects arrêtés à Lyon viennent seulement de décoller. Ils ne seront pas ici avant 2 heures du matin.

Le patron de la crim' avait proposé à son ancienne patronne de boire un verre dans cet endroit qui était le sien jusqu'à sa nomination à Beauvau. Il n'avait touché à rien. Elle faillit s'asseoir devant la grande table qui lui servait de bureau, avant de se ressaisir et de se coucher à demi sur le canapé du coin salon qu'elle avait elle-même aménagé.

— Toi et moi, ça aurait pu être une belle histoire, dit-elle en balançant ses chaussures à l'autre bout de la pièce. Tu as préféré notre amie Justine. Résultat, tu t'es fait jeter au bout de quelques mois et depuis tu trimballes ta solitude accrochée à ton verre de whisky. Il ne te manque que la gabardine pour finir en Bogart du pauvre.

Le Goff éclata de rire.

— Qui te dit que je suis seul ?

— Je me renseigne.

— De toute façon, nous deux ça n'aurait jamais pu marcher, on se ressemble trop. Et puis je te rappelle que tu as toujours été ma patronne. Opportunisme d'un côté, harcèlement de l'autre, les apparences auraient été contre nous. Ça n'est pas moi que tu regrettes, c'est le fauteuil dans lequel je suis assis.

Pour toute réponse, Salma se contenta d'un hochement de tête en s'arrachant aux profondeurs du canapé. Les suspects encore dans l'avion, il n'y avait plus rien à faire rue du Bastion.

Paris semblait s'être endormie prématurément. La place Clichy habituellement si vivante était vide. Au feu rouge, Rossel regardait sans les voir les cafetiers empiler les chaises désertées.

À l'arrière de la voiture, elle avait ouvert la fenêtre, au grand dam de l'officier de sécurité dont elle imaginait la grimace de réprobation. Au diable les réprimandes de l'ange gardien, la ministre avait besoin de respirer et de se laisser caresser par le vent frais qui balayait cette nuit d'automne. Elle avait bu. Un peu trop, et aucune envie de s'enfermer dans les cent mètres carrés impersonnels du ministère, elle décida de rentrer chez elle. Le Goff l'avait troublée en lui versant une ultime rasade de whisky-nostalgie. Il n'avait pas tort, elle avait abandonné sa vie et vingt-cinq ans de passion pour le palais des illusions.

Son appartement avait gardé l'odeur délicate diffusée par les bougies aux senteurs boisées. D'un geste machinal, elle alluma celle qui se trouvait à demi consommée sur la console de l'entrée. Elle aimait cet endroit, qui témoignait d'un passé familial qui avait fait d'elle une femme indépendante. Héritière d'un patrimoine qui l'avait exonérée des contraintes du quotidien, elle jouissait de la liberté des riches. La police, c'était son choix et sa vie. Les flics l'aimaient même s'ils savaient qu'elle venait d'ailleurs. La politique, en revanche, ça n'était pas son monde. Elle s'endormit en se disant qu'elle serait mille fois plus à sa place dans la salle d'interrogatoire du Bastion.

Le bruit sourd d'un choc sur la fenêtre de sa chambre la réveilla en sursaut. Elle se précipita et ne vit rien d'autre qu'un oiseau mort sur le trottoir. La bête avait été brutalement stoppée dans son vol, sans doute aveuglée par le lampadaire accroché à l'immeuble. C'était stupide mais Salma ne put s'empêcher d'y voir un signe. Elle décida de rentrer à Beauvau et appela un taxi. L'homme n'en crut pas ses yeux.

— Vous n'avez plus de chauffeur au gouvernement ? demanda-t-il en riant.

Salma avait la gueule de bois et pas vraiment envie de parler.

— Vous avez vu l'heure ? se contenta-t-elle de marmonner.

— Je peux quand même vous poser une question ? (Et il enchaîna sans attendre la réponse.) Les suspects que vous avez arrêtés à Lyon, ce sont eux les assassins ? Parce que sinon, cette affaire, elle commence à nous foutre la trouille. Moi si ça continue, je vais arrêter de faire le taxi.

— Je ne pense pas que vous soyez le premier visé, dit-elle avec une ironie que l'homme n'avait manifestement pas saisie.

— Tant mieux, mais vous ne m'avez pas répondu, Madame la ministre. Les suspects ? Ce sont les coupables ?

— Ça n'est pas à moi qu'il faut poser la question, dit-elle, songeuse alors qu'ils arrivaient au ministère. Je ne suis plus flic.

La première chose qu'elle vit en entrant dans la pièce, ce fut l'épaisse enveloppe kraft déposée sur son bureau. Le « Confidentiel – Secret Défense » que lui avait transmis Le Goff dans la nuit contenait les procès-verbaux des premiers interrogatoires des hommes transférés à Paris. Si Patrice Legrand avait invoqué le droit au silence, ses comparses n'avaient pas été avares de révélations. Le PDP (Parti du peuple), créé trois mois plus tôt, comptait déjà plusieurs centaines d'adhérents, tous ex-militants d'autres mouvements extrémistes, à qui ils reprochaient d'être plus forts en gueule qu'efficaces sur le terrain. Eux revendiquaient leur choix de l'ombre et se voulaient résistants. Dans l'avion qui ralliait Villacoublay, les policiers avaient isolé Legrand, pour interroger les deux autres. Était-ce l'endroit, entre ciel et terre ? Le face-à-face confortable dans un jet destiné plus ordinairement à transporter des hommes d'affaires outre-Atlantique ? Le cognac proposé ? Dans tous les cas, la conversation prit un tour édifiant. Selon les deux hommes, le pouvoir en place n'était qu'un gouvernement d'occupation, les partis d'opposition des collabos pétainistes et les médias les suppôts de l'État fasciste.

En achevant la lecture du document, Rossel appela Le Goff.

— Tu ne prends quand même pas au sérieux les délires de ces minables éméchés ? Si tu n'as que ça comme suspects, on ne va pas aller loin.

— Tu as perdu la main, s'énerva le patron de la crim'. Si tu étais à ma place, tu aurais fait ce que j'ai demandé. Qu'on fouille leur passé. Ces deux-là ne sont pas des enfants de chœur. À eux deux, ils totalisent dix ans de prison pour avoir blessé des policiers et saccagé une dizaine de permanences de députés. Mais tu as raison, malgré leurs faits d'armes, ce ne sont que de pauvres types qui prennent leur pied idéologique en allant casser du flic. En revanche, Legrand, c'est du lourd. Avec ce qu'on a trouvé chez lui, on peut le garder un bon moment.

Salma avait écouté son ex-numéro 2 sans broncher. Il n'avait pas tort. Elle avait perdu ses réflexes de flic. Elle raccrocha en lui souhaitant bon courage et sentit des larmes d'amertume lui couler doucement sur le visage. Elle regarda le dossier qui était devant elle et se dit qu'elle n'aimait pas ce qu'elle était devenue. Une heure plus tard, elle était à nouveau dans le bureau de Le Goff. L'interrogatoire de Legrand allait commencer. Elle se dirigea sans dire un mot vers le fauteuil de son ancien adjoint.

— Je m'assieds là, dit-elle en souriant. Toi, tu vas bosser. Et n'oublie pas les caméras, je suivrai tout d'ici.

— Mais tu es complètement folle, si le président apprend que tu es là, tu vas te faire virer. Tu as déjà vu un ministre de l'Intérieur suivre un interrogatoire dans les locaux de la police ?

— C'est ta faute, il ne fallait pas me dire que j'ai oublié le métier. Je suis flic, Gabriel, et je me fous d'être ministre. Le président veut des résultats, on va lui en donner.

— Comme tu veux, mais évite quand même de te montrer dans les couloirs. Et enferme-toi, sinon j'imagine la tête de nos collègues s'ils te voient assise derrière ce bureau.

Et il éclata de rire, presque heureux. Les planques, les galères, les copains morts en opération, ils avaient formé un couple de légende que la politique avait séparé. Chacun y avait trouvé son intérêt, mais perdu une partie de son histoire. Dans la tête de Gabriel, Salma n'avait jamais cessé d'être la patronne. Dans la salle d'interrogatoire, le suspect ne vit arriver qu'un visage fermé. Mais intérieurement, Le Goff souriait encore ; le duo allait travailler à nouveau de conserve.

L'homme qu'il avait face à lui n'avait plus rien à voir avec le cadre élégant qu'il était encore trente-six heures plus tôt. Barbe noire naissante, les traits tirés par une nuit sans sommeil, pantalon et veste froissés, il ne restait de sa superbe que le phrasé d'une langue de bois dont il ne doutait pas qu'elle fît illusion. À entendre Legrand, les armes trouvées avaient été achetées légalement. Il les utilisait dans un club de tir où il côtoyait de nombreux policiers. Les textes appelant à la révolution violente n'étaient que des fragments pour un essai sur l'histoire de l'extrême gauche en France. Quant à la liste des noms répertoriés dans le grand cahier noir, ça n'était que le listing encore incomplet de la nomenklatura parisienne dont il avait signé la publication avec un grand éditeur de la place. Finalement, à l'en croire, rien que de très banal, un hobby et des recherches qui occupaient le peu de temps que lui laissaient ses responsabilités chez EDF. L'homme avait réponse à tout. Le Goff et Dubosc étaient fascinés par l'aplomb avec lequel Legrand avait raconté son histoire. Ils ne croyaient pas un mot de ce qu'il racontait mais, chapeau l'artiste, tout était plausible et sans doute vérifiable. Inutile de joindre le club de tir même si, pour la forme, ils avaient déjà appelé leurs collègues. Legrand n'était pas stupide au point d'inventer des faits et des situations qu'un simple coup de téléphone aurait pu démentir. Salma n'était pas moins bluffée.

— Ça va être coriace, dit-elle à Le Goff qui avait abandonné Dubosc et la logorrhée du suspect pour échanger avec son ex-patronne. Le type est malin. On ne peut même pas le garder pour port d'arme illégal. Il va falloir trouver autre chose sinon tu vas te faire retoquer par le procureur.

— Je crois que j'ai trouvé.

— Tu veux que je vienne avec toi ? dit-elle, plaisantant à peine.

— Tu es vraiment une grande malade, ne bouge pas d'ici. En revanche, j'ai les oreillettes que je donne à mes enquêteurs lorsque je surveille leurs interrogatoires de mon bureau. Si tu veux me parler, tu appuies sur le bouton, à droite du micro.

L'interrogatoire de Legrand tournait à la conversation de salon. Il était maintenant question d'Alice, de sa famille recomposée, de son père qu'elle n'avait pas connu et de sa mère qui s'était mariée deux ans après sa naissance avec un avocat qui lui avait fait deux enfants. Alice tenait sa vocation de son beau-père qui l'avait élevée comme sa propre fille. De loin la plus douée des trois enfants. Son presque père n'avait jamais caché sa préférence pour la jeune fille qui avait décidé de mettre ses pas dans les siens. Marié avec cette fille zéro défaut, devenue une femme parfaite, Legrand avait conclu sa belle histoire en déclarant quasiment sur l'honneur qu'il était un homme heureux. Le Goff entra dans la pièce, les oreilles vrillées par le sifflement du micro que venait d'ouvrir Rossel. Après quelques secondes d'un supplice qui lui fit regretter d'avoir proposé à Salma de participer à distance, la voix de la ministre se fit entendre enfin, claire et sans parasite.

— Là, il se fout de nous, dit-elle en aboyant dans l'appareil. Il faut qu'il arrête de nous servir sa romance à l'eau de rose.

Impassible, Le Goff répondit en direct à Salma, en répétant mot pour mot les phrases de son ex-patronne.

— Monsieur Legrand, arrêtez de nous servir votre romance à l'eau de rose. On est sans doute beaucoup moins intelligents que vous mais ne nous prenez pas pour des imbéciles. Je ne doute pas que votre femme soit étrangère à vos activités sportives et littéraires. Mon collègue Dubosc a pu vérifier que sa surprise n'était pas feinte en découvrant avec elle votre cave et le contenu du coffre. Mais ça ne fait pas de vous un innocent. Cela prouve au contraire que vous avez un talent certain pour dissimuler et tromper ceux qui vous sont proches, que ce soient votre compagne, nos collègues ou votre éditeur. Il n'y avait pas que des armes à feu dans votre planque. Parce que c'était bien une planque, n'est-ce pas ? Un lieu qu'on garde secret et dans lequel on enferme des vêtements, des documents que l'on veut protéger et des engins pour tuer, dans notre jargon de simple flic, on appelle ça une « planque ». (Jetant sur la table les scellés enfermant dans une poche en plastique les deux poignards, il poursuivit.) Et ces couteaux, vous les emportiez aussi au club de tir ? Je suis sûr que cela aurait intéressé vos amis policiers.

Touché. Legrand fixait les armes blanches sans répondre. Il lui fallut quelques secondes pour affirmer qu'il ignorait leur existence.

L'homme, tassé sur sa chaise, semblait ne pas comprendre.

— Il nous joue une mauvaise pièce, dit Rossel dans l'oreillette.

— Cessez de jouer la comédie, répéta Le Goff.

— C'est pourtant la vérité ! s'écria le suspect.

— Et les noms de Palombi et de Bourdarias, en tête de liste dans votre calepin noir, c'est aussi le hasard ?

— Je vous l'ai dit. Je préparais un dictionnaire des portraits.

— Ceux-là, vous pouvez les oublier. Parce que vous n'ignorez pas qu'on les a retrouvés lardés de coups de couteau. Les vôtres peut-être.

Patrice Legrand sursauta.

— Mais vous êtes fou, je n'ai tué personne !

— C'est ce qu'on va vérifier. Où étiez-vous les 22 et 23 septembre ? Ne vous fatiguez pas, nous avons la réponse. Vous étiez à Paris. Vous avez pris le TGV de 16 h 34 et vous êtes rentré le lendemain par le train de 8 h 23. Bourdarias a été tué vers 1 heure cette nuit-là. Admettez qu'on peut se poser des questions.

— Je n'ai pas quitté l'hôtel Pullman. Interrogez la réception. Nous avons travaillé avec quelques amis dans une salle que j'avais réservée jusqu'à plus de minuit. Nous étions une dizaine. Nous avons même commandé des plateaux-repas. Tout cela est vérifiable.

— Ce qui le sera moins, c'est ce que vous avez pu faire. Qui était avec vous pour cette prétendue soirée de copains ?

— Quelques-uns des fondateurs du PDP. Nous nous sommes réunis pour structurer notre mouvement. Les manifs du samedi, c'est un début, mais ce sera vain si notre projet se réduit à une partie de caillassage le week-end.

— Et structurer votre mouvement, cela consiste à éliminer ceux dont le nom figure dans votre carnet noir ?

— Pas du tout.

Comme s'il avait oublié les deux poignards qui suffisaient à l'envoyer pour longtemps à la Santé, Legrand, tel un boxeur sonné, s'était redressé, prêt à affronter les deux flics au milieu du ring.

— Nous ne sommes pas des assassins mais les nouveaux sans-culottes d'une révolution citoyenne. La gauche a failli, la droite s'est dissoute dans l'extrême droite, l'actuel pouvoir est impuissant à rassembler le peuple, le PDP doit mobiliser cette majorité de Français qui se sent piétinée. La liste dont vous parlez, c'est l'annuaire de tous ceux qui ont choisi la politique pour satisfaire leurs ambitions personnelles. Ceux-là doivent être traités pour ce qu'ils sont, des traîtres à la nation. Il ne s'agit pas de les éliminer physiquement mais de les juger lorsque le peuple sera au pouvoir. Rien n'est tabou ni sacré, sinon le peuple lui-même.

Rossel qui avait tout entendu s'énervait, seule dans le bureau de Le Goff. Elle s'était mise à parler si fort que le patron de la crim' avait failli retirer l'oreillette.

— Arrête de le laisser débiter ses conneries, dit la ministre à son ancien adjoint. Ce charabia serait seulement grotesque s'il n'était dangereux. C'est un casseur et peut-être un criminel que tu as devant toi. Ne te laisse pas avoir par ses délires dignes d'un élève de troisième. Fous-le au trou. Et laisse fuiter qu'on a un client sérieux. Ça va occuper les journalistes !

Salma avait raison. Le Goff fit un signe pour lui faire comprendre qu'il l'avait bien entendue. Et sur un ton qui n'appelait pas de réponse, il interrompit Legrand. L'homme n'avait plus rien de l'animal traqué qu'il était quelques minutes auparavant. Arrogant, il promettait à Dubosc et à Le Goff la bourrasque qui balaierait les élites arc-boutées sur leurs privilèges.

— Monsieur Legrand, je vous conseille de garder votre éloquence pour le juge parce que vous n'avez pas l'air de bien saisir la situation. La révolution, vous allez la faire entre quatre murs et pour un bon moment. Des hommes comme vous, révolutionnaires du dimanche, j'en ai vu passer beaucoup au 36. Vous, ça vous amuse, moi ça ne me fait pas rire parce qu'il y aura toujours quelques fragiles du bulbe qui prendront vos écrits de bibliothèque verte pour la nouvelle Bible des invisibles, comme vous dites. Et ceux-là, ils sont dangereux. Vous devrez rendre des comptes pour pousser au crime des pauvres types qui pensent que tuer un Bourdarias va résoudre la question de la faim dans le monde.

— C'est vous qui dites n'importe quoi, rétorqua Legrand. Vous n'avez rien contre moi.

— Oh si ! Des écrits qui sont autant d'appels au meurtre, le caillassage de policiers et surtout ces deux poignards. Détention illégale d'armes par destination. Le juge n'aura que l'embarras du choix. Votre femme peut prendre un abonnement pour Paris.

— Laissez ma femme en dehors de tout ça. Quant aux poignards, je vous répète que je ne les avais jamais vus.

— Nous nous reverrons très vite, monsieur Legrand, et vous avez intérêt à prendre un bon avocat parce que le juge ne vous fera pas de cadeau. Vous mentez et je le prouverai.

Trois voitures de police attendaient Patrice Legrand devant les locaux de la crim'. Une heure plus tard, il était mis en examen pour les assassinats de Palombi et de Bourdarias. Les preuves n'étaient pas établies mais il était urgent de mettre un terme au climat délétère qui s'était installé dans le pays depuis la découverte du cadavre de l'ancien patron du Raid. Il serait toujours temps de prononcer un non-lieu si rien ne venait confirmer la culpabilité de Legrand. La justice se couvrait et les autres chefs d'inculpation justifiaient le maintien en prison. Police et justice main dans la main, c'était suffisamment rare pour que la presse en fasse ses unes. Les journaux se félicitaient de la réactivité de la police et de la fermeté des juges dont la main, disaient-ils, n'avait pas tremblé malgré les dénégations du suspect, devenu en moins de trente-six heures le coupable idéal.

Les jours d'après, les preuves s'étaient accumulées contre le cadre EDF, d'autant plus accablantes que depuis son arrestation Twitter avait charrié un fleuve ininterrompu d'accusations de toutes sortes. Des femmes qui travaillaient à ses côtés évoquaient des faits de harcèlement sexuel, ses collaborateurs les plus proches qui l'avaient jusqu'alors dépeint comme un patron charmant, décrivaient un homme agressif et contaient sur Facebook les multiples épisodes violents auxquels il aurait été mêlé. En quelques jours, le bourgeois élégant qui faisait le bonheur des soirées de son quartier avait disparu derrière l'ombre inquiétante d'un voyou infréquentable.

Sur les plateaux, les éditorialistes, régulièrement battus au sprint par les réseaux sociaux, inquiets de voir leurs paroles noyées sous l'amoncellement de tweets, arguaient de leur expérience pour évoquer timidement le principe de la présomption d'innocence. Mais leurs voix pesaient peu au regard des témoignages diffusés sur leurs propres antennes, accablant Legrand et ses turpitudes supposées.

À Médias 24, Marc Plochin, qui comprit l'avantage qu'il pouvait tirer d'être le plus implacable des procureurs, fit de son unique studio une salle de tribunal ouverte vingt-quatre heures sur vingt-quatre où chacun pouvait déposer son témoignage à la seule condition qu'il soit plus terrifiant que le précédent.

Plochin aurait dû naturellement adhérer aux idées révolutionnaires de Legrand mais, audience oblige, l'accusateur trublion avait besoin d'élargir la toile de ses fidèles pour remplir les caisses de sa chaîne. Concurrençant Star News sur son terrain, il devint ainsi en quelques jours le déversoir d'une soupe nauséabonde où se mêlaient accusations sans preuves, aigreurs, frustrations et vengeances. Un cocktail sulfureux qui fit grimper la chaîne de Plochin à des sommets jamais atteints.

Rue du Bastion, l'ADN retrouvé sur les poignards avait parlé. Et confirmé que Patrice Legrand s'enfonçait dans une défense sans issue. C'était bien son empreinte génétique qui avait été relevée sur les manches des couteaux à fine lame. Confronté à ses mensonges, Legrand reconnut s'être rendu dans sa cave la veille de son escapade parisienne. À l'entendre, c'était la première fois qu'il voyait ces poignards dont il ne s'expliquait pas la présence. Mais de dénégations en contre-vérités, il avait franchi les dernières marches d'une culpabilité que les policiers jugeaient désormais certaine. Seule ombre au tableau, il continuait de protester de son innocence sans comprendre que la prison avait déjà fait son œuvre. Une semaine après son incarcération, l'homme n'était plus le même, comme s'il avait laissé son arrogance dans la caissette de ses effets personnels. Persuadé qu'il serait lavé de tout soupçon, il avait dû déchanter et avait vite compris que son arrestation arrangeait trop de monde pour que les magistrats entendent ses protestations. Une première demande de mise en liberté provisoire avait été rejetée et Le Goff l'enfonçait davantage à chaque interrogatoire. Pour le patron de la crim', le dossier était clos. Il n'avait pas réussi à obtenir les aveux espérés mais qu'importe, le faisceau d'indices graves et concordants était accablant. Et Salma Rossel se chargea d'enfoncer le clou.

Chapitre 17

Ce 18 octobre à 15 heures, l'avenue Marigny et la cour de Beauvau étaient encombrées de camions et de câbles. Sur le trottoir, en rangs serrés, les reporters faisaient monter la pression et assuraient la première partie du spectacle en attendant la star du jour. Avec un bon quart d'heure de retard, Salma Rossel, après que la maquilleuse avait effacé les dernières traces de ces semaines exténuantes, gravit les marches du podium telle une championne présentant sa médaille après la victoire. Le ministère de l'Intérieur avait dû ouvrir deux pièces mitoyennes à la salle de presse pour accueillir la bonne centaine de journalistes invités à porter la parole officielle. Entourée du patron de la crim' et du directeur général de la police, sûre d'elle, presque souriante avant qu'elle ne réalise que le moment ne prêtait pas à rire, la ministre de l'Intérieur avait attaqué d'une phrase qui ne souffrait ni contestation ni démenti.

— Le coupable est sous les verrous. Il ne fait plus aucun doute que Patrice Legrand, fondateur d'une organisation extrémiste dont les statuts ont été déposés à la préfecture de Lyon sous le sigle « PDP », l'été dernier, est l'auteur du double assassinat qui vient d'endeuiller notre pays. L'enquête a confirmé que ce cadre dirigeant chez EDF et plusieurs militants du Parti du peuple projetaient d'autres attentats visant des responsables politiques, des journalistes et des policiers. L'arrestation de Legrand et le démantèlement de son organisation mettent fin à cet épisode tragique qui aurait pu être pire encore si la police et nos services de renseignement n'avaient fait preuve d'une remarquable célérité. Je tiens à les saluer au nom du président de la République et du Premier ministre.

Prononcé dans un silence qui soulignait la gravité du moment, le propos se conclut dans un gigantesque brouhaha. Les questions fusèrent avant même que Rossel n'ait remercié Le Goff et ses hommes. Habitués des rodomontades des ministres de l'Intérieur, les journalistes voulaient tout savoir des preuves accumulées par les enquêteurs, jusqu'à cette question qui provoqua un mémorable incident entre la ministre et ses hôtes. Elle surgit du fond de la salle. D'une voix faussement naïve, un jeune reporter d'I-Direct souligna qu'il n'était question que de preuves accumulées mais jamais d'aveux. Forçant la voix pour se faire entendre, il interpella la ministre sur le ton de celui qui hèle un taxi.

— Madame la ministre, que l'on sache, Patrice Legrand n'a pas avoué ses crimes. Dans ces conditions, comment pouvez-vous dire que le coupable est sous les verrous ?

La question se voulait frappée au coin du bon sens, Salma la reçut comme une grenade explosant à ses pieds. Elle dut confirmer que Legrand continuait de nier et enchaîna :

— Mais nous n'avons aucun doute sur sa culpabilité ni sur ses mobiles. Nous avons affaire à un extrémiste de la pire espèce, converti de la dernière heure, enchaîné à sa mauvaise conscience qu'il trimballe comme un boulet. Les mobiles politiques sont évidents et avoués. Pour le reste, je peux vous dire par expérience que les salles d'interrogatoire regorgent de meurtriers qui refusent d'avouer leurs crimes. La cour d'assises jugera mais pour le gouvernement, le dossier est clos.

Et elle enchaîna, avec une agressivité qui n'avait rien de politique.

— Alors je vois, j'entends, je lis. Et à vous entendre, à vous lire, rien ne va jamais. Un coupable est arrêté ? Plutôt que de saluer le travail de la police, vous la salissez. Et pour faire bonne mesure, vous doutez des convictions du juge. Le gouvernement prend des décisions ? Elles sont par nature inefficaces et inadaptées ! Le gouvernement réfléchit, travaille et ne prend pas de mesures à l'aune de l'humeur du moment ? Il est au mieux impuissant, au pire incompétent ! Quelques milliers d'opposants défilent dans le désordre et ce sont des heures de direct qui font croire que la France entière est dans la rue ! Sur vos plateaux, la parole des experts, les vrais, réduits au rôle de figurants parce que vous trouvez leurs propos trop nuancés ou trop complexes, pèse peu face aux grandes gueules dont la compétence se mesure aux décibels exhalés. Le monde se bat à nos portes, on meurt de faim à deux heures de vol de vos antennes, on crée, on construit, on invente de l'autre côté de nos frontières, mais qu'importe les mouvements du monde puisqu'on fait de l'audience à coups de buzz franco-français.

Et si d'aventure, cette confusion médiatique n'avait pas les effets escomptés, vous sortez l'arme absolue : la prophétie autoréalisatrice. « Chers auditeurs, amis téléspectateurs, il ne s'est rien passé mais croyez-nous, ça va se passer. Et comptez sur nous, si l'information ne vient pas à nous, nous la créerons. » Explosive et destructrice.

Salma avait parlé d'une traite et changé de costume. La ministre élégante, parlant couramment la langue de bois, avait retrouvé ses habits de simple flic.

La centaine de journalistes, crucifiés sur place, l'avaient écoutée, stupéfaits. Ils la regardaient et l'imaginaient dans la salle d'interrogatoire, bousculant un malfrat récalcitrant, dénonçant les turpitudes d'un assassin qui refuserait de reconnaître ses crimes. Oubliée la ministre de l'Intérieur, ils avaient devant eux la patronne de la crim'. Et le moment de sidération passé, c'est à la flic qu'ils répondirent, dénonçant le caractère insultant et caricatural de ses propos.

La conférence de presse avait été retransmise en direct sur toutes les chaînes. Dans les studios, la révolte grondait, d'autant plus puissante que les spectateurs ne pouvaient l'entendre. Rossel était encore à l'antenne et les micros plateau étaient coupés. Les Français n'eurent ensuite qu'une resucée modérée de ce que les commentateurs s'étaient dit en off. Les plus affables dénonçaient un pétage de plombs dû aux nuits sans sommeil et à la pression de ces quinze derniers jours, les autres rivalisaient d'insultes méprisantes et sexistes. « Connasse », « mal-baisée », « un QI de crapaud », « salope adepte de la promotion canapé ». Avec le courage de ceux qui regardent leurs pieds lorsque l'adversaire est à portée de main, ils l'avaient habillée pour l'hiver. Quelques instants plus tard, face caméra, chacun avait retrouvé sa civilité télévisuelle pour expliquer que ces propos n'étaient que l'expression violente du désarroi des politiques. À Globe Info, fait rarissime, Jacques Leroy avait décidé de descendre sur le plateau pour répondre à Salma. S'indignant des attaques de la ministre, il salua le travail de la police, tout en soulignant à son tour que Patrice Legrand continuait de nier être l'auteur des meurtres. Et s'adressant directement à Rossel, il conclut :

— Madame la ministre, nous avons l'audace de penser à Globe Info que vos propos inacceptables ne nous concernent pas. Nous avons toujours eu le sentiment de faire notre métier sans a priori, en respectant les codes de notre profession. C'est pourquoi il nous paraît légitime de poser les bonnes questions lorsqu'elles s'imposent. Et de souligner nos doutes lorsqu'ils sont fondés. Nous sommes prêts à en débattre avec vous et les portes de nos studios vous sont ouvertes. Le débat sera toujours plus constructif que les invectives sous lesquelles vous avez enseveli notre profession.

Habile, le directeur de l'info venait de faire d'une pierre trois coups. Il répondait à Rossel, marquait sa solidarité avec ses confrères et imaginait une confrontation avec la ministre de l'Intérieur qui n'aurait pas manqué de provoquer le buzz que Salma dénonçait. Leroy jouait gagnant-gagnant.

À Star News, la flûte légère avait plié sous le poids de la grosse caisse. Le présentateur vedette qui jouait sa partition populiste matin et soir avait d'emblée, au nom de la liberté de la presse, exigé la démission de la ministre et laissé entendre que le président ne serait qu'un misérable pleutre s'il ne réagissait sur l'heure. Sur l'air de « parlez, Monsieur le président », il en profita pour dézinguer l'ensemble de la classe politique, inutile et incompétente.

Quant à Marc Plochin sur Médias 24, fidèle à sa logorrhée contradictoire et adorant ce qu'il avait détesté la minute d'avant, il exigeait non seulement le départ de la ministre de l'Intérieur mais la libération immédiate de Patrice Legrand, pourtant massacré une semaine plus tôt sur son antenne. Dénonçant la collusion d'une justice aux ordres avec une police incapable de trouver les vrais coupables, il voyait dans cette affaire un mensonge d'État s'ajoutant à tous ceux qu'il avait dénoncés depuis la création de sa chaîne.

Plus encore que Star News, Médias 24 n'avait pas son pareil pour provoquer d'interminables polémiques. Dans le passé, Marc Plochin avait réussi, il est vrai, quelques coups médiatiques retentissants. Pourfendeur infatigable des tricheurs et des imposteurs, il n'aimait rien tant que le tir aux pigeons, à la seule condition que les volatiles visés soient ministres, candidats à une élection ou patrons en coquetterie avec le fisc. Il visait souvent juste et débusquait des affaires que les autres médias se gardaient d'aller flairer de trop près. L'homme avait souvent été utile. Et certains de ses confrères l'admiraient en secret, enviant une liberté qu'eux-mêmes avaient enterrée au cimetière de leurs intérêts. Mais au fil des années, Plochin était devenu franchement imbuvable. Fort de son tableau de chasse, il adorait parader sur d'autres plateaux que le sien, assenant sans complexe des vérités qui n'étaient souvent que de médiocres *fake news*. Jamais de regrets, encore moins de remords, Plochin faisait peur et il aimait ça.

Peu de gens trouvaient grâce à ses yeux, il méprisait les soumis et n'aimait pas ceux qui lui résistaient. Jamais marié, sans enfant, il n'avait de fidélité que pour Juliette. Jeune assistante lorsqu'il était le patron du *Grand Quotidien du soir*, elle était devenue au fil des années son double. Elle seule pouvait calmer ses ardeurs révolutionnaires qui, par leurs excès, dérangeaient plus qu'elles ne convainquaient, et l'apaiser lorsque l'incandescence des braises risquait de mettre le feu à leur couple. Ils ne se l'étaient jamais dit mais ils s'aimaient.

La maison qu'ils avaient achetée quelques années auparavant dans le quartier Léon-Blum à Paris n'avait rien à voir avec la bâtisse de Montrouge. Elle était de ces villas très appréciées des couples qui avaient abandonné Saint-Germain-des-Prés et sa torpeur élégante pour les rives animées du XIe arrondissement. La révolution n'excluait pas le confort et appeler le peuple au Grand Soir dans les studios de Médias 24 n'interdisait pas de passer ses soirées sur les bords du canal Saint-Martin.

À l'heure de la conférence de presse, Juliette, scotchée devant son écran, n'avait pas entendu le froissement du papier lorsque l'enveloppe avait été glissée sous la porte. C'était une enveloppe anonyme, sans adresse ni destinataire. Elle était si plate que la jeune femme la crut vide, tombée de la pile qu'avait emportée Plochin. Elle la posa sur la console de l'entrée où s'amoncelaient les factures que le couple ne se résolvait à ouvrir qu'après plusieurs rappels menaçants. Au même moment, le patron de Médias 24, qui était encore en plateau, sentit son téléphone vibrer. Le SMS provenait d'un numéro inconnu :

Ouvre ton courrier ce soir. Ça va te changer de tes factures impayées.

Pas de signature et un numéro qu'il n'avait pas réussi à identifier. Plochin n'y pensa plus jusqu'à ce qu'il tombe sur cet A4 en kraft qui trônait au sommet de la montagne de courriers en attente. En rejoignant Juliette, l'enveloppe à la main, il la questionna comme s'il se parlait à lui-même :

— C'est quoi, ce truc ?

— Ce truc, dit-elle ironiquement, c'est une enveloppe que tu as fait tomber en sortant ce matin.

— Mais je n'ai rien fait tomber du tout, je suis parti les mains vides. Tu l'as trouvée où ?

— À moitié coincée sous la porte.

— Tu veux dire qu'on l'a glissée ?

— Si ça n'est pas toi, oui sûrement. Je n'ai rien entendu, j'étais en train de t'écouter, mon chéri, dit-elle en se pressant contre lui. Tu étais très bon d'ailleurs, je t'ai même trouvé relativement modéré alors que manifestement ils nous prennent pour des enfants. Ce type, ce Patrice Legrand, c'est le coupable idéal avec son Parti du peuple qui doit rassembler à peine plus d'une centaine de gugusses en mal de sensations fortes. Ça n'est pas comme nous, dit-elle en se collant à lui et en glissant une main sous sa chemise sans se rendre compte qu'il avait changé de couleur.

Plochin était livide. Dans l'enveloppe, il y en avait une seconde, blanche et rectangulaire, au format d'un courrier ordinaire.

À l'attention de Marc Plochin, ASSASSIN

Marc tendit l'enveloppe à Juliette. Elle s'écarta brutalement et le regarda sans comprendre. Pensant hurler, elle ne fit que murmurer :

— Eh bien vas-y, ouvre.

Il n'y avait qu'une feuille, pliée en trois, sur laquelle avaient été collés douze mots arrachés à du papier journal.

Tu as tué mon père. Tu vas crever, salope. Vive le PDP.

Les deux avaient lu sans rien dire et Plochin essayait de se raisonner. Des lettres d'insultes, il en recevait tous les jours et n'y prêtait guère attention. Les menaces physiques, c'était plus rare mais ça lui était déjà arrivé. Il n'y avait pas de raison d'accorder plus d'importance à ce courrier qu'aux précédents. C'est ce qu'il finit par dire à Juliette qui avait explosé, furieuse d'un silence qu'elle n'arrivait pas à interpréter.

— Qu'est-ce que tu vas faire ? Il faut prévenir Le Goff et Rossel.

— Tu ne penses quand même pas que je vais aller pleurer dans le giron de ces deux minables. Tu l'as dit toi-même, le PDP, c'est une mauvaise plaisanterie.

— Oui, mais je me suis peut-être trompée, dit-elle en l'interrompant d'autant plus violemment qu'elle n'arrivait plus à maîtriser sa peur.

Peur pour leur couple, pour elle, pour lui, qu'elle avait suivi en l'imaginant indestructible malgré des années de violences verbales et d'affaires dévoilées. Elle s'arrêta un instant et reprit :

— D'ailleurs, toi aussi tu t'es peut-être trompé. Après tout, Patrice Legrand n'est pas forcément aussi clean que tu le proclamais tout à l'heure sur ton plateau.

— C'est possible, se contenta-t-il de répondre, presque indifférent. Personne n'est au clair dans cette affaire et je ne dois pas être le seul à recevoir des lettres de ce genre. Mais tu me vois demander une protection policière ?

— Non.

— Alors on brûle ce torchon et on n'en parle plus.

— Surtout pas ! Garde-le, on ne sait jamais.

Juliette lui prit le courrier des mains pour s'assurer qu'il serait rangé en lieu sûr. Avant de poser la question qui lui brûlait les lèvres. Et qui mit le feu aux poudres.

— Des menaces, dit-elle, je veux bien, on peut lister tes ennemis, mais pourquoi « assassin » ? (Et elle relut.) « Tu as tué mon père », ça n'est pas seulement violent, c'est précis.

Plochin sentit le sol se dérober. Comment Juliette pouvait-elle poser une telle question ? Il la prit par les épaules et la secoua en éructant :

— Tu te rends compte de ce que tu viens de dire ? Tu doutes ? Tu me crois capable de tuer quelqu'un ?

— Je te sais surtout sans états d'âme. Je t'ai aimé aussi pour ça. Tu as une force que je n'ai pas, mais là, ça va trop loin. Je n'ai pas envie de me laisser entraîner dans une histoire qui n'est pas la mienne.

— Mais il n'y a pas d'histoire. Juste un connard qui croit me faire peur. Je me moque de cette lettre anonyme. Avec des mots piqués dans un journal, on se croirait dans un mauvais film. Mais toi, si tu n'as plus confiance, alors je ne sais pas ce qu'on va devenir.

Et il partit en claquant la porte.

Chapitre 18

Une semaine que Plochin avait disparu. Juliette ne s'était pas vraiment inquiétée. Les petites mains de Médias 24 non plus. Le patron les avait habituées à ses parenthèses qu'il s'octroyait sans laisser d'adresse. Adepte des marches solitaires, il disait en avoir besoin pour réfléchir et prendre ses distances avec le vacarme du quotidien. Procureur sur les plateaux, il se voulait philosophe sur les sommets enneigés. Et profitait de ces escapades pour jeter sur le papier ses haines et ses coups de cœur, ses rencontres heureuses et ses amitiés déçues. Il avait le style alerte des pamphlétaires mais l'aigreur de sa pensée rendait le propos lassant. De la dizaine d'ouvrages qu'il avait publiés ne restaient que quelques fulgurances et le sentiment d'un talent gâché par un ego dégoulinant de suffisance. Depuis qu'il avait créé Médias 24, Plochin avait gagné en notoriété et perdu ses derniers soutiens littéraires. De ses excès qui avaient fait le succès de ses émissions, ne surnageait dans ses écrits que le fiel de la délation. Une soupe indigeste qui avait fait fuir les éditeurs les plus intrépides. À l'exception d'un seul, spécialisé dans la publication d'ouvrages qui, sous couvert d'ésotérisme, véhiculaient les thèses complotistes en vogue sur les réseaux sociaux. Plochin n'aimait pas beaucoup le personnage mais, faute d'avoir convaincu l'un des grands éditeurs de la place, il s'était résolu à le solliciter pour publier la série d'entretiens qu'il venait de réaliser avec le théoricien sulfureux d'un islam radical.

La violente dispute qu'il avait eue avec Juliette, la première du genre, ne l'avait pas rendu malheureux, juste furieux. Et plus encore, démuni. Sa compagne avait été jusqu'alors le miroir commode de ses vanités. L'admiration qu'elle lui vouait le confortait dans l'image qu'il voulait de lui-même, courageux jusqu'à la témérité, transgressif jusqu'à la subversion. Il l'aimait parce qu'elle lui était utile. Avec ses doutes, elle venait brutalement de le réduire à ce qu'il était, un simple faussaire.

La porte de la maison à peine claquée, il avait pris sans même réfléchir la direction de la forêt morvandelle. L'éditeur en question y vivait solitaire et l'avait plusieurs fois convié à venir y rédiger la préface d'une série d'entretiens avec un spécialiste de l'islam, qui promettait de faire grand bruit. Arrivé à l'entrée de la propriété, noyée dans un bois d'arbres noirs, il avait appelé Juliette. Le coup de téléphone avait été bref, celle qui avait été sa compagne pendant dix ans congédiée d'une phrase sans préavis ni sursis. Alors qu'il venait de raccrocher, l'écran s'était éclairé. D'abord un appel en absence, puis quelques secondes plus tard, une deuxième alerte. Le numéro masqué avait laissé un message vocal, il avait tenté de l'écouter mais dans le chemin bordé d'immenses sapins, la voix était hachée et le propos incompréhensible. Il n'avait pu saisir que quelques bribes : « Passé…

toi… pas en sécurité… lâchera pas… paiera… pâle… Bourdarias. » Dans la maison c'était pire, le réseau était inexistant et le message avait disparu. Plochin n'en avait pas dit un mot à son hôte qu'il connaissait à peine. Il était venu pour achever son manuscrit et s'était mis à la tâche. En moins d'une semaine, le texte avait été finalisé. Plochin était rentré à Paris rassuré. Après une série d'échecs qui l'avaient blessé plus qu'il ne l'avait laissé paraître, il était persuadé, cette fois, de renouer avec le succès littéraire. Sa préface sur la liberté d'expression était un long plaidoyer pro domo pour la manière dont il exerçait son métier. Tel qu'en lui-même, ni mea-culpa ni excuses auprès de tous ceux dont la vie avait été fracassée par ses papiers incendiaires et ses diatribes télévisuelles.

C'est seulement en franchissant la porte d'Orléans qu'il réalisa que sa rupture avec Juliette l'obligeait à une errance domestique qui le conduisit le soir de son retour dans un trois-étoiles sans âme boulevard Raspail, avant de s'installer dès le lendemain dans le confort bourgeois d'un hôtel de charme rue Jacob. La chambre n'était pas grande mais le raffinement du décor faisait vite oublier l'étroitesse de l'endroit. Et puis l'hôtel abritait un club de jazz qui hébergeait les meilleurs chaque vendredi. Plochin se promit d'aller écouter Avishaï Cohen annoncé pour le surlendemain. Il n'avait pas vraiment décidé à quel moment il allait mettre fin à cette retraite imprévue. D'autant qu'après l'emballement qui avait suivi la découverte des meurtres de Bourdarias et de Palombi, faute d'information nouvelle, la machine médiatique s'était doucement étouffée dans la banalité du quotidien. Patrice Legrand était toujours incarcéré et proclamait une innocence d'autant plus plausible que depuis la conférence de presse de Salma Rossel, aucun élément nouveau n'était venu étayer sa culpabilité. L'enquête piétinait et sur les plateaux, les experts avaient épuisé leur contingent d'hypothèses. Malgré sa solitude ou à cause d'elle, Plochin se découvrit une forme de sérénité. Son escapade bourguignonne et la perspective d'un bon coup littéraire l'avaient momentanément distrait des miasmes de l'actualité. « La vie entre parenthèses », c'étaient les premiers mots qu'il avait couchés sur le carnet aux pages multicolores acheté dans une papeterie proche de l'hôtel. Après avoir lu la préface du livre qu'il allait publier, son éditeur l'encouragea à en dire plus et à transformer l'essai. Entre deux lectures et des morceaux de conversation avec les touristes américains de passage, il se mit à la tâche et tint une bonne semaine, ne dérogeant à sa cure de désintoxication téléphonique que pour répondre à sa mère qui s'inquiétait de ne plus le voir à la télévision. Mais les appels répétés et insistants du jeune rédacteur en chef de Médias 24 eurent raison de cet entre-deux littéraire. Sa chaîne n'allait pas si bien que cela, les audiences étaient au plus bas, sa voix, ses coups de gueule et ses accusations, lancées sabre au clair avant même d'être vérifiées, manquaient cruellement à l'antenne. Les téléspectateurs militants avaient déserté par milliers leur canal devenu sans saveur. Ils aimaient le sang des élites dépecées. Sans Plochin, Médias 24 ne leur proposait plus que des plateaux sans épices, pâles copies des autres chaînes d'info. Le polémiste sonna la fin de la récréation.

Entre la rue Jacob et les studios de Montrouge, il eut quarante minutes pour renouer avec le chaos du dehors. Sa boîte vocale, débordant de messages, était depuis longtemps hors d'usage. Il n'eut pas le temps de tout écouter avant son arrivée à Médias 24, encore moins dans les heures qui suivirent. Il reprit l'antenne à peine arrivé et tempêta à nouveau comme s'il n'avait jamais quitté le studio. Sa traque du jour : un jeune avocat dont il dénonçait les turpitudes sexuelles. Le chef était de retour et les fantassins au garde-à-vous, dans la pièce contiguë, en attendant qu'il vienne leur parler. Plochin avait choisi l'attaque pour ne pas avoir à se justifier. À l'extérieur, la pluie automnale frappait si fort aux fenêtres qu'il dut crier pour se faire entendre. Le ciel s'était noirci au point que dans la pièce, on ne discernait plus que des ombres, mais personne ne songeait à se lever. Inutile de se voir, seuls comptaient la voix et les mots du patron. D'autant plus cruels et méprisants qu'ils étaient balancés à la cantonade visant chacun, sans nommer personne. Moment étrange où Plochin avait condamné ses jeunes collaborateurs à l'invisibilité.

— Chacun est retourné à ses minables tambouilles, dit-il, et pendant ce temps, le tueur court toujours. Personne ne croit à la culpabilité de Legrand mais qu'ont fait les médias depuis cette conférence de presse insensée de Rossel ? Ils ont chouiné, dénoncé son agressivité et ses mensonges. Ont-ils continué d'enquêter ? Non. Ils sont passés à autre chose. Eux, je m'en fous, mais nous, si on n'est pas meilleurs que les autres, on ne sera pas seulement mauvais, on sera ridicules.

Et l'oracle partit s'enfermer dans son bureau. La pièce obscurcie par la pluie était plus sinistre encore que la salle de rédaction. La table en fer, d'une couleur indéfinissable, occupait une bonne partie de l'espace meublé par deux chaises bancales et trois rayons de bibliothèque à moitié vides. En s'asseyant sur le siège brinquebalant qui grinçait au moindre mouvement, le patron se dit qu'il méritait mieux que cet environnement sordide. Il s'apprêtait à appeler un ami architecte quand il découvrit sur l'écran de son téléphone la bonne trentaine de messages qui lui restait à écouter. Il reposa l'appareil sur la table vert-de-gris et reprit le fil de sa messagerie là où il l'avait laissé quelques heures plus tôt. Rien que de très ordinaire, flatteries, insultes et félicitations s'enchaînaient, quand la voix du robot se mit à résonner brutalement dans la pièce.

« Plochin, je te vois. Tu peux te barrer de chez toi mais où que tu sois, tu ne seras plus jamais en sécurité. On ne te lâchera pas. Tu as tué mon père. Tu paieras. On te retrouvera, comme on a retrouvé Palombi. Et n'oublie pas Bourdarias. À très vite, Marc. »

C'était le message qu'il avait tenté d'écouter chez l'éditeur. Il était daté. 18 octobre, 22 h 40. Peu de temps après qu'il était parti de chez lui en claquant la porte.

La voix lui était inconnue, grave et métallique, impossible de l'identifier, pas même de savoir s'il s'agissait d'une femme ou d'un homme. Une seule certitude, il avait été suivi ce soir-là et l'était sans doute depuis. Plochin coupa le téléphone et le jeta violemment sur le bureau. Penser à autre chose, trouver de nouveaux locaux, relancer l'enquête, il s'essaya à la diversion mais le téléphone était là, devant lui, obsédant. Il réécouta une fois encore le message, repensa à la menace anonyme qu'il avait tenté de fuir dans la forêt morvandelle d'abord, rue Jacob ensuite. Tout cela était absurde. Il n'avait tué personne, il détestait les armes et face à ses détracteurs avait toujours porté le fer à découvert.

C'est ce qu'il s'apprêtait à dire à Le Goff. Après tout, il ne serait pas le premier à cracher sur l'État et à lui demander sa protection. Et puis le patron de la crim' n'était pas un ennemi. Les relations de Marc avec la police avaient toujours été ambiguës. Les invectives publiques n'empêchent pas les échanges d'information. Plochin n'avait jamais hésité à communiquer le contenu de ses enquêtes à Le Goff en échange de dossiers ouverts rue du Bastion. Quand il dirigeait le *Grand Quotidien du soir*, le patron de Médias 24 était l'un des canaux privilégiés des flics de la crim'. Chacun jouait sa partition en veillant à ce que les couacs officiels ne désaccordent pas définitivement leurs instruments de travail.

Chapitre 19

Gabriel Le Goff n'avait pas voulu convoquer Alice Legrand à la P.J. Il s'était déplacé à Lyon pour tenter de comprendre quelles étaient les activités politiques de son mari. Alice lui avait proposé de boire un verre sur la terrasse qui surplombait le parc. La Tête d'Or portait bien son nom, le soleil rasant de fin d'après-midi avait couvert d'un jaune éblouissant les milliers de platanes, cyprès et cèdres géants que les passants très nombreux tentaient d'identifier. En écoutant la femme de Legrand, Le Goff lui aussi cherchait mentalement à nommer chacun des arbres qu'il avait face à lui. Son esprit vagabondait d'autant plus aisément qu'il avait vite compris qu'Alice ne lui dirait rien d'essentiel, non parce qu'elle cachait un secret quelconque mais parce qu'elle ne savait rien des activités de Legrand. Il était censé faire du sport, elle s'était toujours contentée de cette version. Le Parti du peuple ? Il lui en avait parlé quelques fois mais elle n'y avait attaché que peu d'importance. Patrice, confia-t-elle à Le Goff, changeait fréquemment de hobby, elle n'avait pas pris au sérieux celui-là plus que d'autres. Un instant, le patron de la crim' se demanda si elle se moquait de lui et répliqua, mi-ironique mi-agacé :

— Oui… enfin un hobby sans importance ! Votre mari est quand même l'auteur de textes incendiaires et je vous rappelle qu'on a trouvé dans un coffre, qu'il nous a caché, un véritable arsenal dont deux poignards. Vous n'avez pas l'air de trouver ça inquiétant. C'est suffisamment grave pour qu'il reste en prison.

— Et l'avocate que je suis, répondit-elle du tac au tac, vous dit que vous ne pourrez l'y laisser croupir très longtemps. Vous voulez en faire un assassin, ce n'est qu'un homme qui, la quarantaine passée, tente de s'inventer l'adolescence turbulente qu'il n'a pas eue.

Le Goff était rentré à Paris bredouille et de mauvaise humeur.

Lorsqu'il reçut l'appel de Marc Plochin, il relisait pour la énième fois les procès-verbaux des interrogatoires. Trouver l'indice ou la contradiction, chercher le lien entre Palombi et Bourdarias, bref faire ce que le patron de Médias 24 avait demandé à ses journalistes. Il s'y était essayé matin, midi et soir depuis plus de quinze jours. Sans succès. Quand il vit le nom de Plochin s'inscrire sur son portable, il rit intérieurement et aboya pour la forme.

— Tu veux quoi ? demanda-t-il. Me faire dire que Legrand n'est pas coupable et que la ministre de l'Intérieur s'est plantée ? Possible. Mais vous aussi vous vous êtes plantés. Vous n'avez rien trouvé et vous êtes vite passés à autre chose. Pour vous, c'est facile. Un scoop chasse l'autre et au besoin, vous inventez si vous n'avez rien sous la main.

Le Goff s'était arrêté. Aux premiers mots de Plochin, il comprit que le journaliste ne l'appelait pas pour venir aux nouvelles. Le ton était lugubre et la voix suait la peur.

— Je voudrais te faire entendre un message.

— De qui ?

— Je ne sais pas justement.

— Viens, j'ai du temps. Ici ça patauge, j'ai trente flics sur l'enquête et rien. J'ai vu Alice Legrand à Lyon, elle est persuadée que son mari n'a rien à voir avec cette affaire.

— Non, pas à la P.J. Je n'ai pas envie que tes amis nous voient ensemble. J'habite provisoirement rue Jacob, retrouvons-nous au café qui fait le coin de la rue Saint-Guillaume et de la rue de Grenelle.

— Le Basile ?

— Oui c'est ça, Le Basile, à 21 heures ce soir.

Les étudiants, nombreux à cette heure-là, avaient autre chose à se dire que de s'intéresser à ces deux hommes, attablés au fond du café-restaurant qui servait de cantine aux jeunes gens du quartier. Plochin était arrivé en avance. Garçons et filles avaient rapproché les tables et discutaient bruyamment tandis que d'autres tentaient de travailler sur leur ordinateur portable. Quelques-uns avaient reconnu le patron de Médias 24, deux ou trois s'étaient même enhardis à venir le féliciter, mais la plupart étaient indifférents à celui qui n'était pour eux qu'un présentateur parmi d'autres sur une chaîne qu'ils ne regardaient pas. La télévision, ça n'était pas leur truc, et Plochin n'était pas de leur monde. Même le journal qu'il avait longtemps dirigé et qui avait été la bible des étudiants pendant des décennies n'intéressait plus qu'une minorité. Les tablettes étaient leur terrain de jeu et les journaux n'existaient guère face à la concurrence écrasante d'Instagram, Facebook, Twitter et autre TikTok.

— Qu'est-ce qu'on fait là ? s'exclama en riant Le Goff lorsqu'il s'assit face à Plochin après avoir traversé le bistrot sans qu'un seul des jeunes gens daigne lui jeter un regard. Tu as une sale mine, dit-il en commandant une bière.

Plutôt que de répondre, Plochin lui tendit le téléphone. Le Goff voulut mettre le haut-parleur mais d'un geste brusque, Marc lui fit comprendre qu'il n'était pas question que d'autres oreilles puissent l'entendre. 18 octobre, 22 h 40… Le patron de la crim' écouta à deux reprises la voix déformée avant de reposer l'appareil.

— Qu'est-ce que c'est que cette histoire de père tué ? demanda-t-il en chuchotant. Ce pourrait être un plaisantin mais je ne crois pas. Ce type a l'air sérieux et déterminé. On va te donner une protection policière.

— Mais je ne veux pas de protection ! s'insurgea Plochin, je veux que vous identifiiez ce type. Ça urge car ça n'est pas la première fois.

Marc raconta les menaces, la lettre anonyme glissée sous la porte, sa dispute avec Juliette, son départ précipité pour la Bourgogne et ce message qui prouvait qu'il avait été suivi jusque chez lui.

— Depuis ? Pas d'autres appels ? interrogea Le Goff.

— Non, mais je suis sûr que je suis encore suivi.

— Pourquoi t'accuse-t-il d'avoir tué son père ?

— C'est absurde, je n'ai jamais tué personne, je n'ai jamais eu d'arme, j'ai horreur de ça.

— Et Palombi ? Bourdarias ? Quel rapport avec toi ?

— Je n'en sais rien, s'agaça Plochin qui trouvait que la conversation tournait à l'interrogatoire. Je n'ai jamais rencontré Palombi. Quant à Bourdarias, nous étions concurrents et il ne m'aimait pas beaucoup. J'ai dû le croiser trois fois en vingt ans.

— Réfléchis bien, parce que ton interlocuteur ne fait pas le lien par hasard. Désolé, mais il va falloir que tu passes à la P.J. Tu dois porter plainte.

Vingt-trois heures venaient de sonner à l'église Saint-Thomas-d'Aquin, les deux hommes s'étaient séparés au coin du boulevard Saint-Germain dont le calme n'était dérangé que par de rares voitures qui semblaient pressées de rallier des endroits plus riants. Instinctivement, Plochin pressa l'allure pour rejoindre la rue de l'Université. À nouveau, il eut le sentiment d'être suivi comme si le bruit de pas encore lointains s'était brutalement amplifié. Il se retourna et ne vit rien d'autre qu'une ombre furtive qui s'était précipitée sous un porche. Il accéléra et traversa la rue des Saints-Pères en courant, quand il fut stoppé net. La pointe du poignard lui avait effleuré le dos avant que l'homme, qui exhalait une odeur de vétiver, ne le frappe d'un geste assuré, au creux de la hanche.

— Tu vas mourir comme les deux autres, murmura le tueur avant de retirer la lame pour frapper à nouveau.

Marc profita de cette seconde où la mort est encore suspendue pour desserrer l'étreinte et s'échapper en hurlant. Alertés par les cris, plusieurs riverains s'étaient précipités à leur fenêtre, suffisamment nombreux pour provoquer la fuite de l'homme, laissant Plochin s'écrouler quelques mètres plus loin.

Juliette fut la première avertie. Le Goff l'avait appelée en sortant de l'hôpital. Plochin n'était pas en état de répondre à ses questions mais il était hors de danger. C'est ce que le numéro 1 de la crim' dit à la compagne du patron de Médias 24, faisant semblant d'ignorer que Marc était parti sans laisser d'adresse quinze jours plus tôt. Elle le lui confirma sans détour, en évoquant la lettre anonyme qui était à l'origine de leur brouille.

— Je lui avais conseillé de vous voir, dit-elle, mais je ne pensais pas que ce serait dans ces conditions.

— Je l'avais quitté dix minutes avant son agression. Il m'a tout raconté. Je ne vous demande pas s'il a des ennemis...

— Il n'a que ça ! Entrée, plat, dessert, la détestation, il la dévore matin, midi et soir. La haine c'est son truc, il adore être haï autant qu'il déteste. Mais contrairement à ce que semble penser son agresseur, je ne l'ai jamais imaginé en tueur.

Le Goff ne l'avait pas contredite, mais n'avait pas acquiescé. Il lui avait seulement demandé d'apporter la lettre anonyme qui avait été l'objet de leur brouille.

L'affaire Palombi-Bourdarias était relancée et l'agression contre le patron de Médias 24 venait d'étouffer les dernières incertitudes pesant sur Patrice Legrand. Noir bilan pour le policier qui faisait les comptes en composant le numéro de Rossel. Deux morts, et un faux coupable enfermé à la Santé, la ministre comprit, à la voix piteuse de son ex-numéro 2, que si le meilleur n'est jamais sûr, le pire était à venir.

Le pire, c'était un assassin introuvable qui jouait avec son poignard comme d'autres avec les mots, ridiculisant la police et les certitudes affichées de Salma.

Pour ne pas avoir à se déjuger, Rossel demanda à Le Goff de publier le communiqué annonçant l'agression dont avait été victime Plochin et la prochaine libération de Legrand. Les radios et les chaînes d'info n'avaient pas attendu l'AFP pour partir à la chasse aux témoins, rue de l'Université. Certains d'entre eux affirmaient déjà que l'homme qu'ils avaient vu s'enfuir dans un demi-tour précipité vers le boulevard Saint-Germain était plutôt petit. Tous parlaient d'une capuche mais les uns avaient décrit l'agresseur gracile et félin, d'autres lourd et puissant. Belphégor ou Dark Vador, la profusion de témoignages catégoriques et contradictoires alimentait des débats d'autant plus passionnés que les médias semblaient être les premières cibles de ce qui ressemblait étrangement au scénario d'une série télévisée. Premier épisode, le meurtre d'un patron de presse, deuxième épisode, la mort d'un grand flic, troisième épisode, la tentative d'assassinat d'un journaliste sulfureux.

De faux coupables, la crim' qui pataugeait et le gouvernement qui vacillait, du pain béni pour les chaînes qui, faute d'informations nouvelles depuis l'incarcération de Legrand, avaient relégué l'affaire dans le tiroir des faits divers classés sans suite. Même Globe Info, malgré la mort de son patron, avait refermé le dossier, constatant comme ses concurrents que l'introuvable tueur ne faisait plus recette. Et voilà qu'avec cette agression contre l'un des siens, le robot médiatique était relancé. Flashes, émissions spéciales, la main sur le cœur, on débattait sur les plateaux de la liberté d'expression gravement blessée. Oubliant l'hostilité que la plupart vouaient depuis des années à Plochin, le voilà, par la grâce d'une lame de couteau porte-étendard, blanchi sous le harnais.

Justine Berger, enjambant le lit de souffrance de Plochin, saisit l'opportunité de ce moment d'unanimité corporatiste pour faire de sa chaîne le chantre d'une liberté menacée. Avec un slogan qu'elle fit claquer dès l'ouverture de son émission.

Contre la liberté tais-toi,
La liberté têtue

L'idée n'était pas de la présentatrice mais de Leroy. À l'annonce de l'agression contre Plochin, le directeur de l'information avait senti le danger. Les Français allaient se précipiter sur Médias 24, la chaîne du journaliste agressé. Peu importe que les petites mains soient incapables de tenir l'antenne très longtemps en l'absence du chef, Leroy était persuadé que l'audience de Globe Info allait souffrir. Avec ces mots chocs, il avait suggéré à Justine d'appeler à une marche des libertés dont le point de départ serait au pied de la tour.

Trois jours plus tard, le parvis était noir de monde. Entre-temps, le slogan était devenu la devise de la chaîne et un spot diffusé chaque heure invitait les Français à venir massivement défendre la liberté de la presse. « Contre la liberté tais-toi, la liberté têtue » était devenu un cri de ralliement si puissant que les autres chaînes avaient dû suivre et appeler, à leur tour, à manifester. Le jour venu, elles n'en récoltèrent que les miettes, Jacques Leroy avait gagné son pari. Alors que

Justine prenait l'antenne en fin d'après-midi, plus de trois cent mille personnes parties de la tour avaient déjà défilé jusqu'à la Concorde en hurlant la devise de Globe Info. Le minute par minute avait été sans pitié pour ses concurrents. Plus de cinq millions de Français avaient suivi la manifestation en direct sur leur écran connecté à la chaîne de Bourdarias.

En ouverture d'émission, Justine avait annoncé un invité surprise. En attendant, politiques et éditorialistes s'étaient précipités sur son plateau pour dénoncer l'incompétence d'une police incapable de mettre fin à la folie meurtrière du tueur. La table du studio n'était pas assez grande pour accueillir tous ceux qui avaient compris que ce jour-là il fallait être à Globe Info et nulle part ailleurs. Après chaque écran de publicité, Berger faisait monter la pression, rappelant qu'un témoin inattendu patientait dans les coulisses alors que la ministre de l'Intérieur et le patron de la crim' avaient refusé de répondre à ses questions. Un crime de lèse-chaîne d'info qui confirmait, selon ses contempteurs, à quel point le gouvernement était en perdition.

Dans la salle de maquillage, Alice regardait son mari sans comprendre. Amaigri, il avait pris dix ans en quinze jours. Elle ne l'avait pas revu depuis son arrestation. Dans cette salle violemment éclairée pour permettre aux maquilleuses d'effacer les traces du temps, elle ne reconnaissait pas cet homme, livré aux mains expertes de la plus ancienne d'entre elles, qui avait vu défiler plusieurs générations de dirigeants politiques. Elle avait mille anecdotes à conter mais, les yeux fermés, Legrand s'était emmuré dans un silence réprobateur. La maquilleuse aux mille rencontres l'ennuyait.

Alice ne voyait de son mari que le reflet du visage dont le fond de teint gommait progressivement les traits blafards. De dos, c'était encore l'homme jeune et attentionné qu'elle avait épousé dix ans plus tôt. Dans le miroir, elle découvrait un visage inconnu, dissimulateur, qui depuis des mois mentait sur ses week-ends sportifs. C'était quoi, ce PDP qui alignait dans des tracts vengeurs une logorrhée pseudo-révolutionnaire plus puérile qu'inquiétante ? Legrand avait été un étudiant sans histoires et sans doute un enfant trop sage. En contemplant le dos de son mari qui se voûtait au fil des minutes comme celui d'un ado pris la main dans le pot de confiture, elle fut prise d'une violente colère intérieure. Il l'avait trompée et avait joué la comédie du mari réconfortant et protecteur. Elle l'aimait pour cette assurance tranquille qui la rassurait et voilà qu'elle découvrait un homme instable, incapable de gérer ses frustrations, comme s'il voulait venger la terre entière pour se venger de lui-même et d'une enfance soumise. Pouvait-elle encore aimer ce dos et ce visage ripoliné à l'excès ? Pas un instant, Alice n'avait cru à ce roman, écrit à la hâte par la police et par la ministre de l'Intérieur, donnant à son mari le rôle d'un tueur en série. Imprudent sûrement, infantile certainement, mais assassin, assurément non. C'est ce qu'elle se disait en voyant Legrand se lever comme un automate, sonné par quinze jours passés derrière les murs de la Santé. Patrice avait été conduit dans le sas qui sépare la salle de maquillage du studio. Justine Berger, qui depuis le début de son émission arborait le sourire satisfait de celle qui prépare un bon coup, avait soigné la mise en scène. Après avoir annoncé à de multiples reprises la venue de son invité surprise, elle le présenta après une ultime coupure de pub, comme l'aurait fait un animateur de variétés annonçant une vedette de la chanson. Accompagné par un assistant, Legrand lui ne voyait rien, n'entendait rien. Il était juste venu crier son innocence et s'y employa d'entrée avant que la présentatrice ne l'interrompe.

— L'agression contre notre confrère Marc Plochin laisse penser en effet que vous n'êtes pas responsable de la mort de Palombi ni de celle de notre patron. Mais il y a ces appels au meurtre signés par le PDP et ces lettres de menaces reçues par l'ancien chef de la police et par Sylvain Bourdarias. C'est bien vous qui les avez écrites ?

— Mais pas du tout ! s'insurgea Legrand, je n'ai jamais écrit de lettre anonyme.

— Vous niez aussi être l'auteur de ces tracts ?

— Non, mais ce n'étaient que des mots…

— Que des mots ! s'exclama Justine qui brandit un tract et commença de le lire :

« Le peuple n'en peut plus de ces pantouflards parisiens qui écrasent de leur arrogance méprisante ceux qui triment un mois pour gagner ce que dépensent ces gens en un seul déjeuner. Le peuple des sans-dents, le peuple des riens, le peuple que vous voulez invisible pour qu'il ne dérange pas vos festins, ce peuple-là vous fera rendre gorge… »

— Mais arrêtez, marmonna Legrand, encore une fois ce ne sont que des mots.

— Que des mots ? enchaîna Justine en cherchant son regard. Ce sont des mots qui tuent.

— Mais je n'ai tué personne.

— Vous peut-être pas, rétorqua sur un ton glacial Justine, mais d'autres ont sans doute pris au pied de la lettre ces appels au meurtre.

— Que voulez-vous que je vous dise ? J'ai accepté votre invitation pour dire publiquement mon innocence. C'était notre accord. Et voilà que vous m'accusez d'être le bras armé d'un tueur. Je pense que je n'ai plus rien à faire ici, dit-il en se levant.

— Restez assis, monsieur Legrand ! s'écria Justine avant de poursuivre sur un ton plus convenable.

Leroy venait de lui intimer l'ordre de se calmer. Le patron de l'info, qui avait géré l'interview depuis la régie, tenait un de ces morceaux de bravoure qui allait tourner en boucle sur Globe Info et que s'arracheraient les chaînes concurrentes. Mais la journaliste allait trop loin. Leroy avait même craint un instant que Legrand n'évoque la liaison de Justine avec Bourdarias. L'homme, fort heureusement, était sonné et sans doute peu averti de la vie privée de la présentatrice. Alice, qui avait regardé son mari sur l'écran géant installé dans la salle de maquillage, le vit se voûter à nouveau, le fond de teint à demi effacé par les gouttes qui perlaient sur son visage.

— Je peux partir ? demanda-t-il d'une voix lugubre. Mais auparavant, je voudrais vous dire que vous faites un sale métier.

— Je fais mon métier, répliqua sèchement Justine.

— Non, vous adorez sucer le sang des autres. La mort en direct, c'est tout ce que vous cherchez.

— Monsieur Legrand, ça n'est pas moi qui joue les bravaches le samedi en allant caillasser la police. Si vous n'assumez pas ce que vous faites, épargnez-nous votre littérature dérisoire et meurtrière. Et restez chez vous plutôt que de jouer les cow-boys le week-end.

— Stop. Ça suffit ! s'écria dans l'oreillette Leroy. On a eu ce qu'on voulait, laisse-le partir.

Justine avait mordu la ligne rouge. Et elle le savait. Twitter s'était emballé et les insultes anonymes contre la chaîne avaient fleuri depuis le début de l'émission. Mais c'était sans importance. Le minute par minute avait tranché, Globe Info avait été la première chaîne de France tout au long de l'interview. Avec un bémol qui avait agacé Leroy. La présentatrice était applaudie par moins de la moitié de ceux qui l'avaient regardée. Même parmi les amateurs de corrida, beaucoup détestent la mise à mort.

Leroy était déjà dans son bureau quand Justine l'apostropha, triomphante :

— Tu as vu le score ?

— Tu as vu les réactions ? se contenta de maugréer le patron de l'info.

— Décidément, tu n'es jamais content ! s'exclama la présentatrice. On vient de faire un coup formidable et tu me parles des mauvais coucheurs qui nous accusent d'être des carpettes et qui aboient dès qu'on pose les questions qui fâchent.

— Tu ne l'as pas questionné, tu l'as agressé. Ressaisis-toi, Justine, tu mélanges tout, ta vie privée et ton job. Avec cette tentative d'assassinat contre Plochin, on est repartis pour un tour. On a eu tort de lâcher l'affaire. On attend que les flics nous donnent la becquée. Et Stenbach le premier.

Résultat, les flics se sont vautrés, nous aussi. Le président et le gouvernement risquent de payer cher leur rodomontade désastreuse. Rossel et Le Goff vont être sur la sellette, je n'ai pas envie que Globe Info tombe avec eux. Si la crim' ne fait pas son boulot, on va faire le nôtre. Plochin avait décidé d'enquêter de son côté. Il est sorti du jeu pour un bon moment et Médias 24 avec, à nous de reprendre l'enquête. Il avait la niaque mais pas les moyens, nous on a les deux et on va se bouger. Stenbach ne peut pas continuer de travailler seul, on va créer une équipe dédiée et rouvrir tous les dossiers. On doit être meilleurs que les flics sur le passé de Bourdarias, enquêter sur ce PDP qui n'est sans doute pas aussi folklorique que veut le faire croire Legrand. Extrême droite, extrême gauche, islamistes, il y a du taf. On change de braquet, on reprend les Spéciales et on associe ceux qui nous regardent, ceux qui tweetent.

— C'est toi qui dis ça ? s'esclaffa Justine qui n'avait pas digéré les reproches de son patron. Tu m'as pourtant expliqué il n'y a pas si longtemps qu'on jouait un jeu dangereux en livrant l'antenne aux téléspectateurs.

— Je t'ai seulement dit que c'était risqué si ça n'était pas maîtrisé.

— Très bien. En ce qui concerne l'interview de Legrand, tu as peut-être raison sur la forme mais je reste persuadée que sur le fond, j'ai fait ce qu'il fallait. Legrand est un drôle de type, je continue de penser qu'il n'est pas clair. Sa comédie du pauvre gars innocent, c'était quand même un peu surjoué.

Chapitre 20

En deux heures de voyage, Alice et Patrice Legrand ne s'étaient pas adressé la parole. Le TGV collectionnait les oreilles indiscrètes, impossible de se parler sans être entendu. Alice s'était réfugiée dans un demi-sommeil peuplé de récriminations. Elle ne décolérait pas, à côté de ce mari aussi falot et minable à la télévision qu'enjoué et sûr de lui dans la vie d'avant.

Dans le taxi, elle n'avait pas desserré les dents, laissant le chauffeur commenter l'émission de la veille.

— Avant, je l'aimais bien cette Justine Berger, mais je n'ai pas aimé sa façon de vous agresser. Je vois bien que vous n'avez pas une tête à tuer des gens. Et puis franchement, nous, les petits, on ne vous en veut pas de manifester les week-ends même si vous nous empêchez de travailler. Heureusement qu'il y a des gens comme vous pour nous défendre. Moi, par exemple, on pourrait croire que je ne suis pas d'accord. Bon, les vitrines cassées, honnêtement, ça n'est pas bien. Mais tous ces politicards à gauche comme à droite, ils n'ont que ce qu'ils méritent.

Patrice n'avait pas dit un mot, affectant de ne rien entendre, les yeux fixés sur la haie de platanes qui défilait à vive allure. Quand ils furent arrivés au parc dont les arbres aux feuilles argentées scintillaient sous le soleil encore chaud, il proposa de parcourir les quelques centaines de mètres qui les séparaient de leur appartement à pied. Alice, qui n'en pouvait plus du mutisme dont son mari ne s'était pas départi depuis le départ du train, acquiesça, espérant qu'il allait enfin s'expliquer. Peine perdue, en franchissant le porche de l'immeuble, il n'avait toujours pas dit un mot et s'apprêtait à filer sur la terrasse quand elle explosa. Trois semaines qu'elle ruminait son amertume et ses rancœurs, vingt-quatre heures qu'elle le regardait et l'écoutait s'enferrer dans des explications peu convaincantes.

— Tu vas parler, dit-elle en refermant brutalement la baie de la terrasse. Tu me mens depuis des années. Regarde-toi dans une glace. À quoi ça rime, ces déguisements du week-end ? J'avais épousé un homme solide et aimant, j'ai en face de moi un ado attardé qui prend son pied en diffusant une littérature pseudo-révolutionnaire à deux balles. Tu imagines ce que je vis ? J'ai vu partir l'amour de ma vie menotté entre deux flics et je découvre trois semaines plus tard que je côtoie depuis des années un imposteur qui se prenait pour Zorro en planquant dans une cave désaffectée des armes, des tracts grotesques et des déguisements de Noël. Et tout ça pour finir comment ? Sur un plateau de télévision, pleurnichant à moitié devant une journaliste qui s'est crue tout permis.

Vidée, malheureuse, Alice attendait que Legrand réagisse, se défende. Il l'avait écoutée immobile, la regardant fixement sans chercher une seule fois à l'interrompre. Les coups portés semblaient glisser sur lui. Il ne réagit que lorsqu'il la vit lever le bras, imaginant qu'elle allait le gifler.

— Vas-y, frappe-moi, dit-il en plantant son regard dans celui d'Alice.

— Tu es malade, je n'ai pas l'intention de te toucher mais tu ne dis rien.

— Que veux-tu que je te dise ? Que je ne suis pas le type débile que tu viens d'insulter ? Qu'heureusement, il y a des gens comme moi qui ne se contentent pas de nos parties de campagne de fin de semaine ? Qu'il n'est pas nécessaire d'être analphabète et marginalisé pour trouver que notre société marche sur la tête ? Que la faiblesse n'est pas de mon côté mais de celui d'un État qui n'impose ses lois que par la force ?

— Tu dis n'importe quoi.

— Bien sûr que non, mais ça t'arrange de le croire. Sinon toi non plus, tu ne pourrais plus dormir tranquille. Contrairement à ce que tu penses, je ne pleurnichais pas sur le plateau de Berger. Mais à quoi bon expliquer ? Ces gens-là ne comprennent que le rapport de force. Hier, il n'était pas en ma faveur. J'étais venu pour démontrer mon innocence, je m'en suis tenu à cette ligne.

— Peut-être, mais ça n'est pas l'image que tu donnais. Et puis ça ne change rien. Garde tes discours pour tes nouveaux copains et ta cagoule pour tes bals masqués. Je crois qu'on s'est tout dit.

Alice avait ouvert la baie vitrée. Les roses plantées au pied de l'immeuble embaumaient la terrasse. Accoudée à la balustrade, la jeune femme l'entendit s'approcher. Il tenta de l'embrasser comme il l'avait fait si souvent lorsque les deux s'amusaient à suivre du regard les écureuils qui jouaient à cache-cache dans le cèdre qui leur faisait face. Elle le repoussa d'un geste brusque.

— Tu n'as pas compris, Patrice, dit-elle sans élever la voix. C'est fini, je veux que tu partes.

— Pas question. On ne va pas gâcher dix ans de vie pour cette histoire.

— Dix ans de vie ou dix ans de mensonges ? Si tu ne pars pas, c'est moi qui m'en vais, dit-elle en complétant à la hâte le sac de voyage qu'elle n'avait pas encore défait.

— Je ne te...

Les derniers mots se perdirent dans le bruit de la porte qu'elle avait claquée derrière elle.

Patrice se précipita sur la terrasse. Il eut juste le temps de la voir s'engouffrer dans un taxi et disparaître. L'instant d'après, il s'effondra dans le canapé, allumant machinalement l'écran qui lui faisait face.

Chapitre 21

Dans sa chambre d'hôpital, Marc Plochin multipliait les interviews. Il ne lui avait fallu que quelques jours pour se rétablir d'une blessure finalement sans gravité. Mais plutôt que de s'organiser une convalescence ordinaire et discrète, il fit en sorte de rester hospitalisé, peaufinant son rôle de victime courageuse. Il n'avait rien fait d'autre que de hurler à la mort, mais à l'entendre répondre aux journalistes admis au pied de son lit, il avait opéré un rétablissement héroïque qui lui avait permis de mettre en fuite le tueur en série. Sa gloire personnelle l'emportant aisément sur l'avenir de Médias 24, il avait accepté de participer à une Spéciale de Globe Info, au grand dam des jeunes animateurs de sa propre chaîne. Mieux valait une heure chez Justine Berger devant des millions de téléspectateurs que des heures inutiles, regardées par quelques dizaines de milliers. Justine avait bien fait les choses. Quatre caméras dans la chambre et Plochin interviewé dans son lit, adossé à deux oreillers. Image forte et mise en scène réussie. Marc fit merveille. Répondant aux questions de la présentatrice et des téléspectateurs, il conta par le menu son agression et la manière dont il échappa aux griffes du tueur. Le Goff avait suivi dans son bureau le numéro d'équilibriste du journaliste qui avait beaucoup parlé pour ne pas dire grand-chose. Qu'importe, le spectacle avait fonctionné. C'était l'essentiel. Mais Le Goff en voulait plus. Puisque le patron de Médias 24 jouait les saltimbanques chez ses confrères, il était temps de l'interroger sur le fond. D'autant que Leroy l'avait alerté. Pendant l'émission, la voix robotisée avait appelé la chaîne. Malgré les centaines d'appels enregistrés, il ne fallut que quelques minutes pour retrouver le message. La voix déformée était identique. L'enregistrement durait plus d'une minute comme si l'interlocuteur, dans une provocation calculée, avait délibérément permis aux flics d'identifier la provenance de l'appel. Le tueur avait téléphoné de la dernière cabine fonctionnant encore sur les bords de Saône à Lyon. Le message n'en finissait plus. Cent vingt-six secondes entrecoupées de silences qui laissaient entendre une respiration légère. Il s'adressait directement à Justine Berger.

« Si vous continuez de servir de faire-valoir à Plochin pour gonfler vos audiences, vous connaîtrez le même sort que lui. Et cette fois, on ne vous ratera ni l'un ni l'autre. Plochin a tué mon père, il devra payer mais finalement, Justine Berger, vous ne valez pas mieux. Dans votre genre, vous êtes aussi dégueulasse. La seule différence, c'est que vous enveloppez vos saloperies dans un bas de soie. Bourdarias était un porc, il a payé, Palombi un faussaire, il a payé. Vous aussi, Berger, vous devrez rendre des comptes pour le mal que vous avez fait. Et il y en aura d'autres. Lyon est pourri de l'intérieur. »

Au fil du message, la voix métallique, grave et calme, était montée dans les aigus au point de donner le sentiment d'émaner d'une personne différente. À moins que… Les enregistrements que Jacques Leroy avait transmis aux flics quelques semaines plus tôt avaient été décortiqués seconde par seconde. Les hommes de la police scientifique les avaient passés au tamis de logiciels capables de restituer l'intégralité de la voix d'origine. Mais le tueur semblait s'être joué de l'informatique la plus sophistiquée, comme s'il avait lui-même fabriqué une nouvelle machine à déformer. Au point que ce nouvel enregistrement, loin d'éclairer les flics, les avait perdus dans un jeu de piste incompréhensible. Quatre semaines après l'assassinat de Bourdarias, la piste islamiste écartée, l'attentat politique exclu, les pièces du puzzle étaient illisibles et Le Goff, enkysté dans un épais brouillard, avait perdu ses dernières certitudes.

Avant de partir pour l'hôpital, le patron du 36 reçut un appel de Rossel. La ministre n'avait pas apprécié que Berger déroule un tapis de corporatisme à Plochin. Elle aboyait au téléphone.

— Tu as vu ce numéro de duettistes ? C'était insupportable. À force de vouloir faire des coups, Justine finit par faire n'importe quoi. Ce type est une ordure. Elle a suffisamment travaillé avec lui dans le passé pour le savoir.

— Tu as raison, répondit Le Goff, mais ça n'est pas le plus préoccupant. Pendant l'émission, le tueur a appelé Globe Info. Et multiplié les menaces. Après cet appel, la scientifique n'est plus sûre de rien. Pas même du fait que ce serait un tueur. Les deux derniers messages laissent penser qu'il pourrait s'agir d'une femme.

— Une femme ?

— Oui, dit-il d'une voix évasive. Ou un couple peut-être. Dans le message, il est question de Lyon, d'ailleurs l'appel venait de l'unique cabine encore installée sur les quais de Saône.

— Lyon ? C'est bien la ville de Legrand ?

— Oui, mais franchement, Salma, oublie Legrand. On peut lui coller deux ou trois trucs sur le dos mais pas ces crimes. C'est juste un type pas tout à fait fini.

Salma n'avait pas écouté la réponse et marmonnait comme si elle se parlait à elle-même.

— Une femme, ça n'est pas possible. Les coups portés à Palombi étaient d'une violence inouïe. Aucune femme n'est capable d'une telle force.

— Mais si, l'histoire criminelle est pleine de faits divers de ce genre.

— Oui, oui... peut-être, grogna Rossel, mais peu importe. Trouve-moi cette ou ce salopard. Tueur ou tueuse, je m'en moque, j'ai le président sur le dos, je ne vais pas tenir longtemps.

Le Goff avait laissé passer une journée avant d'interroger Plochin. En entrant dans la chambre, le patron de la crim' se dit que le directeur de Médias 24 était un sacré comédien. Chemise largement échancrée et pantalon de toile à carreaux, c'était le costume de scène qu'il avait choisi pour répondre la veille aux questions de Justine Berger. Ce qui ne manqua pas de provoquer l'ironie du policier.

— Je vous ai trouvé en pleine forme pour un grand blessé. Maintenant que vous avez fait votre numéro à la télévision, vous allez pouvoir rentrer chez vous.

— Chez moi ? rétorqua Plochin, mais je n'ai plus de chez-moi. Et je ne pense pas que l'hôtel veuille me garder comme client.

— Ça n'est pas mon problème, répondit sèchement Le Goff. Réglez vos affaires avec votre compagne ou trouvez un appartement. Et si possible, facile à protéger. Je n'ai pas envie de porter le chapeau de votre assassinat. Parce que vous ne le savez peut-être pas, mais le tueur a remis le couvert dans un nouveau message pendant que vous faisiez le guignol à la télévision. Si ça ne tenait qu'à moi, je vous laisserais vous débrouiller avec lui mais en l'occurrence, je suis flic et payé pour assurer votre sécurité.

— Vous êtes trop aimable, lâcha Plochin qui avait brutalement changé de ton.

— Bon, poursuivit Le Goff, comme vous n'avez que des ennemis, ça va être difficile de chercher de ce côté-là. En revanche, si je vous dis que ce pourrait être une femme, une femme qui aurait des raisons de vous en vouloir ?

— Une histoire de cul ? Vous croyez que je n'ai que ça à faire ?

— On trouve toujours le temps pour une histoire de ce genre.

— Aussi étrange que cela puisse paraître, j'étais un homme fidèle. Et puis quel rapport avec Palombi et Bourdarias ?

— Je n'en sais rien. C'est à vous de me le dire.

— Je vous ai menti. Palombi, je l'ai vu fréquemment quand il était directeur général de la police. Puisqu'il est mort il y a prescription, mais je peux vous dire qu'il a souvent été l'une de mes sources sur les dossiers sensibles.

— Alors réfléchissez aux affaires sur lesquelles il vous a renseigné. Faites-moi des fiches, ça nous fera avancer. Et pensez à Bourdarias, il y a forcément un lien. Vous avez travaillé ensemble ?

— Non, jamais.

— Et Lyon, ça vous dit quelque chose ?

— J'ai dû y aller deux ou trois fois, je connais très mal cette ville. Quel rapport avec mon agression ?

— Hier, le tueur a appelé de Lyon. Il affirmait que dans la cité des Gaules tout était pourri. Sans qu'on sache vraiment s'il dénonçait la corruption ou autre chose.

— Écoutez, je ne peux pas vous aider, en revanche…

Plochin s'arrêta en pleine phrase comme s'il fouillait sa mémoire.

— En revanche ? rebondit Le Goff.

— Eh bien, je crois me rappeler que Palombi a été longtemps en poste à Lyon avant de prendre la direction du Raid. Il y était d'ailleurs revenu à la tête de son groupe pour diriger des opérations compliquées et je sais qu'il avait gardé de nombreux contacts dans la police locale.

Le Goff ressortit de l'hôpital persuadé que Plochin en savait beaucoup plus. Il lui avait donné quarante-huit heures pour dresser la liste des dossiers que Palombi lui avait discrètement transmis. Pas très déontologique, mais Plochin avait l'habitude. La collaboration avec la police, il en avait fait son fonds de commerce. Et avec les flics, les scoops étaient rarement gratuits.

De la Salpêtrière au 36, la traversée de Paris n'en finissait pas. Le chauffeur avait sorti son gyrophare avant d'entamer un slalom géant entre les cyclistes qui avaient envahi les quais, mais Le Goff l'arrêta net et descendit de voiture. En cette fin d'après-midi, rien ni personne ne l'attendait rue du Bastion. Il savait que si le tueur restait introuvable, il porterait le chapeau et qu'il pourrait dire adieu à la P.J. Autour de lui, la foule indifférente, gaie et rêveuse, goûtait une météo qui semblait se jouer du calendrier. Au seuil de la Toussaint, les robes étaient encore courtes et légères, les bermudas faisaient florès et les chaînes d'info diffusaient à l'envi ces scènes estivales pour disserter sur les agréables ravages du réchauffement climatique. Les jeunes gens qui s'embrassaient au bord de l'eau n'avaient que faire d'un patron de presse, d'un ancien flic et d'un vieux journaliste rabougri. Entre Austerlitz et le musée d'Orsay, l'affaire d'État n'était qu'une vaguelette charriée par le fleuve qui en avait vu d'autres. Assis sur un muret, les pieds dans le vide, Gabriel Le Goff se surprit à compter les années de flic qu'il avait encore à vivre. Lui savait que cette goutte d'eau imperceptible aux yeux de cette foule qui regardait ailleurs l'emporterait aussi puissamment qu'une vague scélérate si l'homme au couteau n'était pas serré très vite. Et il n'avait pas envie de finir cloué au pilori par des politiciens en chasse de bouc émissaire. À l'inverse, l'affaire résolue, la gloire serait pour d'autres. Mais il s'en moquait, il n'avait pas choisi ce métier pour briller, mais pour gagner. Avoir l'adversaire en face, lui faire mettre un genou à terre, c'était ce qu'il aimait, et ce qu'il allait faire. Perdu dans ses pensées, il n'avait pas vu arriver le chauffeur, un portable à la main. Le Goff fouilla sa veste et comprit que c'était le sien.

— Votre téléphone a sonné. Un numéro masqué.

— Il a laissé un message ?

— Non, je n'en ai pas l'impression.

Le Goff marmonna que si c'était important, le numéro inconnu rappellerait. Et décida de rentrer chez lui.

Le voyant rouge du fixe clignotait dans l'entrée mais Gabriel n'y prêta qu'une attention distraite, à mille lieues d'imaginer qu'un correspondant l'avait appelé et lui avait laissé un message. Depuis des années, cette ligne fixe n'était plus utilisée et ne l'avait jamais été par ses interlocuteurs familiers. Le Goff lui-même avait renoncé à mémoriser le numéro. Quand la sonnerie puissante et désagréable du téléphone retentit à nouveau, il lui fallut quelques secondes pour comprendre d'où venait ce bruit nasillard qui lui sciait les tympans. L'appareil collé à l'oreille, il eut un moment de sidération. La voix du logiciel était reconnaissable entre toutes. Métallique et mielleuse, elle lui demandait s'il avait écouté le message. Le Goff se surprit à s'enquérir stupidement de l'identité de son correspondant, comme si le tueur allait se présenter. « Vous avez écouté le message ? », répéta la voix, avant de raccrocher. La conversation avait duré trente secondes à peine, trop peu pour localiser l'appel. De toute façon, le patron de la crim' savait que c'était inutile. Il avait raccroché mais le voyant rouge n'avait pas cessé de clignoter. Peu familier de l'appareil, Le Goff mit un certain temps pour trouver le mode lecture. Quand il y parvint enfin, il était plus de 20 heures. Le tueur avait appelé une heure plus tôt après avoir essayé sans succès le portable du flic. L'appel masqué, sur les bords de Seine, c'était lui.

« 19 h 04, vous avez un nouveau message. »

La voix était ironique :

« Ça vous arrive souvent de ne pas répondre sur votre portable ? Peu importe, ça n'était pas difficile de trouver votre numéro fixe. (Et la voix éclata de rire, avant de poursuivre.) Vous devriez vous méfier de la police, elle parle trop. Mais je ne vous appelle pas pour vous expliquer comment on trouve un numéro de téléphone. Reconnaissez-le, jusqu'à présent vous n'avez pas été très brillant. Deux cadavres, un blessé et rien. Juste un faux coupable qui ne sait pas quoi faire de ses week-ends. Avouez que pour un grand flic, vous faites pâle figure. Pas sûr qu'à ce rythme vous gardiez votre job bien longtemps. D'autant que ça n'est pas terminé. C'est pour ça que je vous appelle. Bourdarias, Palombi, Plochin… du menu fretin. J'ai décidé d'aller à l'essentiel. Mais ensuite vous devrez faire fissa, sinon c'est votre tête qu'on va retrouver sur un billot et ils n'auront pas besoin de moi pour la couper. À nous deux, camarade, et bon courage. »

Le Goff allait raccrocher quand il entendit la voix du téléphone :

« 19 h 45, vous avez un nouveau message.

J'ai oublié l'essentiel. Le côtes-du-rhône sera rouge ce soir. »

Rue du Bastion, à l'exception des trois ou quatre gardés à vue qui criaient leur innocence ou insultaient les policiers qui leur avaient promis une nuit difficile, la plupart des bureaux étaient déjà vides. Les officiers de permanence finissaient de dîner en débattant des mérites de la cafétéria du 36 comparée à la cantine du Quai des Orfèvres quand l'un d'entre eux reçut l'appel du patron de la crim'. Le Goff, habituellement aimable, hurlait dans l'appareil.

— Je veux tout le monde sur le pont d'ici une demi-heure !

— Tout le monde ? maugréa le flic. Mais c'est impossible, la plupart sont déjà chez eux ou sur le terrain.

— Je m'en fous, rétorqua Le Goff, je veux voir tout le monde, tout de suite.

Il était arrivé au 36, le téléphone fixe à la main. Il n'avait pas trouvé d'autre moyen de faire entendre les messages du tueur. Il y avait dans la salle la trentaine d'hommes qui traquaient sans succès le tueur fantôme. « Le côtes-du-rhône sera rouge, ce soir », ils connaissaient tous cette voix et aucun ne doutait que le sang allait couler à nouveau. Rossel, alertée par Le Goff, avait planté un dîner prévu de longue date avec le grand rabbin de France pour venir prêter main-forte à son ex-numéro 2. Face à ces hommes qui avaient longtemps été les siens, la ministre était à la manœuvre.

— L'homme parle de « ce soir », ça veut dire qu'à cette heure, il a sans doute déjà tué. Qui ? Où ?

Et elle ajouta, comme si elle se parlait à elle-même d'une voix songeuse :

— Le Rhône… à coup sûr, il a jeté le cadavre dans le Rhône.

— Le Rhône en France, c'est plus de cinq cents kilomètres. On ne va pas envoyer des plongeurs pour fouiller le fleuve de Lyon aux Saintes-Maries-de-la-Mer ! s'insurgea Le Goff. Cet enfoiré nous balade et ça fait plus d'un mois que ça dure.

— Et alors ? s'exclama Rossel. À vous de faire que ça cesse. On commence à connaître le personnage, s'il a annoncé son crime, ça n'est pas pour cacher le cadavre. On ne devrait pas tarder à le trouver. Plutôt que de rester dans vos bureaux, positionnez-vous sur place.

Salma se leva en prenant Le Goff par le bras.

— Ne bougez pas, dit-elle aux policiers silencieux autour de la table, je dis trois mots à votre patron et je vous le rends.

Dans le bureau de Gabriel, elle s'affala sur le canapé en réclamant un whisky sans glace.

— Tu te rends compte de la situation ? dit-elle sur un ton qu'elle voulait calme mais qui ne l'était pas vraiment. Je ne sais pas qui est le prochain mais je pressens qu'il va nous exploser à la figure. De toute façon, je ne peux pas garder cela pour moi, je suis obligée de prévenir le président et le Premier ministre et j'imagine déjà la scène, je vais en prendre plein la gueule.

— Mais qui va nous en foutre plein la gueule ? rétorqua Le Goff. Peretti ne peut pas nous lâcher en pleine tempête, quant aux autres on s'en fout. Les politiques ? Leur crédibilité est au-dessous du niveau de la mer. Ils passent leur temps à remuer la merde des autres pour éviter d'être éclaboussés par la leur. C'est un jeu qui n'intéresse plus qu'eux. Alors je te repose la question, Salma, qui va nous en foutre plein la gueule ? La presse ? Les médias ? Ah ça, oui. Ça va y aller ! Mais est-ce si important ? Les Français savent à quoi s'en tenir. Ils utilisent les médias uniquement quand ça les sert. À force de théâtraliser l'information, les télévisions ont transformé leurs plateaux en arènes médiatiques où l'on ne vient que pour voir le dompteur se faire dévorer par les fauves. Une fois les lampions éteints, il ne reste rien de ce cirque sinon le sentiment de s'être fait rouler dans la farine. Entre nous, je plains nos amis Berger, Leroy et les autres qui tentent de faire leur métier dans ce maelström d'images. Ils ne resteront pas longtemps, balayés par ces vents contraires qui les poussent dans le grand bain de l'information low cost.

— Tu prêches une convaincue, mais je te rappelle que lorsque je l'ai dit publiquement, je me suis fait éreinter.

— Je ne voudrais pas être désagréable, mais en l'occurrence tu es montée à l'assaut alors qu'on annonçait l'arrestation d'un coupable qui n'en était pas un. Nous non plus, reconnaissons-le, on n'a pas toujours les fesses propres.

— Oui, bon… s'agaça Salma, ça n'est pas le sujet du jour. Positionne dès maintenant tes hommes dans les villes traversées par le Rhône. On ne devrait pas attendre longtemps. Et quoi que tu en dises, prépare-toi à l'orage, ça va tanguer.

Lyon, Vienne, Valence, Montélimar, Orange, Avignon, Arles, la Camargue… de Rieu à Port-Saint-Louis-du-Rhône, commissariats et gendarmeries avaient vu arriver au petit matin les hommes de la crim'. Par groupes de trois ou quatre, sans explication. « En mission », s'étaient-ils contentés de préciser aux flics locaux qui, d'ordinaire, détestaient voir débarquer leurs collègues parisiens. Les uns et les autres passèrent quarante-huit heures sans se voir, attendant un événement dont les policiers du 36 eux-mêmes ignoraient s'il allait seulement se produire. Étrange situation qui eut pour seul effet de provoquer la menace de démission du préfet de police de Lyon, furieux de ne pas avoir été mis au courant de la venue des hommes de la crim'.

« On vous tiendra au courant quand on le jugera nécessaire », s'était contenté de répondre le directeur de cabinet de la ministre.

Trois jours plus tard, le préfet avait compris.

Chapitre 22

Pour le capitaine du *Grand Canotier* ancré au sud de Valence, la journée s'annonçait sans histoires. Belle et automnale. L'embarcation avait été privatisée à l'heure du déjeuner et l'équipage s'affairait entre cuisine et service. Le patron, après s'être assuré que tout était en ordre, était retourné à ses machines. L'incident se produisit à 12 h 31. À l'heure de l'appareillage, la lourde chaîne à laquelle était accrochée l'ancre s'était bloquée à mi-parcours. Le commandant lâcha du lest et fit une nouvelle tentative. À demi couché sur le bastingage, il vit d'abord la chaussure. Bloquée sous la coque. Pour s'en débarrasser, il relâcha la chaîne qui, cette fois, remonta sans difficulté. Le corps était suspendu par les pieds, gorgé d'eau et le visage tuméfié.

Les passagers qui n'avaient rien vu furent priés de descendre à quai, sans explication. Lorsque les policiers arrivèrent, il ne restait plus que le capitaine et la dizaine d'hommes d'équipage terrés dans les cuisines. Le patron avait laissé le corps se balancer au bout de la chaîne. Les hommes de la crim', enfermés depuis trois jours dans une pièce surchauffée du commissariat central de Valence, étaient arrivés les premiers, bientôt suivis de la scientifique et d'une armada d'ambulances. Les quais du Rhône avaient été bouclés et les rares badauds qui tentaient de s'approcher repoussés sans ménagement.

Avant d'appeler Paris, les policiers voulaient être sûrs de leur fait. Le tueur avait pris soin de dépouiller le cadavre de toute marque de reconnaissance. Ni papiers ni argent mais une même signature, quatre coups de couteau, deux dans le bas-ventre, deux au niveau du cœur. Pour les hommes de Le Goff, il n'y avait pas de doute, c'était bien la troisième victime annoncée.

Prévenu, le patron de la crim' avait dépêché Dubosc pour identifier le corps et éviter que la presse ne s'empare de ce mort inconnu. Le légiste envoyé de Paris était réputé pour faire des miracles, et Le Goff resta sans voix lorsqu'il reçut la photo. Le visage était très abîmé mais identifiable. Pour confirmer ce qui était pour lui une certitude, il passa quelques coups de fil discrets dont un à l'épouse de l'homme dont il avait l'image sous les yeux. Celle-ci lui précisa sans inquiétude apparente qu'il ne s'était pas manifesté depuis une semaine. Rien que de très banal, avait-elle dit, puisqu'il partait régulièrement pêcher le gros au large du Pays basque espagnol. Ancien ministre des Affaires étrangères, il avait pris goût aux voyages, avait-elle dit sans ironie. Elle venait de lever les derniers doutes du patron de la crim'. Le Goff débarqua sans prévenir à Beauvau.

— Je veux voir la ministre, dit-il, faisant mine de passer devant le policier en faction qui l'arrêta d'un geste de la main.

— Mme la ministre est en réunion.

— Je m'en moque.

Le flic comprit au regard du patron de la crim' qu'il n'avait pas d'autre choix que de s'exécuter.

— Sérieusement, tu débarques chez moi sans prévenir, éructa Salma sur un ton qui n'encourageait pas les mondanités. J'espère que c'est vraiment important, lui dit-elle en l'entraînant dans la pièce voisine.

Sans un mot, Le Goff sortit la photo de sa poche et la jeta sur la table qui se trouvait devant eux.

— C'est qui ? demanda Salma.

— C'est lui.

— Lui ? Qui ?

— La nouvelle victime. On l'a trouvé accroché à l'ancre d'un rafiot à Valence. Tu ne le reconnais pas ?

— Franchement, il ne ressemble à rien.

— Et pourtant je peux te dire que le légiste a fait un sacré travail. C'est Robert Portal.

— Portal ! s'écria-t-elle. Non, ça n'est pas possible.

Elle prit la photo et la fixa longuement.

— Portal... Portal, répétait-elle en cherchant à identifier le visage. Non, décidément, je ne le reconnais pas.

— Pourtant c'est lui. C'est Portal. On est en train de vérifier son ADN mais ça ne fait aucun doute.

— Mais Gabriel, tu te rends compte de ce que tu dis ? Si tu as raison, on a tiré le gros lot. Tu imagines, un ancien ministre, député pendant des lustres ! Et qui se fait massacrer parce que vous n'avez pas été capables de mettre la main sur ce malade. Qui connaît l'identité du cadavre ?

— Pour l'instant, nous deux. Rien n'a fuité.

— Rentre au Bastion, je vais à l'Élysée.

Le Goff venait d'arriver au 36, quand le nom de Salma s'inscrivit sur son portable.

— Fais demi-tour, le président t'attend.

Le garde républicain de faction dans le hall du Palais jugea inutile de l'accompagner.

— Vous connaissez le chemin, lui dit-il en lui montrant l'escalier.

Au premier étage, l'huissier assis derrière une table se leva précipitamment pour frapper à la porte du bureau présidentiel.

Salma était assise face au bureau. Le président qui annotait un document, la tête penchée sur le papier, fit signe à Gabriel de prendre un second fauteuil.

— Monsieur le directeur, marmonna-t-il d'une voix caverneuse, je n'ai pas besoin de vous dire à quel point cette affaire va m'être dommageable. De deux choses l'une, dit-il en plongeant ses yeux dans ceux de Le Goff, ou Rossel vous vire immédiatement ou vous me réglez cette affaire avant qu'on explose tous en vol. Vous choisissez quoi ?

— C'est vous qui décidez, Monsieur le président.

— Alors trouvez-moi au plus vite ce tueur. Je ne suis pas flic mais puisqu'il y a un lien entre ces trois meurtres, il y a forcément un mobile qui les relie. Et puis il y a Plochin.

— Précisément, glissa Le Goff, je suis en train d'interroger le patron de Médias 24 sur les dossiers que lui avait transmis Palombi.

— Parce que l'ancien directeur de la police collaborait avec cet escroc ! lâcha, stupéfait, Peretti.

— En tous les cas, ils échangeaient des informations. Depuis longtemps. Et d'ailleurs personne n'ignore...

Le Goff s'arrêta net.

— Oui ? s'agaça Peretti. Personne n'ignore quoi ?

— Non, rien... Je voulais seulement dire que personne ne l'ignorait.

— Si, moi, répliqua sèchement le président, faisant comprendre à Rossel et à Le Goff que l'entretien était terminé.

Sur le perron de l'Élysée, Salma invita son ex-numéro 2 à l'accompagner jusqu'au ministère. Et explosa, indifférente aux passants qui se retournaient sur son passage.

— Tu es malade ou quoi ? Je sais très bien ce que tu allais dire. Nos histoires, ce sont nos histoires. Elles ne regardent personne et surtout pas le président. Occupe-toi plutôt de la femme de Portal.

— Elle est prévenue. Et sans doute déjà à l'Institut médico-légal de Lyon où le corps a été transporté.

— Bien. Et cette fois, pas de conférence de presse et personne sur les plateaux. Ça va tanguer très fort, inutile d'en rajouter. Un communiqué publié par l'AFP suffira. Le préfet du Rhône va s'en charger.

Salma s'était radoucie. Elle se tourna en souriant vers Le Goff.

— Tu as faim ?

Et sans attendre la réponse, elle l'entraîna vers son bureau. Les cuisines du ministère étaient déjà fermées, ils durent se contenter des restes du jour. Gigot froid et sorbet à la pomme verte. Ordinaire, mais suffisant pour affronter la tempête annoncée. Le rouleau compresseur médiatique s'était mis en marche alors que les deux achevaient de faire un sort à la coupelle de chocolats proposés avec le café. La photo de Portal occupait tout l'écran qui faisait face au canapé où ils s'étaient installés côte à côte. Les deux reconnurent sans mal la voix off de Justine qui annonçait la mort de l'ancien ministre. La présentatrice de Globe Info avait pris l'antenne à la demande de Leroy, laissant sans voix les deux présentateurs habituels de la tranche. Il faut dire que les images qu'avait reçues Justine Berger quelques instants auparavant allaient faire gémir d'envie les chaînes concurrentes. La vidéo, envoyée à la journaliste par MMS, durait près de deux minutes. On y voyait des pompiers s'affairer autour d'un corps et des policiers interroger un homme sur l'une des embarcations amarrées à la rive du fleuve. L'image sautait, au rythme de la marche de celui qui filmait jusqu'à ce qu'elle se stabilise enfin. Le visage était filmé en gros plan. Méconnaissable. Et qui le serait resté si la vidéo n'avait pas été signée par un dernier plan fixe :

« Clap de fin pour Portal »

Robert Portal, qui s'était longtemps rêvé calife à la place d'Édouard Milesi, l'ancien maire, n'avait jamais réussi à s'asseoir dans le fauteuil du premier magistrat de Lyon. Il se consola un temps, avec des ministères prestigieux et cinq élections à l'Assemblée, mais ne se défit jamais d'une rancune jalouse à l'égard de Milesi. L'homme n'était pas antipathique et avait su jouer d'un charme certain pour obtenir un rond de serviette dans la plupart des médias. Justine elle-même qui l'avait croisé si souvent lorsqu'il était au Quai d'Orsay, crut naïvement l'avoir pour ami jusqu'au jour où elle se rendit compte que chez lui l'amitié n'était proportionnelle qu'à l'intérêt du moment. Plus renard que chien, fourbe et infidèle, il avait fini par lasser à force de trahisons et de paroles oubliées. Au terme d'une vie chaotique et frustrante, il vivait par habitude avec une épouse qui ne l'aimait plus, sur les bords du fleuve, dans une vaste propriété vinicole héritée de sa famille maternelle.

À 14 h 52, une dépêche de l'AFP avait confirmé le scoop de Globe Info.

AFP – 14 h 52 flash

Mort de Robert Portal. Le corps de l'ancien ministre a été repêché dans les eaux du Rhône, criblé de coups de couteau.

Suivie d'une seconde dépêche peu après :

AFP – 14 h 56 flash

La mort de Robert Portal a été annoncée par un bref communiqué signé par le préfet du Rhône. Joints par l'AFP, le ministère de l'Intérieur, les services du Premier ministre et la présidence de la République se sont refusés à toute déclaration. Le corps a été retrouvé au sud de Valence peu après 12 h 30, retenu par le cordage d'un bateau de plaisance. Selon nos confrères du Progrès, *plusieurs dizaines de policiers de la police judiciaire parisienne s'étaient installés à Lyon et dans les villes voisines depuis quelques jours.*

Un patron de presse, un grand flic et maintenant un ancien ministre, les télévisions n'en demandaient pas tant. Le rappel des faits tournait en boucle : « Tout a commencé il y a un mois à peine… » Et les chaînes enchaînaient : « La police impuissante, le gouvernement bafoué ». De l'or pour les nouveaux maîtres à penser de Twitter et les procureurs sur écran. Globe Info, impériale et faussement sobre, diffusait la vidéo envoyée à Justine Berger, tandis que ses concurrentes n'avaient rien d'autre à offrir que des images d'archives assemblées à la hâte. Avec les éditorialistes maison et les informations de Stenbach, les faits se suffisaient à eux-mêmes. Chacun avait bien compris que les espoirs de réélection du président Peretti étaient à cet instant lestés au fond du Rhône.

La ministre et le patron de la crim' assistaient sans un mot à ce dépeçage quand un appel de Plochin interrompit enfin le spectacle de leur déconfiture. Le patron de Médias 24 parlait fort, ironique et inquiet.

— Dites donc, Le Goff, vos affaires ne s'arrangent pas. Portal après Palombi et Bourdarias, vous êtes mal. Mais du coup moi aussi. Ce salaud ne va pas me lâcher. Vous avez intérêt à faire vite et je peux vous aider.

Gabriel avait posé son portable sur la table basse. Haut-parleur branché, Salma pouvait écouter la conversation. C'est elle qui répondit à Plochin.

— Arrête de faire le mariolle, Marc. Si tu as quelque chose à nous dire, c'est maintenant sinon je raccroche.

— Vous auriez tort, répondit le journaliste reconnaissant la voix de Rossel. Je sais ce qui lie Palombi à Portal, enchaîna-t-il, sûr de son effet.

— On t'écoute, répondit Le Goff faussement détaché.

— Non, pas au téléphone. Je suis sûr que vos copains de la crim' ont déjà branché leurs magnétos.

— Ça n'est pas faux, lâcha froidement Le Goff. Retrouvons-nous chez moi dans une heure.

Pour l'appartement d'un flic qui dormait deux nuits sur trois au Bastion, le lieu ne manquait pas de charme. Moderne et lumineux, décoré avec goût, difficile d'imaginer qu'aucune femme n'ait jamais vécu dans cet endroit. C'était pourtant le cas. Pour quelques jours ou quelques semaines, c'était Gabriel qui s'installait chez ses maîtresses, refusant toute intrusion dans un territoire qu'il gardait farouchement secret. C'est dire qu'à peine la proposition faite à Plochin, il la regrettait déjà.

— J'ai fait une connerie, dit-il à Rossel en raccrochant. Je n'aurais jamais dû lui donner mon adresse.

— Non au contraire. Tu le flattes. Quand on s'appelle Plochin, ça compte. Ce type n'est pas fiable mais il sait où est son intérêt. Crois-moi, il ne dira rien, je le connais mieux que personne.

— Tu as couché avec lui ?

— Il aurait bien aimé. Sauter une flic, c'est sûrement un de ses fantasmes mais il est trop puant. Et depuis mon histoire avec Leroy, je me suis juré de ne plus jamais coucher avec un journaliste. On peut les utiliser sans passer par la case « jambes en l'air ». Les confidences sur l'oreiller, ça n'est pas mon truc.

— Et faire l'amour avec le patron de la crim', ça te dirait ? lui dit-il en la prenant affectueusement par les épaules.

Mais il connaissait la réponse et se leva en l'embrassant sur le front.

Du perron de Beauvau, il ne voyait qu'une forêt de casquettes ornées de feuilles de laurier. Il dut se frayer un chemin entre la centaine de préfets convoqués par la ministre. Officiellement, Rossel devait dévoiler le nouveau plan sécuritaire, mais Le Goff ne put s'empêcher de sourire en imaginant les trésors de langue de bois qu'elle allait devoir utiliser pour répondre aux questions sur l'assassinat de Portal. Fort heureusement, elle allait s'adresser à des fonctionnaires suffisamment aguerris pour n'être dupes de rien, et peu regardants lorsqu'il s'agit de protéger leur casquette à galons.

Les chauffeurs avaient été priés d'attendre devant les grilles et Gabriel avait dû se faufiler pour atteindre sa voiture lorsque le nom de Plochin s'inscrivit à nouveau sur son portable. Il promit de le rappeler au calme et demanda à son collaborateur de le retrouver au rond-point des Champs-Élysées. Après avoir cherché en vain un banc pour joindre le patron de Médias 24, il trouva refuge au milieu d'une foule de philatélistes plus intéressés par les collections de timbres exceptionnels que par cet inconnu venu s'asseoir au milieu des planches. Transparent, dans cette petite foule à la recherche de la perle rare, Gabriel suivait, fasciné, les déambulations de collectionneurs qui scrutaient à la loupe le dessin d'une dentelle dans cette caverne d'Ali Baba à ciel ouvert. Les femmes y étaient peu nombreuses et les hommes d'allure plutôt modeste. Tous espéraient y découvrir le graal mais repartaient le plus souvent avec une pochette sans valeur. Ils se connaissaient et, pour certains, étaient devenus amis au fil de leurs traversées d'une France timbrée, un jour en Provence, un autre dans les Landes quand ça n'était pas au Salon d'automne à Paris. Le téléphone de Le Goff sonna à nouveau.

— Qu'est-ce que vous fabriquez ? s'énervait Plochin, vous deviez me rappeler il y a déjà plus d'une demi-heure.

— Les timbres, Plochin, les timbres…

— Quoi, les timbres ?

— Rien, vous ne comprendriez pas.

— Non et ça ne m'intéresse pas. J'ai passé l'âge de coller des carrés de papier.

— Il n'y a pas d'âge pour la passion, lâcha Le Goff qui suivait des yeux un couple de gamins.

Les deux écoutaient religieusement un homme sans âge, la barbe blanche et la main tremblante. Le vieillard sorti tout droit d'un monde disparu leur contait l'histoire du premier timbre français. À l'effigie de Cérès. L'homme, d'une voix étrangement frêle, regrettait que l'image de cette déesse romaine qui jalonna l'histoire postale soit désormais effacée au profit d'autocollants multicartes. Les ados ne comprenaient pas tout mais la voix les enchantait. Et Le Goff lui-même avait éloigné son portable pour écouter le vieux bonhomme ouvrir le catalogue de son imaginaire. Paris à la mi-temps du XIXe siècle où l'on échangeait déjà les Cérès en noir et blanc, Paris et les crinolines, Paris et les voitures à moteur hoquetant, pneus blancs et rayons d'acier.

— Vous m'entendez, Le Goff ? (La voix de Plochin hurlait dans le téléphone posé sur le banc.) Vous êtes toujours là ?

— Évidemment, inutile d'ameuter ces gens qui n'ont rien à faire de vos aboiements.

— Je ne sais pas où vous êtes…

— Ailleurs, l'interrompit Le Goff.

— Vous plaisantez, j'espère, parce que dans une demi-heure je serai chez vous.

— Moi aussi, répondit froidement le patron de la crim'. Mais vous ne m'avez pas appelé pour confirmer notre rendez-vous.

— Non, je voulais vous dire que j'ai trouvé le lien entre Palombi et Portal.

Gabriel n'avait pas quitté son banc mais les deux ados et le vieux monsieur n'étaient déjà plus qu'un fond de décor. Il regarda sa montre. La parenthèse philatéliste avait duré moins d'un quart d'heure. L'assassinat de Portal digéré, il était décidé à débusquer la raclure qui lui pourrissait la vie depuis un mois. Le patron de la crim' n'aimait pas Plochin, personne n'aimait le directeur de Médias 24, mais le journaliste lui avait été utile dans le passé. Il enchaîna :

— Et Bourdarias ?

— Bourdarias, je ne sais pas encore, dit-il en repliant le courrier anonyme qu'il venait de recevoir.

La lettre lui avait été adressée par courrier simple au siège de Médias 24. Postée de Bruxelles, la frappe était banale et ne permettait aucune identification sinon celle de l'ordinateur vendu chaque année à des milliers d'exemplaires. Le texte que Plochin avait entre les mains ne ressemblait pas aux précédents messages envoyés par le tueur. Pas d'insultes ni de sarcasmes, encore moins d'annonces vengeresses, juste une douleur brûlante.

Marc Plochin,

Vous avez de l'encre sur les mains aussi rouge que le sang de mon père, la tête fracassée au pied de son immeuble. Justicier et assassin, deux rôles pour un seul personnage. Le vôtre, que vous trimballez sur la scène médiatico-politique depuis plus de trente ans. Fier de vos mots, admirateur complaisant de vos propres méfaits, vous ne vous retournez jamais parce que derrière vous, ça pue la mort. Vous avez abandonné la plume assassine pour la caméra vengeresse mais votre appétit reste intact. À la recherche de proies nouvelles souvent déjà précuites dans les gamelles de la police. Plutôt que de fouiller dans le passé de Palombi ou de Bourdarias, cherchez dans le vôtre et vous trouverez.

La lettre s'achevait par quelques mots manuscrits d'une écriture fine et peu lisible.

Les morts-vivants ne vous saluent pas.

Mal à l'aise, Plochin avait soigneusement enfoui le papier entre deux pages d'un Houellebecq qui trônait dans sa bibliothèque. Bien décidé à ne pas en dire un mot à Le Goff.

Le patron de Médias 24 et le directeur de la crim' arrivèrent en même temps.

— Vous voyez, je ne suis pas en retard, dit en souriant Le Goff. Whisky ou café ? Parce que je n'ai pas grand-chose à vous offrir. J'aime cet appartement mais j'y vis peu et personne n'y vient jamais. D'ailleurs c'est mieux ainsi. Des vengeurs décérébrés, il y en a plein les rues, j'évite qu'ils ne s'approchent de chez moi.

Le Goff avait machinalement tiré les rideaux du salon, comme il le faisait dans la salle d'interrogatoire. Plochin s'en amusa.

— On n'est pas au 36, ici !
— Non, mais je n'ai pas envie qu'un voisin d'en face balance une photo de vous chez moi.

Marc jeta un œil circulaire sur la pièce. Deux portes fermées témoignaient de la volonté du policier de ne rien dévoiler de son intimité. Les murs blancs, fraîchement repeints, étaient vierges de tout accrochage, à l'exception d'une immense toile d'Alechinsky qui occupait l'espace entre deux fenêtres.
— Vous aimez la peinture ?
— Oui, ça vous étonne ? Vous savez, il y a même des flics qui achètent des livres, lâcha Gabriel ironique. Moi, j'aime la peinture abstraite parce qu'elle stimule l'imaginaire. Et nous, on a besoin de délirer sur les hypothèses les plus improbables. Mais je vous rassure, cet Alechinsky, je ne l'ai pas payé avec mon salaire de flic, dit-il en éclatant de rire. C'est le peintre qui me l'a offert. Nous nous étions liés d'amitié à l'occasion d'une enquête à Bruxelles.

Plochin, qui avait opté pour le whisky, écoutait sans sourciller Le Goff jouer une partition pour le moins inattendue. Le journaliste ne connaissait du personnage que le versant rugueux et brut de décoffrage. Un policier qui avait vécu pendant des années dans l'ombre de Rossel et qui n'en serait jamais sorti si le président n'avait pas décidé de faire de Salma sa ministre de l'Intérieur. Et le voici devant lui dissertant sur l'imaginaire et son rôle dans le travail de la police. Moment suspendu, d'autant plus étrange que les rôles étaient inversés. L'un se mettait à nu, l'autre s'était barricadé dans son uniforme de journaliste. Le patron de Médias 24 décida de couper court en étalant à même le sol les coupures de presse qu'il avait photocopiées.

— C'est quoi ces photos ? s'exclama Le Goff.

— La ville de Lyon.

— Et alors ?

— La ville de Lyon, c'est le lieu où tout s'est passé, dit Plochin en éparpillant les photos de Palombi et de Portal.

— Franchement, vous plaisantez ! s'exclama Le Goff. On ne vous a pas attendu pour découvrir que Palombi avait commencé sa carrière à Lyon et que Portal y avait été député pendant près de trois décennies.

— Je ne vous parle pas de ça, je vous parle de Lyon dans les années 2000, répliqua Plochin, en extirpant un cliché où l'on voyait Palombi entouré de six hommes. Six policiers venus de Paris. Tous arborent un tee-shirt noir avec imprimé en lettres rouges *Cellule M.69*. Au dos on peut lire : *janvier 2002, Michel, Jean-Paul, Victor, Bernard, Amaury et José. Les meilleurs que j'ai soustraits à la crim' en juin 2000*. Allons, Le Goff, ne me dites pas que vous avez oublié cette affaire.

— Vous voulez parler de Milesi ?

— Et de Palombi. Il n'a pas été seulement commissaire à Lyon dans sa jeunesse, il y est retourné à l'orée des années 2000. Rappelez-vous, c'était lui le principal enquêteur de l'affaire. Dès son arrivée à Lyon, il s'était rapproché de Portal qui lui avait ouvert les portes de la bourgeoisie locale.

En achevant sa phrase, Plochin empoigna la bouteille de Chivas.

— Je peux ?

Et se resservit sans attendre la réponse. Les rideaux du salon étaient devenus inutiles. La nuit tombée, les deux hommes se voyaient à peine. Ni l'un ni l'autre ne proposa d'allumer la lumière. La pénombre faisait partie du récit. Une à une, les pièces du puzzle se mettaient en place. À l'époque, Le Goff venait d'entrer à la crim' et n'avait fait que croiser les hommes de la cellule M.69. Occupé à faire ses preuves sur le pavé parisien, il n'avait suivi que de loin l'affaire Milesi. Plochin se chargea de la lui rappeler dans les moindres détails.

En 1997, le tueur en série Sergio Falacci avait fait la une de la presse nationale après avoir reconnu être l'auteur de six meurtres et de huit viols. Condamné à perpétuité pour plusieurs de ces crimes en 2002, il avait entre-temps été mis en examen pour quatre autres assassinats. La cellule M.69, créée deux ans plus tôt par Palombi, aussi discrète que puissante, avait tenté de démêler le vrai du faux dans cette histoire hors norme. Les dossiers de plus de deux cents meurtres non élucidés au cours des vingt années précédentes avaient été épluchés. Et parmi ceux-là, l'assassinat en 1995 d'une prostituée, Marie-Claude, retrouvée nue dans la chambre 24 d'un hôtel de passe. Agenouillée devant le bac à douche, la prostituée était morte étranglée. Qui pouvait s'intéresser à l'assassinat d'une pute ? L'affaire fut classée sans suite. En relisant les procès-verbaux, Palombi compta suffisamment d'incohérences pour rouvrir le dossier et relancer les investigations.

— OK, s'impatienta Le Goff, mais je ne vois toujours pas le lien avec les meurtres de Palombi et de Portal.

— La vengeance, Gabriel, la vengeance.

— Vingt ans après cette histoire, ça n'a pas de sens. Qui chercherait à se venger ? Et de quoi ?

Piqué au vif, Plochin esquissa une grimace et faillit lui répondre. Mais il repensa à la lettre couchée entre les pages 47 et 48 du Houellebecq. Il préféra poursuivre le rappel des faits et ce dimanche de mai 2003, le jour où Milesi fit irruption chez dix millions de téléspectateurs pour dénoncer une affaire qui n'existait pas encore.

« La calomnie, je vais l'affronter face à face, les yeux dans les yeux et je vais la prendre à la gorge. » Transpirant et blême, il avait ajouté : « Je n'ai jamais fréquenté Sergio Falacci, encore moins organisé des soirées masochistes. » Avant de conclure par cette phrase qu'aurait pu prononcer n'importe quel coupable : « Croyez-moi, je ne baisserai pas les bras tant que je ne saurai pas qui est à l'origine de cette saloperie. »

La stupeur avait saisi les Français devant cet homme défait, aimé dans sa ville et respecté à

Paris. L'ancien maire de Lyon, parlementaire chevronné, avait été longtemps le présentateur préféré des téléspectateurs. Fils du premier magistrat de la ville dans les années 1980, il avait choisi le journalisme plutôt que la politique à l'orée d'une vie promise à l'ouate étouffante des bords du Rhône. Il fut longtemps reporter dans des pays broyés par des guerres sans fin, jusqu'au jour où un rédacteur en chef qui avait découvert sa belle gueule au beau milieu des ruines libanaises l'avait assis sur le fauteuil du 20 heures. Habilement, le grand reporter, amoureux des terrains minés, avait compris tout le bénéfice qu'il pourrait tirer de sa situation. Capitalisant sur les audiences de l'homme-tronc tiré à quatre épingles, il avait cherché dans les pas de son père un siège de député et s'était emparé peu après de la Ville. Avant d'être nommé par un président ami à la Cour des comptes.

Ce soir de mai 2003, Milesi avait déclenché la foudre. La terre médiatique avait tremblé et les fantassins de l'information business s'étaient rués à Lyon. Les Jeux olympiques de la course à l'audience pouvaient commencer. Avec en ouverture des JT et à la une des journaux les informations distillées par les hommes de Palombi. La cellule M.69 avait fait défiler dans ses bureaux discrètement installés dans un vieil immeuble des bords de Saône le ban et l'arrière-ban des bas-fonds de la ville. Deux « collègues » de la prostituée assassinée, Marielle et Françoise, avaient assuré avoir assisté au meurtre de leur amie, frappée et étranglée par Falacci. Mensonges, délation, faux témoignages, la presse se gavait des témoignages suggérés par les policiers. Au fil de leurs auditions dont le secret s'éventait à peine couchées sur le papier, les deux prostituées s'étaient lâchées et avaient mouillé non seulement leurs parrains du milieu mais les grands fauves de la bourgeoisie locale. Hauts magistrats et notables au-dessus de tout soupçon, dont Édouard Milesi. À les entendre, la vérité de l'ancien maire n'avait rien à voir avec le visage lisse et paisible de l'homme sans histoires, marié, deux enfants, qui s'affichait aux quatre coins de Lyon. « Un monstre », disaient-elles, qui avait eu recours à plusieurs reprises aux services de Falacci. Amateur d'amours violentes, il avait participé, selon l'une des deux, à de nombreuses soirées sadomasochistes qui s'achevaient parfois dans le sang et la mort. Quelques jours après la prestation télévisée de l'ex-maire, un jeune travesti, Kerouad, avait fait le spectacle. Filmé par les caméras de Globe Info près d'une maison censée accueillir les frasques du président de la Cour des comptes, le jeune homme avait complaisamment décrit les comportements criminels de Milesi. Interrogé par un jeune reporter peu regardant et pressé d'accrocher à son palmarès la médaille d'or du premier scoop, il avait affirmé qu'une enfant de dix ans, disparue depuis, était présente à ces soirées. Deux jours plus tard, placé en garde à vue, le jeune homme avait reconnu avoir tout inventé sous la pression des deux prostituées mais qu'importe, le mal était fait et la rumeur en passe de devenir réalité. D'autant que, manipulées par Palombi et ses hommes, Françoise et Marielle continuaient d'être à la manœuvre. Elles semblaient n'avoir que faire du démenti de Kerouad et l'une des deux était passée à la vitesse supérieure en accusant Milesi de l'avoir violée. Falacci lui-même avait confirmé le témoignage des deux femmes.

Finalement, les agendas du maire avaient prouvé qu'il ne pouvait être l'auteur des viols dont l'accusaient les prostituées. Au pied du mur, Falacci avait fini par revenir sur ses aveux et avait disculpé Milesi. Quelques mois plus tard, une des deux prostituées avait elle-même reconnu ne l'avoir jamais rencontré.

Fin de l'histoire ? Pas tout à fait. À l'aube de 2005, miné par la rumeur qui lui rongeait les entrailles, incapable de retrouver le monde des vivants, désespérant de trouver celui qui était à l'origine de la saloperie, Milesi avait mis fin à ses jours peu avant minuit, le 31 décembre. Il ne sut jamais que trois semaines plus tard, la justice le mettait définitivement hors de cause.

À plusieurs reprises, Le Goff avait fermé les yeux au point que Plochin s'était demandé s'il l'écoutait à demi assoupi ou si la fatigue avait eu raison de son récit.

— Je vais me coucher et faites-en autant. Pour une fois, gardez pour vous ces élucubrations, elles ne sont pas forcément stupides mais les coupables que vous m'avez désignés ne sont pas ceux que je cherche.

Le patron de Médias 24 était sincèrement étonné.

— Pourtant, les faits parlent d'eux-mêmes. Le meurtrier est forcément du côté de ceux qui veulent venger Milesi.

— Vingt ans plus tard ? Vous ne trouvez pas ça étrange ?

— Si, bien sûr, mais c'est à vous de chercher.

Et il tourna les talons.

À peine la porte fermée, Le Goff pianota sur son téléphone. Et prit un billet pour Lyon, première, duo haut, dans le TGV de 6 h 27.

Chapitre 23

À demi couché, place 112, les pieds déchaussés, posés sur le siège qui lui faisait face, le patron de la crim' maugréait en somnolant. Le TGV roulait à la vitesse d'un TER, le contrôleur venait d'annoncer une heure de retard alors que Gabriel avait pris rendez-vous avec le préfet de police de Lyon en milieu de matinée. Le compte n'y était pas. D'autant moins que depuis une dizaine de minutes, le train était arrêté en rase campagne. Les rares passagers du wagon s'étaient regardés, agacés, avant de détourner la tête pour contempler leur reflet incrusté sur fond vert. Des champs à perte de vue, mouillés par la rosée du matin avec une ferme au premier plan et un village lointain. Un décor pour matinale télévisée, se dit en souriant Le Goff qui comme ses compagnons d'infortune avait plongé son regard dans le vide de cette campagne automnale. À demi éveillé, il ne cessait de penser à Plochin. Le Goff s'agaçait d'en convenir, mais le patron de Médias 24 avait sans doute visé juste. Coupables, Palombi et ses hommes ? À coup sûr, les flics de la cellule M.69 avaient orienté certaines auditions et beaucoup parlé. Manipulations et copinages avec les journalistes, témoins suggérés et reportages qui avaient alimenté les gardes à vue, les policiers avaient ensemencé la vase de la rumeur pendant des semaines avant d'être eux-mêmes dépassés par leurs créatures. L'ex-patron du Raid et ses grognards étaient sortis essorés de cette affaire. Mais la pénitence n'avait duré que quelques semaines. Peu après que Milesi avait été lavé de tout soupçon et sa tombe couverte de fleurs, Palombi avait été propulsé à la tête de la police et Portal, qui avait su colporter au bon endroit et au bon moment la poisseuse rumeur, nommé six mois plus tard ministre des Affaires étrangères.

La ferme n'était plus qu'une forme grise et le village avait disparu dans le soleil levant, le TGV avait enfin atteint les trois cents kilomètres-heure affichés. Dans le wagon, quelques-uns piquaient du nez devant leur ordinateur, les autres, casque sur les oreilles, comblaient cette heure de no man's land en tentant de déchiffrer un paysage qui défilait trop vite. Sur son vieux bloc Hermès, ouvert sur les notes prises la veille, Le Goff dessinait des cubes. Une habitude qui datait de ses années lycée. Pourquoi des cubes ? Il n'en avait jamais rien su, mais ça l'aidait à penser. Entre deux formes géométriques il avait écrit *Bourdarias*. Il écrivait « Bourdarias » et pensait « Palombi ». Plochin avait sans doute vu juste. Mais Bourdarias ? L'industriel, qui à l'époque venait tout juste de racheter Globe Info, n'avait jamais croisé l'ancien président de la Cour des comptes et sa chaîne n'était alors qu'un minuscule trublion dans la mare audiovisuelle. Sans réponse, Gabriel se résolut à enfermer Bourdarias dans un immense cube et glissa le carnet dans sa serviette.

Le TGV arrivait à Lyon. Un SMS du préfet lui proposait un nouveau rendez-vous à 22 h 30. De Lyon, Le Goff ne connaissait que des lieux hostiles : un tunnel interminable, les quais du Rhône et des cités industrielles aux fumées polluantes plantées aux portes du Sud. On disait la ville bourgeoise et impénétrable, Gabriel mit à profit les heures entre parenthèses qui le séparaient de son rendez-vous pour découvrir quelques-uns de ses secrets. Il put enfin mettre de la couleur sur ce qui n'était jusqu'alors que des noms sans relief, couchés sur le papier de procès-verbaux.

En arrivant à la préfecture, Le Goff aperçut la haute silhouette d'un camarade de promotion qui avait bifurqué vers les cabinets ministériels. Né du côté du Parc, il connaissait la ville mieux que personne.

— Qu'est-ce que tu fais là ? s'exclama le haut fonctionnaire en accueillant son ancien camarade.

Le Goff répondit par une question.

— Tu te souviens de l'affaire Milesi ?

— Et comment ! C'était dantesque. Si on n'a pas vécu à Lyon à cette époque, on ne peut imaginer l'atmosphère glauque dans laquelle la ville a plongé pendant des mois. Les familles se sont déchirées autour du cas Milesi, on a vécu au rythme des brouilles et embrouilles de l'affaire. Après le suicide de Milesi, les gens n'osaient plus se regarder. Ici, la presse ne s'en est toujours pas remise. Mais pourquoi tu me parles de cette affaire ?

— Je ne sais pas, je cherche.

— Tu cherches quoi ? Le tueur ? À Lyon ? Ça m'étonnerait. Depuis un mois, vous nous avez bien emmerdés. Mais pour l'instant, je constate que vous vous êtes vautrés. Ça doit être chaud dans la capitale en ce moment.

Agacé par le ton de son ancien camarade, Le Goff s'était déjà éloigné en lâchant haut et fort :

— Je cherche. Et je trouverai.

Le préfet de police, nommé deux ans auparavant, n'était pas un personnage ordinaire. Rien chez lui de cette raideur préfectorale qui semble en permanence habiller ses collègues d'un uniforme invisible. La jovialité du Sud, accompagnée d'une pointe d'accent basque, lui donnait un abord chaleureux qui tranchait avec le rôle qui lui était assigné.

— Pardon de vous recevoir à cette heure tardive, dit-il en proposant à Le Goff un cognac. J'ai suivi, comme tout le monde, cette affaire de tueur en série. J'ai vu que vous aviez déjà cherché du côté de Lyon avec Patrice Legrand, mais ça n'a rien donné, n'est-ce pas ? Je préfère être à ma place qu'à la vôtre, même si ce n'est jamais facile d'être préfet. Surtout de police, glissa-t-il en souriant. Mais si vous venez me voir, c'est que vous avez une nouvelle idée en tête.

— Oui, l'affaire Milesi.

— L'affaire Milesi ! Mon Dieu, mais c'est vieux, ça. Milesi est mort il y a près de vingt ans, je ne vois pas le rapport avec votre affaire.

— Deux des trois victimes y ont été mêlées de près. J'ai besoin de savoir ce qu'est devenue la famille de Milesi.

— Son épouse est morte il y a cinq ans. Elle s'était battue longtemps afin de retrouver les auteurs de la rumeur avant d'y renoncer et de s'enfermer dans son chagrin. Leurs deux enfants ont fui la ville après la disparition de leur mère. La fille est médecin, le fils a enseigné longtemps l'histoire de la philosophie à l'université Jean-Moulin. Je ne sais rien de plus. Lorsque je suis arrivé ici, c'est la première chose dont on m'a parlé. Les habitants de cette ville ont enfermé leurs fantômes sans jamais panser leurs plaies. Mais vous ne pensez quand même pas que la famille peut avoir quelque chose à voir avec votre tueur en série ?

— Non, mais je veux comprendre. On a refermé presque toutes les portes. Crimes politiques, terroristes, crapuleux, rien ne tient. Reste la vengeance.

Le Goff avait lancé l'hypothèse comme une évidence. En vingt-quatre heures, la petite musique Plochin avait fait son chemin.

— Je ne suis sûr de rien mais je ne repartirai pas de Lyon sans avoir trouvé. Je veux juste que vous me donniez l'autorisation de fouiller dans les archives de la police.

À peine sorti de la préfecture, Le Goff appela Dubosc. Le numéro 2 avait sa voix des mauvais jours.

— Je sais que tu es à Lyon. On t'a cherché une bonne partie de la matinée. La SNCF a fini par retrouver ta réservation. Qu'est-ce que tu fous là-bas ?

— Je cherche la clé.

— La clé de quoi ? Tu ferais mieux de rentrer à Paris. C'est chaud ici. Les médias sont en boucle sur l'assassinat de Portal. On passe pour des clowns.

— Justement. Je voudrais que tu retrouves les enfants de Milesi.

— Milesi ? s'étonna Dubosc.

— Oui, l'affaire Milesi. Replonge-toi dans le dossier et retrouve-moi ses enfants.

— Et après ? Je fais quoi ?

— Tu les convoques. Je veux savoir ce qu'ils faisaient les nuits des meurtres de Palombi et de Bourdarias et s'ils étaient dans la région de Lyon les jours qui ont précédé la découverte du corps de Portal.

La conversation avait été émaillée de bips qui signalaient un autre appel. C'était le préfet : « J'ai appelé le responsable des archives. Il vous attend demain à 8 heures. Bonne chance et tenez-moi au courant. »

Pour protéger ses secrets, la police de Lyon avait fait un bel effort architectural. L'immeuble n'avait rien de traditionnel. Inspiré des rénovations new-yorkaises, le bâtiment de briques rouges et de fer percé de larges baies avait fière allure. Mais l'atteindre ne fut pas une sinécure. Discrètement niché au fond d'un parc, à l'est de la ville, il cohabitait avec une zone commerciale qui grouillait dès les premières heures de la journée. Le Goff avait fait le calcul : cinq kilomètres selon son GPS, à peine plus de vingt minutes. C'était sans compter les embouteillages qui asphyxiaient la ville jusque dans ses quartiers les plus reculés. Il mit plus d'une heure et demie. Le chef du service des archives avait profité de ce retard prévisible pour disposer sur une grande table rectangulaire une centaine de cartons qui contaient l'histoire de ce séisme aux mille répliques. Un tremblement de terre qui avait déchiré le silence d'une ville qui n'aime rien moins que de voir étalé son linge sale.

Devant cet amoncellement de papiers, l'archiviste tenta de rassurer le patron de la crim'.

— Je peux vous aider à trouver ce que vous cherchez. J'étais moi-même enquêteur à cette époque-là. Je connais l'affaire par cœur.

— Ah bon ! (Le Goff regardait étonné ce flic qui devait avoir une petite cinquantaine, chef d'un service peu glorieux et qui prétendait avoir enquêté sur l'affaire Milesi.) Vous étiez sur le terrain ? Et qu'est-ce que vous faites là aujourd'hui ? Vous devriez être capitaine, peut-être commissaire.

— Je suis capitaine, dit-il en souriant. C'est moi qui ai demandé ce job. Une saloperie a failli me faire crever. Je ne peux plus courir. Pas de fatigue, pas de stress, je suis vieux avant l'âge et donc je fais un travail de vieux, c'est mieux que rien. Et puis je suis toujours dans la police, c'est l'essentiel.

— C'était quoi la saloperie ?

— Un mauvais crabe. Mais bon je suis là, dites-moi ce que vous voulez.

— Tout savoir sur Milesi. Ses parents, sa jeunesse, son goût pour les plaisirs interdits, sa reconversion en présentateur, le gendre idéal. Et sa vie ici, ses amis et ses ennemis. Il en avait forcément. Et puis je voudrais que vous me parliez de Palombi et de ses hommes.

— Ah ! ceux-là, je peux vous en parler pendant des heures. Une sacrée bande de zigotos, des cowboys « pousse-toi que je m'y mette », qui ne nous ont laissé que des miettes. Ils étaient cul et chemise avec les journalistes. Des bavards qui se prenaient pour des stars. Surtout Palombi. Ici, tout le monde savait qu'il donnait sa becquée à la presse. La plupart des témoins que vous avez vus à la télévision, c'est lui qui les envoyait au feu. On n'a jamais compris quel jeu il jouait dans cette affaire. Les rumeurs dans la rumeur, c'étaient lui et ses gars qui les balançaient. Nous sur le terrain, on regardait passer les trains. La plupart des informations données par les chaînes de télé étaient bidon mais on ne pouvait rien dire. D'ailleurs, les journalistes ne nous auraient pas écoutés. Les histoires que racontait Palombi étaient tellement plus croustillantes. Déjà à l'époque la seule chose qui comptait pour les médias, c'était d'être les premiers. La course à l'audience, vous savez, ça n'est pas nouveau.

Le Goff l'interrompit et enchaîna :

— Revenons à Milesi.

— Milesi, c'est là.

Et l'archiviste mit la main sur l'un des cartons qu'il ouvrit pour étaler les centaines d'articles consacrés à l'ancien maire. Les premiers traitaient des ennuis judiciaires du jeune reporter. Un article de *Paris-Presse* racontait son interpellation à la suite de la perquisition chez un dealer qui alimentait nombre d'artistes et de journalistes. L'affaire avait fait grand bruit dans les années 1980 mais avait été classée pour la plupart de ceux dont le nom était répertorié. Milesi était de ceux-là. La suite de l'article était plus gênante. Le jeune reporter avait été arrêté quelques mois plus tard alors qu'il consommait de la cocaïne dans les toilettes d'une boîte parisienne. Gardé à vue pendant plus de vingt-quatre heures, il avait échappé à l'inculpation grâce à l'intervention de son père qui n'était autre que le maire de l'époque. Au milieu de cet amoncellement de coupures de presse, Le Goff s'arrêta sur la double-page jaunie de *Voici* qui contait par le menu le mariage d'Édouard Milesi. Le baroudeur métamorphosé par la présentation du journal, photographié au bras de sa compagne, jurait au rédacteur de l'article qu'il avait définitivement tourné le dos à ses frasques de célibataire. Un an plus tard, c'était la une de *Paris Match* qui montrait le couple à la sortie de la clinique après la naissance de leur premier enfant. Puis les journaux télé évoquant la Milesimania qui s'était emparée du pays quelques mois seulement après qu'il s'était installé dans le fauteuil du 20 heures. *Le Nouvel Observateur* lui-même avait cédé à la mode en le photographiant entouré des jeunes journalistes qui avaient intégré son équipe. Recueillant les confidences de la vedette, l'hebdomadaire assurait que Milesi ne s'arrêterait pas en si bon chemin et qu'il s'apprêtait à mettre ses pas dans ceux de son père. Ce qu'il fit peu après. Le Goff en avait assez vu. L'archiviste lui proposa de consulter les documents concernant les années municipales d'Édouard mais c'était une suite connue. Il les prit en renvoyant leur lecture à plus tard et planta le capitaine au milieu de ses cartons, les bras chargés des photocopies dont il avait besoin. En sortant de l'immeuble dont les baies renvoyaient l'image rougeoyante d'un soleil rasant, il constata qu'il avait passé la journée entière dans les sous-sols de cette mémoire policière.

Son premier coup de fil fut pour Sébastien. L'adjoint, lui non plus, n'avait pas perdu son temps. Les deux enfants de Milesi avaient été retrouvés sans difficulté. L'un habitait le XIVe et enseignait à la Sorbonne, l'autre Neuilly et avait ouvert un cabinet de rhumatologie à Paris. Les deux étaient tombés des nues à l'appel de Dubosc.

— Tu sais mieux que moi que les coupables qui jouent l'incrédulité, ça court les rues, s'énerva Le Goff.

— Oui, mais ceux-là ne trichaient pas.

Le patron de la crim' pensait avoir trouvé une piste et s'irritait à l'idée qu'elle ne valût pas plus que les précédentes. Dubosc venait de lui gâcher sa soirée. Il prit le dernier TGV pour Paris. Contrairement à la veille, le wagon était bondé et tout l'agaçait. Coincé dans un carré entre un jeune homme qui tapait frénétiquement sur le clavier de son ordinateur et un couple suffisamment amoureux pour oublier qu'il était dans un train, il en voulait à la terre entière. À Plochin qui lui avait lancé la bouée Milesi déjà à demi crevée. À lui-même qui y avait cru et s'y accrochait encore. À Dubosc qui avait déjà noyé ses illusions. Rentré chez lui, il ne prit pas même la peine d'allumer l'entrée, il s'effondra dans le canapé du salon jusqu'au mitan de la nuit. Et se réveilla en sursaut. Il n'avait plus sommeil et décida de filer au 36. Douché, rasé de près, il n'avait plus rien à faire chez lui.

Au petit matin, le Bastion ne résonnait que de la colère des gardés à vue, saisis dans leur sommeil, fragilisés par la fatigue qui les conduisait à parler plus qu'ils ne l'avaient décidé. La pratique policière était rude mais efficace. Le Goff l'avait souvent utilisée. Il sourit en entendant deux de ses hommes malmener par leurs questions en rafales le malfrat qui se pensait quelques heures plus tôt intouchable. Dans son bureau, suffisamment éloigné des salles d'interrogatoire pour être protégé des éclats de voix, il étala sur la table de conférence qui mangeait une bonne moitié de la pièce les archives photocopiées la veille. Il pensait avoir la matinée pour mettre de l'ordre dans ses papiers mais Hugo Milesi ne lui en laissa pas le temps. Dès 8 heures, le fils de l'ancien maire de Lyon se présenta à la P.J. Le Goff n'attendit pas son adjoint pour l'interroger et resta sans voix quand il vit l'homme s'installer face à lui. Hugo, Édouard, deux hommes, un seul visage. La ressemblance était saisissante. Même chevelure abondante et désordonnée, même nez fin et bouche élégamment dessinée, taille et corpulence identiques. Hugo n'était pas le fils mais la copie conforme de son père. Il vit la surprise de Le Goff mais affecta de l'ignorer. D'une voix grave et chaude qui semblait sortie tout droit du carré de terre où reposait Milesi, il s'indigna en découvrant les documents étalés sur la table voisine.

— Vous cherchez quoi en fouillant dans les ordures et les saloperies qui ont tué mon père ? Nous avons mis des années, ma sœur et moi, à panser la blessure de ces heures sombres. Il y a vingt ans, des flics ont répandu la rumeur et d'autres ont étouffé l'affaire. Ça n'était pas vous mais vous faites le même métier. Je ne sais pas ce que vous voulez mais je ne vous laisserai pas nous faire revivre l'enfer. Je n'ai rien d'autre à déclarer, dit-il en se levant.

Le Goff regardait le fils de Milesi. De la belle gueule de Hugo/Édouard, il ne restait qu'un visage pâle et des traits tirés par la haine. « Les saloperies qui ont tué mon père », c'étaient les mots des courriers et des messages anonymes reçus par Plochin et Leroy. Le flic avait sursauté en les entendant dans la bouche du professeur.

— Rasseyez-vous, monsieur Milesi, se contenta-t-il de répondre alors que celui-ci était à deux pas de la porte. Je ne travaille pas sur l'affaire de votre père, je cherche le tueur de Palombi qui est sans doute aussi celui de Portal et de Bourdarias.

Dubosc venait d'entrer dans le bureau.

— Mon adjoint, que vous avez eu au téléphone, dit simplement Le Goff avant d'expliquer à son numéro 2 qu'Hugo était arrivé plus tôt pour partir plus vite.

Et se tournant vers le professeur, il ajouta sur un ton glacial :

— Maintenant que nous sommes au complet, nous allons pouvoir aller au fond des choses.

— Je ne vois pas en quoi ça me concerne, maugréa Hugo.

— Nous avons de bonnes raisons de penser que les meurtres d'aujourd'hui sont liés à la saloperie, comme vous dites, d'il y a vingt ans. Je relève d'ailleurs que ce sont les mots exacts utilisés par votre père à l'époque.

— Et alors ? s'exclama Milesi en ricanant, vous en avez d'autres pour qualifier cette monstruosité ?

Le Goff poursuivit sans répondre.

— Palombi, Portal et d'autres ont tenu dans l'affaire un rôle majeur. C'est un sacré mobile pour ceux qui voudraient venger votre père.

— Vingt ans après, c'est une plaisanterie ! lâcha Hugo qui avait l'air sincèrement stupéfait.

Imperturbable, le patron de la crim' continua.

— Vous faisiez quoi, monsieur Milesi, dans la nuit du 22 au 23 septembre et dans les jours qui ont précédé ?

— Mais vous êtes sérieux ? Vous laissez entendre que j'aurais pu tuer ce flic à la retraite et le patron de Globe Info dont, entre nous, je ne vois pas le rapport avec l'affaire de mon père. C'est grotesque.

— C'est à nous d'en juger.

Dubosc qui jusqu'alors était resté silencieux, debout aux côtés du patron, prit un fauteuil et s'approcha de Milesi. Le fixant du regard, il martela ses mots.

— Grotesque ou non, vous n'avez pas répondu.

— J'étais aux États-Unis avec ma femme. Elle avait des rendez-vous professionnels à Philadelphie, nous en avons profité pour passer quelques jours chez des amis à Boston. Vous pouvez vérifier.

— Et vous êtes retourné à Lyon récemment ?

— Ni moi ni ma sœur n'y sommes retournés depuis la mort de notre mère. D'ailleurs, nous avons vendu la maison familiale.

Après cinq heures d'interrogatoire, les deux policiers comprirent qu'ils n'obtiendraient rien de plus. La voix de Hugo avait été enregistrée et serait comparée au message robotisé adressé à Plochin et à Le Goff. Le tueur n'avait jamais pris le risque de laisser une trace manuscrite mais ils lui demandèrent malgré tout d'écrire quelques lignes. Il avait l'écriture de son physique. Droite et élégante. Et coucha sur le papier des mots faits pour troubler : *ce je-ne-sais-quoi et ce presque rien qui depuis vingt ans me rongent*. Hugo s'amusa de l'étonnement de Le Goff et se leva en assurant qu'il n'avait pas l'intention de quitter la capitale.

— Ça vous évite de me demander d'y rester, dit-il en souriant. De toute façon, vous ne trouverez rien. Un seul pouvait avoir un désir de vengeance. Mon père. Et il est mort depuis vingt ans.

— Pensez ce que vous voulez, monsieur Milesi, et laissez-nous faire notre travail.

Lui prenant la main qu'Hugo ne tendait pas, Le Goff ouvrit la porte en lui soufflant à l'oreille :

— À bientôt peut-être, monsieur Milesi.

Dubosc, qui l'avait entendu, s'affala sur le canapé une fois la porte refermée.

— À quoi tu joues ? On va vérifier, mais je suis sûr qu'il dit la vérité.

— À lui faire peur. S'il a menti, il fera un jour ou l'autre une connerie, on ne le ratera pas.

L'après-midi fut très différent. Marie Milesi avança des alibis aisément vérifiables et fut aussi prolixe que son frère avait été mutique. Contrairement à Hugo qui semblait soucieux de protéger son image de clone, elle ne cacha pas en avoir voulu à son père de les avoir abandonnés en se donnant la mort. Elle avait vécu longtemps dans la honte de ce qui n'était pour elle qu'une fuite lâche et égoïste. Avec sa fille, le père aimant n'était qu'un père à éclipse et peu disert sur son passé. À l'entendre, homme aux mille vies, Édouard Milesi avait surjoué la comédie d'un bonheur familial qui masquait mal les regrets d'un passé moins tranquille. Hugo admirait la puissance du père, héros fantasmé d'une histoire tragique, Marie l'avait aimé différemment. À distance. Percevant chez lui la nostalgie d'un ailleurs ancien. En lui demandant de se soumettre à l'enregistrement de sa voix, les deux policiers savaient déjà que l'exercice était inutile. La jeune femme ne mentait pas. Hugo non plus.

— Mauvaise pioche, se contenta de commenter Sébastien Dubosc. Il va falloir qu'on trouve rapidement parce que sinon Rossel ne va pas…

Il s'interrompit brutalement.

— … ne va pas quoi ? enchaîna Le Goff.

Son numéro 2 ne répondait plus. Penché sur la table où étaient encore éparpillés les documents photocopiés la veille, il ne lâchait plus du regard une photo qui s'était glissée sous un procès-verbal d'audition.

— Ne va pas quoi ? redemanda Gabriel.

Sans répondre, Dubosc s'avança vers le bureau, le cliché à la main. Il ne le quittait pas des yeux. La photo était belle. On y voyait Milesi entouré des stagiaires qui préparaient le 20 heures. La plupart des textes, lus au prompteur par le présentateur vedette, étaient écrits par ces jeunes gens qui vivaient dans l'espoir d'un mot de reconnaissance ou de félicitation du journaliste. Milesi avait ses préférences et il n'était pas rare que l'une ou l'autre de ses stagiaires soit choisie pour assurer la soirée amoureuse du boss. L'aventure d'un soir pouvait durer quelques semaines ou s'achever par une rapide répudiation qui valait licenciement. Un classique particulièrement prisé dans les médias.

— Regarde cette fille, dit enfin Sébastien. Les cheveux noir de jais et les yeux si clairs qu'ils semblent incolores. Ce sourire d'ange et ce menton qui dit l'inverse. On l'a déjà vue quelque part.

Le Goff avait pris la photo des mains de son adjoint. Trois garçons et quatre filles un soir de printemps. Milesi tenait deux d'entre elles par les épaules. Celle qui était à sa gauche était si proche du patron que son visage effleurait l'épaule du grand homme. C'était charmant et sans signification. Le cliché était daté : 17 mai 1984.

— Tu as vu la date ? Près de quarante ans. Nous n'étions même pas flics à l'époque. Ton imagination t'égare, Sébastien.

— Je t'assure, on a croisé cette fille. Elle doit avoir une soixantaine d'années mais les marques du temps ne changent pas le regard.

Le Goff avait rendez-vous avec Marc Plochin. Le patron de Médias 24 l'avait appelé peu avant que ne commence l'interrogatoire de Marie. Au téléphone, la grande gueule n'avait laissé entendre qu'un filet de voix fébrile et inquiet. Le même que lors de leur rencontre au Basile avant qu'il ne se fasse agresser.

Chapitre 24

Gabriel Le Goff n'avait pas attendu que Plochin soit assis dans l'un des fauteuils qui faisaient face aux deux grandes fenêtres du salon pour l'agresser.

— J'ai accepté de vous voir pour ne pas être accusé de non-assistance à personne en danger, dit-il sans ironie. C'était quoi cette voix au téléphone ? J'imagine la tête de vos fans découvrant leur idole apeurée et tremblante. Vous êtes très fort pour faire le mariolle sur les plateaux mais dans la vraie vie, c'est autre chose. Sans cape ni masque, Zorro n'est plus qu'un pauvre type qui vient pleurer sur l'épaule du premier flic venu.

— Vous n'êtes pas n'importe quel flic, murmura d'une voix à peine audible le patron de Médias 24 qui avait encaissé sans broncher.

Et il sortit de sa poche un papier d'emballage plié en quatre.

— Ça recommence, dit-il en tendant le papier froissé à Le Goff. C'était sur mon bureau ce matin.

Pas d'enveloppe, pas de lieu d'expédition. Et évidemment pas de signature. L'auteur avait soigneusement découpé la presse. Pour chaque mot un journal différent. Et une mise à mort annoncée.

Tu vas mourir comme les trois autres. Cette fois, tu ne m'échapperas pas. Tes gardes-chiourmes ne peuvent plus rien pour toi.

— Je le garde, dit Le Goff en repliant le papier. On va vous trouver une planque, discrètement protégée. Si le tueur veut votre peau, il finira par sortir du bois.

— Vous ne pensez quand même pas que je vais vous servir d'appât ?

— Vous n'avez pas le choix, Plochin. C'est ça ou vous vous faites trucider au coin d'une rue. C'est ce que vous voulez ?

— Évidemment non. Vous permettez ?

La bouteille de Chivas dont le journaliste avait abusé quelques jours auparavant était restée sur la table basse. Plochin remplit son verre au-delà du raisonnable et le but cul sec avant d'enchaîner d'une voix hésitante :

— Je ne vous ai pas tout dit la dernière fois que nous nous sommes vus. Avant d'arriver chez vous, j'avais reçu une lettre postée de Belgique. C'est elle qui m'a mis sur la piste de Milesi. Ça n'était pas un courrier de menaces, plutôt un réquisitoire.

Plochin posa la lettre sur la table en se servant un nouveau verre. À la vue du courrier, Le Goff resta un instant silencieux avant de s'écrier :

— Mais vous êtes malade, Plochin ! Pour la première fois, on a l'écriture du tueur, et vous gardez ça pour vous ? Bon Dieu, pourquoi ?

— Parce que ce jour-là, j'ai compris.

Renversé dans le fauteuil, les yeux à demi fermés, Marc se repassait le film de l'affaire Milesi, la chasse au scoop qui avait transformé les plus raisonnables en fauves jamais rassasiés, des semaines de rumeurs colportées sans vérification. Flics, politiques, prostituées, travestis, un cocktail détonant à consommer sans modération. Les suceurs de sang étaient à l'œuvre. La folie s'était glissée dans les moindres replis de la couverture médiatique avec en tête de gondole les parangons de vertu journalistique devenus pour l'occasion les télégraphistes d'une mise à mort programmée. Après le suicide de l'innocent, ce fut le silence. Non du respect mais de la honte. Vite oubliée. Rapidement couverte par d'autres bruits, d'autres scoops eux-mêmes vérités d'un jour, erreurs du lendemain. À ce jeu, les pionniers étaient nombreux. *C'est arrivé demain* ne datait pas d'hier. Mais la jeune Globe Info de Bourdarias avec ses *fake news* relayées par toutes les chaînes avait fait particulièrement fort et Plochin à la tête du *Grand Quotidien du soir* également. Champion hors catégorie du reportage imaginaire, il avait publié quelques jours après le début de l'affaire un article décrivant, avec une précision qui relevait de la photographie, les installations sadomasochistes, instruments des plaisirs pervers de l'ancien maire de Lyon. Chaque jour, le journal de Plochin enfouissait un peu plus l'honneur perdu de Milesi dans les combles de ce lieu qui n'avait jamais existé.

— Vous avez compris quoi ? répéta Le Goff qui n'avait pas l'intention de laisser Plochin s'assoupir dans son fauteuil.

— Pour quelles raisons j'étais dans le viseur du tueur. J'ai déconné dans l'affaire Milesi.

— Mais vous n'êtes pas le seul.

— Non, mais plus que les autres. Mis à part Bourdarias, mais il a déjà payé !

Gabriel appela Dubosc. En matière de planque, la P.J. était plutôt démunie, les services de renseignement en regorgeaient. Des appartements en ville, des maisons isolées, faciles à protéger. Le numéro 2 avait l'embarras du choix. Un trois-pièces, boulevard Richard-Lenoir, fit l'affaire. Une seule entrée dans l'immeuble et deux appartements par étage. Plochin occupait la chambre, deux flics campaient dans le salon.

— Si le tueur arrive à vous fixer et tente quoi que ce soit, il est mort, dit Le Goff avant de le remettre entre les mains des policiers chargés de le protéger. Mais on va le trouver, ajouta-t-il en le poussant vers le palier. Et bien évidemment pas de téléphone !

La porte à peine refermée, il tendit la lettre à Dubosc. Sébastien proposa de faire analyser le courrier dès l'ouverture du laboratoire mais les deux policiers n'en attendaient pas grand-chose. *Les morts-vivants ne vous saluent pas*. Si le tueur avait pris le risque d'écrire ces mots à la main, c'est qu'il se savait introuvable dans les fichiers de la police.

— Et dans ce cas, conclut Dubosc, autant chercher une aiguille dans une botte de foin.

— Mais non, s'agaça Le Goff, la botte de foin se réduit à l'entourage de Milesi. Ses confrères journalistes, son entourage à la mairie et à la Cour des comptes, ses amis politiques et ses ennemis, des cousins peut-être, des proches de sa femme. C'est parmi ceux-là qu'il faut chercher. Nos gars tournent en rond depuis un mois et demi, c'est le moment d'embrayer. Tu ne les lâches plus. Jour et nuit. On creuse, on fouille et on trouve.

Les premiers contactés furent les anciens du conseil municipal. Milesi, mari modèle, père attentif, maire apprécié, à les entendre, un homme presque parfait, lisse et sans ennemi. Tous furent soumis à un exercice d'écriture comparée. Négatif. Les enfants furent convoqués ensemble au Bastion. Ils écrivirent la phrase une dizaine de fois. Sur des papiers différents, avec plusieurs stylos, des mines et des feutres de toutes les couleurs. Négatif. En revanche, ils se souvenaient de quelques amis de leur père. La plupart avaient travaillé à la télévision. Dubosc leur montra la photo du présentateur entouré de son équipe. Mais ceux-là ne leur disaient rien. La jeune fille qui semblait proche de Milesi ? Non, son visage leur était inconnu. La plupart qui avaient connu leur quart d'heure de notoriété avaient été emportés depuis longtemps par la grande faucheuse médiatique. Seuls quelques-uns avaient survécu, dont un lointain successeur de Milesi. Il venait de quitter la scène et fut aisé à retrouver.

Pierre Montaigne avait occupé près de quinze ans le fauteuil du 20 heures. Les Français l'aimaient bien mais rien à voir avec les passions irraisonnées suscitées par Édouard. Montaigne était retourné chez lui à Anglet, aux portes de Biarritz. L'ex-journaliste croisait souvent Bourdarias qui venait en voisin. Les dernières années, leurs rencontres se limitaient à un salut distant depuis que le patron de Globe Info avait assuré que sa seule ambition était de réduire à presque rien l'audience des 20 heures. Trois ans plus tard,

Justine Berger et son 18/20 faisait vaciller chaque soir la grand-messe.

Le Goff et Dubosc, eux aussi, avaient abandonné les chaînes généralistes et pris la poudre d'escampette depuis longtemps. Ils s'agaçaient des chaînes d'info mais les consommaient régulièrement et les utilisaient chaque fois que nécessaire. C'est dire s'ils avaient peu regardé Montaigne mais se souvenaient de Milesi. Dans l'avion qui les emmenait à Biarritz, les deux policiers échangèrent leurs souvenirs de gamins. Les parents qui imposaient le silence à l'heure du journal, Mitterrand en 1981 : « Je mesure le poids de l'histoire, sa rigueur, sa grandeur », la guerre du Golfe et l'armada de journalistes convergeant vers Riyad en 1991, la traversée de Paris avec Chirac, la tristesse planétaire à la mort d'une princesse, la joie nationale un 12 juillet 1998, une tempête inédite l'année d'après, des tours qui s'effondrent et le monde qui tremble, Bagdad en 2003, Sarkozy au Palais des congrès, Royal à Charléty... En égrenant l'histoire du 20 heures, Le Goff et Dubosc déroulaient la leur.

Pierre Montaigne leur avait donné rendez-vous au Seven, sur la plage des Sables d'Or. Malgré un vent fort qui balayait la mer et faisait danser les nuages dans un pas de deux grisonnant, les surfeurs étaient nombreux, se jouant des vagues dans un ballet désordonné. En combinaison noire et la planche sous le bras, Montaigne passa devant les deux policiers sans les voir. L'homme avait encore fière allure malgré une soixantaine largement consommée. Marin averti, amateur de régates, il n'avait jamais cessé d'affronter l'océan.

Docksides aux pieds, pantalon crème et chemise noire, il rejoignit dix minutes plus tard les patrons de la crim'. Il avait l'air heureux.

— Excusez-moi, dit-il en s'asseyant, mais vous avez vu la mer, un temps idéal pour le surf. Un peu moins, je le reconnais, pour ceux qui restent à quai.

Les deux flics acquiescèrent en souriant. Montaigne était sympathique et volubile. Il disait ne pas avoir regretté le journal, voué selon lui à une mort lente.

— Cinq ans, dix ans, peu importe, les portables et les informations à toute heure, les directs à volonté, jetant par-dessus bord hiérarchie et vérifications, les alertes qui claquent à chaque instant comme le métronome de nos vies, si vous ajoutez les familles où chacun vit dans sa bulle et des jeunes, incrédules, vous avez tous les ingrédients qui contribuent à la décomposition progressive du paysage audiovisuel.

Gabriel et Sébastien se gardèrent de commenter. Plus intéressés par le passé de Milesi que par le futur d'un monde qui n'était pas le leur, ils allaient lui demander de raconter sa propre histoire quand les trois furent interrompus par le maître d'hôtel venu leur présenter le poisson commandé. Un bar de deux kilos pêché le matin même. Avec un léger filet d'huile d'olive, une merveille. Va pour le bar et sa garniture de petits légumes. Montaigne pouvait reprendre. Il raconta d'abord ce que les flics savaient déjà. Milesi plus star que présentateur, entouré d'une cohorte de stagiaires, filles ou garçons, ses groupies piétinant des heures pour une photo, ses amantes d'un soir et ses liaisons qui ne duraient que le temps d'une couverture de magazine. Milesi, un journaliste sans prédécesseur ni successeur, talentueux, maintes fois primé pour son courage sur les terrains les plus dangereux, adulé par presque tous et jalousé par quelques-uns. Montaigne était intarissable. Les deux autres avaient fini de déjeuner alors qu'ils n'avaient pas encore goûté le bar, au grand dam du maître d'hôtel qui s'inquiétait pour son poisson. Oui, trois cafés, ce serait très bien. Et il poursuivit.

— Édouard a quitté le journalisme et ses chemins de traverse sans se retourner. Il a épousé la politique et une femme qui n'était pas de notre monde. Je ne l'ai guère revu ensuite jusqu'à cette horrible affaire qui l'a emporté. Pas un instant je n'ai cru à ces histoires et je suis venu le lui dire dans son bureau de la Cour des comptes. À plusieurs reprises, je l'ai vu pleurer d'impuissance face à cette vague scélérate. C'était un type bien.

— Mais, s'étonna Le Goff, vous étiez journaliste à l'époque, vous auriez pu intervenir dans votre rédaction.

— J'ai essayé plusieurs fois mais vous n'imaginez pas la folie irrationnelle qui s'était emparée des rédactions. Les reporters sur le terrain, manipulés par Palombi et ses hommes, abandonnaient toute prudence pour marquer le point décisif dans la chasse au scoop. Et leurs patrons trop heureux d'une ouverture ou d'un titre de une qui obligerait leurs concurrents à mettre un genou à terre. Pendant des semaines, les passions déraisonnables ont piétiné les fondamentaux de notre métier. C'est ça la vérité, celle qui a tué et qui parfois tue encore. Parce que le pire est là. Rien ne sert à rien. Aucune leçon n'a été tirée de cette sordide affaire.

Pierre Montaigne se tut, se tournant vers l'horizon plongé dans la brume. Le soleil s'était couché avant l'heure et les surfeurs avaient déserté les vagues qui avaient pris les couleurs du ciel, grises et blanches d'écume. Dubosc et Le Goff avaient froid. Leur avion décollait en fin d'après-midi. Deux heures devant eux et encore beaucoup de choses à se dire, ils proposèrent à Montaigne de poursuivre leur conversation à l'intérieur. L'endroit était chaleureux et désert. Les deux policiers choisirent malgré tout une table à l'écart. Le patron, qui avait reconnu Le Goff, se précipita pour leur faire déguster son alcool maison, un mélange de plantes aromatiques sèches des Pyrénées et d'Orient. Montaigne déclina, Gabriel et Sébastien se laissèrent tenter. La première gorgée fut rude. Le journaliste, qui connaissait l'Izarra vert, leur expliqua que ce breuvage immuable depuis la première moitié du XIXe siècle était distillé avec de la menthe poivrée et un alcool à quarante-huit degrés.

— La tradition, dit en riant Montaigne, veut qu'on boive le verre cul sec.

Le Goff fit mine de ne pas entendre et sortit de sa poche la photo de Milesi et de son équipe. L'ancien journaliste ne cacha pas sa surprise :

— Où l'avez-vous trouvée ? Incroyable. C'est moi qui ai pris cette photo, je la croyais perdue depuis longtemps. Je les reconnais tous. La plupart ont quitté le métier.

Mais Le Goff ne lui laissa pas le temps de raconter les vies de ses anciens compagnons. Une seule l'intéressait.

— Cette jeune fille qui a l'air si proche de Milesi, qui est-ce ?

— Armelle Pelisson. C'était la plus talentueuse d'entre nous et la seule liaison durable d'Édouard avant son mariage. Armelle et Milesi ont vécu près de deux ans ensemble, jusqu'au jour où la jeune fille a découvert que son amant allait se marier avec une autre. Elle a quitté la chaîne. Et sans doute le métier. Tout ce que je sais, c'est qu'Édouard avait retrouvé sa trace des années plus tard. Elle était mariée et vivait à Lyon. Il n'a pas cherché à la revoir. C'est loin tout ça. Trente ans.

— Vous savez ce qu'elle est devenue ?

— Non, aucune idée.

Dehors, Le Goff et Dubosc furent saisis par une bruine légère et glacée.

— Le Pays basque ! s'esclaffa Dubosc en s'engouffrant dans la voiture.

Gabriel ne pensait à rien. L'avion était presque vide. Une dizaine de passagers tout au plus, qui somnolaient, bercés par le ronronnement des moteurs. Dans un demi-sommeil, le patron de la crim' entendait les chuchotements des hôtesses et les noms lancés à la volée : Rossel, Peretti, Bourdarias, Portal et le sien. La plus jeune l'avait reconnu et s'était approchée. Il sentait le souffle de la jeune femme sur son visage et crut même percevoir une main lui effleurer l'épaule. Elle murmurait plus qu'elle ne parlait. « Monsieur Le Goff, il faut en finir, les Français ont peur. Ce tueur en série, dites-nous que vous allez le retrouver. » Quand il ouvrit les yeux, les hôtesses parlaient fort et riaient. La plus jeune qui l'avait interpellé était passée indifférente dans la travée. Il avait sans doute rêvé mais elle avait raison. La police ridiculisée, le gouvernement malmené, les médias qui s'abreuvaient chaque jour des ratés de l'enquête, c'était insupportable. « *Les morts-vivants ne vous saluent pas.* » Le courrier reçu par Plochin n'avait pas parlé. Plus d'une centaine de proches de Milesi avaient été soumis à un comparatif graphologique, et toujours rien.

— Ça va ? Tu tiens le coup ? Parce que moi je suis au bord du vide.

Dubosc n'avait jamais vu Gabriel dans cet état. Le flic rugueux, sans états d'âme, était au bord du précipice. Trop de meurtres, d'enfants maltraités, de femmes humiliées et tabassées, de flics insultés, de voyous qui se jouent de la prison, d'escrocs en costume trois pièces, d'affaires non résolues. Une vie dans la fange et les bas-fonds. Tout ça pour ça ! Pour finir rincé et sans doute viré parce qu'un salopard courait toujours. Au moment où son adjoint allait lui répondre, Le Goff l'en empêcha d'un geste amical. Et fit comme s'il n'avait rien dit. Une phrase lancée à la volée, rien de grave, tout allait bien. Demain serait un autre jour.

Le patron de la crim' avait prévu de faire faire sa page d'écriture à Lemarchand, l'homme qui avait découvert le cadavre de Bourdarias, et Dubosc devait prendre le premier TGV pour Lyon. L'architecte s'était plié à l'exercice en maudissant à nouveau la police face à un Le Goff indifférent qui repartit bredouille. L'écriture de Lemarchand n'avait rien à voir avec celle du tueur. En revanche à Lyon, ce fut une tout autre histoire.

Chapitre 25

L'appartement puait le renfermé. Rien à voir avec le quatre-pièces élégant que Dubosc avait perquisitionné six semaines auparavant. Dès l'entrée, les roses rouges abandonnées dans une eau saumâtre dégageaient une odeur suffocante et marécageuse. Dans le salon, ouvert sur le parc qu'il avait admiré baigné de soleil, les stores étaient baissés et la lumière interdite. Un lit en bataille, un évier encombré de vaisselle, des revues éparpillées sur le sol, l'appartement semblait avoir été déserté, après le départ précipité de ses occupants. Pourtant, Patrice Legrand était bien là. À l'image de son capharnaüm, la barbe embroussaillée, la chemise défraîchie et le pantalon sans pli, il avait le regard vide des moribonds. Alice partie, prisonnier de ses amours défaites, il avait viré sa femme de ménage, obtenu un congé sans solde et s'était enfermé chez lui. Dubosc avait dû repousser des vêtements jetés en vrac sur le canapé pour s'asseoir enfin, après avoir ouvert les baies vitrées. Un air frais avait progressivement débarrassé la pièce de sa puanteur, remplacée par les effluves matinaux qu'exhalait le parc. Legrand raconta leur retour à Lyon après sa sortie de prison et le piège sur grand écran tendu par Justine Berger.

— Vous connaissez plus salope que cette fille ?

L'orage avait éclaté entre Alice et lui, à peine entrés dans l'appartement. Violent. Comme s'il couvait depuis des années. Au jeu mortel de l'amour et de la haine, la haine avait gagné. La jeune femme avait claqué la porte sans se retourner.

« *Les morts-vivants ne vous saluent pas.* » Dubosc dut expliquer. Legrand écrivit sans barguigner. Il savait qu'il n'avait rien à craindre. En tendant sa feuille au policier, il lui prit le bras et murmura, avant de se précipiter dans sa chambre :

— Vous croyez qu'elle va revenir ?

Il revint quelques instants plus tard avec la photo d'Alice.

— Elle est belle, n'est-ce pas ?

Dubosc était resté silencieux, s'efforçant de ne rien montrer. Les cheveux noir de jais, les yeux transparents, c'était elle la jeune fille penchée sur l'épaule d'Édouard Milesi. C'était la même. Comment avait-il pu oublier ce visage qu'il avait croisé une journée entière lors de la perquisition ? La photo fixe une réalité que le mouvement rend évanescent.

— Comment s'appelait votre femme avant d'être Mme Legrand ?

— Le Pelletier. Alice Le Pelletier, c'était le nom de sa mère et de son beau-père qui l'avait adoptée. Elle devait avoir deux ans lorsque les deux se sont mariés.

— Et le père d'Alice ?

— Elle m'a toujours dit qu'elle ne le connaissait pas.

— Le nom de jeune fille de votre belle-mère ?

— Je n'en sais rien mais ça ne doit pas être difficile à trouver. Pourquoi vous me posez toutes ces questions ?

— Parce que je suis sûr d'avoir vu la photo de votre femme dans d'autres circonstances.

Patrice Legrand était devenu fébrile.

— Ça veut dire que vous savez où elle est ?

— Non, ça n'a aucun rapport. Je parle d'un cliché ancien.

Dubosc était pressé de partir. La nervosité poisseuse de Legrand devenait gênante. Il s'en débarrassa en lui conseillant de cesser de jouer les SDF.

Assis sous l'un des grands cèdres du parc, il composa le numéro de Le Goff. Obsédé par l'idée qu'on puisse l'entendre, il murmurait plus qu'il ne parlait au point que le patron lui demanda de parler normalement avant d'éclater de rire. La photo d'Armelle Pelisson avait quarante ans, quel rapport avec Alice ?

— Et alors ? s'agaça Dubosc. Je te dis que ce sont les mêmes.

Il avait à peine raccroché que le nom de Stenbach s'inscrivit sur l'écran de son portable. Le journaliste de Globe Info venait aux nouvelles, il n'avait pas réussi à joindre Le Goff et le cabinet de la ministre l'avait renvoyé sur le Bastion. Stenbach n'avait pas apprécié d'être baladé comme un vulgaire stagiaire. Il le dit sans détour à Dubosc, le menaçant d'un papier incendiaire dans l'émission de Justine Berger.

— Que voulez-vous que ça me fasse ? répliqua sèchement le numéro 2 de la crim'. Cela fait des semaines que vous nous crachez dessus. Il a fallu des années pour arrêter Guy Georges, Fourniret et les autres, mais à l'époque il n'y avait pas de chaînes d'info pour exiger des arrestations minute. Cela fait à peine six semaines que Bourdarias a été assassiné et croyez-moi, nous avançons vite. Alors foutez-nous la paix et faites votre métier. Le jour où vos chaînes cesseront d'être des centres d'accueil pour frustrés, on acceptera de revenir sur vos plateaux. D'ici là, continuez de raconter n'importe quoi. Nous, pendant ce temps-là, on bosse.

Et il raccrocha.

Avant de quitter le parc, Sébastien leva les yeux. Les baies vitrées de Legrand étaient restées ouvertes. « Mon passage lui aura au moins servi à quelque chose », se dit-il en regardant l'heure. Rien ne pressait, les services de la mairie n'ouvraient qu'à 14 heures. Il partit à la découverte de la ville et se perdit dans le Vieux Lyon, goûtant l'ivresse de l'Italie aux portes du Nord, cheminant parmi les bâtisses multicolores en bord de Saône, traversant à grands pas des traboules protégeant mille secrets. On disait Lyon cadenassée, il la découvrait à ciel ouvert, belle et mystérieuse.

L'officier d'état civil qu'il avait appelé avant le déjeuner l'attendait au pied de l'hôtel de ville. Dans une chemise soigneusement ficelée, il y avait tout ce qu'il cherchait. Alice Le Pelletier était née en 1986, de père inconnu et d'Armelle Pelisson. Elle avait été adoptée par Albert Le Pelletier six mois après le mariage de ce dernier avec Armelle, en novembre 1988. Bingo. Assis sur les marches de la mairie, Dubosc jubilait. Il ne s'agissait pas d'une ressemblance banale, Alice était le sosie de sa mère. Il appela Le Goff.

— Tu as vu la photo ?

— Oui, la ressemblance est troublante.

— Et pour cause, lâcha Dubosc assuré de son effet, c'est sa fille.

Au téléphone, le numéro 2 n'entendait plus que le souffle de son patron.

— Tu m'as compris ? C'est sa fille.

— Tu en es sûr ? bredouilla Le Goff.

— J'ai sa fiche d'état civil sous les yeux : Alice Le Pelletier, épouse Legrand, fille d'Armelle Pelisson et de père inconnu.

Dubosc exultait.

— On va l'interroger, enchaîna Le Goff. Retourne chez les Legrand.

— Inutile. Elle ne vit plus avec son mari. Le pauvre bougre n'a plus aucune nouvelle. Partie sans laisser d'adresse. Volatilisée.

— Ça n'est pas possible, s'énerva Gabriel, il suffit d'aller au barreau de Lyon, ils savent forcément où elle est.

— À cette heure, il n'y a plus personne, ça peut attendre demain.

— Ça ne devrait pas, répondit en riant Le Goff, mais bon… Good job, Sébastien, good job. Profite.

Le compliment était suffisamment rare pour que Dubosc casse sa tirelire et troque une demi-paie contre une soirée jubilatoire. Il choisit l'un des meilleurs hôtels de la ville et se fit recommander un restaurant. Le réceptionniste avait assuré. Carrelage noir et blanc au sol, sièges de velours rouge, Le Bistrot de Lyon était une valeur sûre. Et pas seulement pour le décor et la cuisine. Dubosc n'était pas resté longtemps seul. Au premier plat, deux couples voisins lui avaient proposé de rapprocher les tables, bientôt rejoints par une

Anglaise qui trouvait l'endroit « super typical ». À l'invitation du policier, la bande d'un soir se retrouva un peu plus tard entre ciel et terre, dans un bar perché sur le toit de son hôtel. Le Rhône serpentait à leurs pieds et le chapeau lumineux d'une tour qui leur faisait face veillait sur la ville endormie. Au prix d'une quantité déraisonnable de piña coladas et de soupe de champagne, oubliés Alice, Bourdarias, Palombi et les autres. Les mains s'effleuraient, les visages se rapprochaient. La jeune femme arrivée le matin même de Londres ignorait tout de Sébastien et n'avait pas cherché à savoir. Les rencontres d'un soir sont toujours surprenantes, fades ou joyeuses. Celle-ci fut gaie et prometteuse.

Réveillé, le jour à peine levé, Dubosc n'avait pas vraiment dormi mais, privilège de l'âge, la nuit n'avait guère laissé de traces. Au siège du barreau, le policier dut patienter une bonne heure avant d'être reçu par l'un des secrétaires du Conseil de l'ordre. L'avocat, qui manifestement n'aimait pas les flics, confirma qu'Alice n'exerçait plus à Lyon et rechigna longtemps avant de lui donner ce qu'il attendait. La jeune femme s'était installée à Nice. Dubosc appela Le Goff. Les deux convinrent de s'y retrouver en fin d'après-midi. Au bar du Méridien, à deux pas du palais de justice.

Le patron de la crim' n'était pas revenu à Nice depuis la mort de ses grands-parents maternels mais la ville lui était familière. Le golfe de Saint-Tropez, la baie de Cannes, le cap d'Antibes, il avait appris la géographie des bords de Méditerranée, le nez collé au hublot. Plus de tuiles et moins de pins parasols, les collines mitées par un urbanisme fou avaient défiguré le bord de mer, mais vu du ciel, rien n'avait changé. À l'approche de l'aéroport, alors que l'ombre de l'avion glissait sur la baie des Anges, il aperçut les fauteuils bleus de la Promenade et crut voir la photo jaunie de son grand-père et de ce groupe d'amis du bout de la vie qui lui contaient l'innommable. L'histoire de ces jeunes garçons nés juifs à Salonique, immigrés en France, morts en sursis, revenus des camps dont on ne revenait pas.

Arrivé à Nice, Le Goff hésita à se perdre dans les rues de la Vieille Ville mais choisit d'attendre Dubosc au bar de l'hôtel. De l'autre côté des baies vitrées, il plongeait dans le square Albert-Ier dont les arbres immenses avaient abrité ses premiers flirts.

La demie venait de sonner à la basilique Notre-Dame-de-l'Assomption quand le bâtonnier vint à la rencontre des deux policiers. L'homme, jovial et bavard, s'enquit de la vie à la capitale et embraya sur les meurtres en série.

— Quelle histoire ! Mais ici ça n'émeut pas beaucoup, il est vrai que la région a suffisamment à faire avec ses propres crimes ! dit-il en s'esclaffant.

Gabriel enchaîna, sans commenter :

— Une jeune avocate venue de Lyon, Alice Le Pelletier, s'est récemment inscrite au barreau de Nice. Nous souhaitons la retrouver et l'interroger.

— Vous la soupçonnez de quoi ?

— Mais de rien pour l'instant, s'empressa de répondre Dubosc, on a juste besoin de vérifier deux ou trois choses.

— Ah bon ! Deux ou trois choses… ça veut dire quoi ?

L'avocat avait changé de ton, rappelant à ses interlocuteurs que le barreau était toujours réticent à livrer l'un des siens à la police. Et se lança dans une longue tirade sur le secret professionnel.

Le Goff évita une passe d'armes qui aurait pu tourner à son désavantage en soulignant qu'il ne s'agissait pas de l'affaire Le Pelletier mais des crimes d'un tueur en série. Le bâtonnier continuait de maugréer mais d'un geste théâtral, il arracha la feuille d'un bloc et griffonna l'adresse.

En sortant du palais, Dubosc s'inquiéta du fait que le bâtonnier alerte Alice, Le Goff le rassura. L'homme était suffisamment expérimenté pour savoir que la fuite serait immédiatement identifiée. Et il entraîna son adjoint vers le port. La soirée entre les deux hommes fut amicale et le patron de la crim', généralement avare de confidences, conta jusqu'au creux de la nuit ses secrets de famille.

À l'heure où la ville endormie ne bruisse que du clapotis léger de la Méditerranée, Gabriel finit par planter Sébastien pour marcher sur les galets de son adolescence. Le casino venait de fermer ses portes derrière un groupe d'habitués qui riaient de leurs poches vides, et sur la Promenade, débarrassée de ses derniers fêtards, ne restait plus que l'armée de ses ombres familières, aimantes et bavardes qui l'escortaient depuis son arrivée. Le policier n'avait pas sommeil, il rentra se coucher par nécessité plus que par besoin et se réveilla avant l'aube.

Alice habitait un deux-pièces sans charme, dans le quartier de Magnan. Rien à voir avec le Parc, mais l'endroit lui convenait. Partie sans retour, elle s'était d'abord préoccupée de sa survie professionnelle. Elle connaissait peu Nice mais y avait été heureuse avec son père. Suffisant pour la convaincre de s'y installer.

Armelle et Alice, quand l'avocate ouvrit la porte, Le Goff fut saisi par la ressemblance. La beauté de l'une n'avait d'égale que la grâce de l'autre. Les cheveux, les yeux, la bouche, Alice semblait surgir d'un papier glacé. La jeune femme reconnut Dubosc à l'instant où elle l'aperçut, à demi caché derrière le patron de la crim'. En s'excusant pour cette visite imprévue, ils n'attendirent pas qu'Alice le leur propose pour entrer dans l'appartement. Un meublé impersonnel qui n'avait d'autre mérite qu'un balcon sur la mer. À peine assis face à la baie des Anges, Le Goff raconta l'enquête, suffisamment vite pour ne pas être interrompu. Bourdarias, Palombi, Portal, Plochin, les témoins interpellés, les suspects disculpés, jusqu'à Patrice Legrand incarcéré à la Santé. Alice, qui connaissait tout de l'affaire, le coupa sèchement.

— Je ne vois pas en quoi cela me concerne.

— J'allais y venir. Mais auparavant, nous voudrions vérifier que Pelisson est bien le nom de jeune fille de votre mère.

Au nom de Pelisson, Alice ne put s'empêcher d'avoir un léger mouvement de recul, avant de se ressaisir.

— Oui, jusqu'à son mariage avec mon père, Me Le Pelletier. C'est lui qui m'a donné envie de faire ce métier.

— C'est votre père ou votre père adoptif ? lâcha Le Goff en fixant Alice.

Pour la deuxième fois, la jeune femme parut un instant décontenancée avant de répondre froidement :

— Il m'a adoptée quand j'avais deux ans. Je n'ai jamais eu d'autre père, je ne sais rien de celui que l'on dit biologique. Et puis quelle importance, dit-elle agacée.

— En fouillant dans le passé de Milesi, expliqua Dubosc, nous avons découvert qu'il avait dans son équipe une journaliste qui s'appelait Armelle Pelisson. C'est bien votre mère, n'est-ce pas ?

Et sans attendre, il enchaîna :

— Nous savons qu'avant son mariage, Milesi avait eu une aventure longue et passionnée avec Mlle Pelisson.

Alice fixait Dubosc. Froide et hostile.

— Ma mère m'a toujours fait comprendre que son passé lui appartenait et qu'elle n'avait pas à m'en rendre compte. J'ai appris tardivement que mon père n'était pas mon père.

Elle ouvrit la baie vitrée ; le bruit incessant des avions, étouffant le chant des mouettes, couvrait leurs voix.

— Excusez-moi, dit-elle en criant presque, mais j'ai un rendez-vous au palais à midi, je pense que nous nous sommes tout dit.

— Je pense, répondit Le Goff sur un ton plus aimable, mais nous nous permettrons éventuellement de vous rappeler.

Les deux policiers décidèrent de rentrer à pied à l'hôtel. Sur la promenade, les ombres familières continuaient d'accompagner Le Goff. *Ne rien lâcher*. Dubosc éclata de rire.

— Tu parles tout seul ?

— Non, enfin peut-être. Qu'est-ce que j'ai dit ?

— Qu'il ne fallait rien lâcher.

— Oui, enfin... c'est Alice qu'il ne faut pas lâcher.

Les deux flics avaient vu l'avocate déstabilisée, puis furieuse lorsque le numéro 2 de la crim' avait évoqué la liaison de sa mère avec Édouard Milesi. La jeune femme en savait sans doute plus qu'elle n'avait dit.

Le Goff rentra à Paris, Dubosc resta à Nice, le temps d'une filature qui lui rappelait ses débuts de flic. Mais celle-ci fut plus compliquée qu'il ne l'avait imaginée. Alice sortait peu de chez elle. C'est seulement au bout du troisième jour que l'occasion se présenta. Le soleil était encore chaud, presque estival, les terrasses de la place Garibaldi noires de monde. Alice n'avait plus rien à voir avec la femme sombre et fébrile que Dubosc avait interrogée trois jours plus tôt. En jupe longue et légère, chemisier de soie largement échancré, elle souriait à l'homme qui lui faisait face. Elle avait l'air heureuse. Des baisers légers, des caresses furtives, Alice avait un amant. La terrasse avait été désertée depuis longtemps lorsque le couple se leva enfin. Dubosc se précipita sur la table avant que le serveur ne débarrasse. De peur de se tromper, il prit les deux fourchettes qui traînaient encore dans les assiettes vides. Dubosc avait perdu de vue Alice et son compagnon mais il avait ce qu'il voulait. Précieusement enfermés dans des pochettes plastique, les couverts allaient parler.

À Paris, le laboratoire mit moins d'une journée pour livrer un résultat sans appel. Sébastien avait raison : Alice Pelisson, devenue Le Pelletier, aurait dû s'appeler Milesi.

Chapitre 26

Bernard Lantier était amoureux d'Alice depuis les années de fac. Elle l'aimait bien mais la bonne société s'accommodait mal de ce garçon d'origine modeste, mal fringué et féru de musique de banlieue. Alice s'était éloignée au profit d'un jeune homme rencontré sur les pistes de Méribel. Patrice Legrand avait du charme et fut vite adoubé par la famille. Il avait fait l'affaire. Jusqu'à ce que la jeune femme se lasse de cette vie rythmée au métronome de la banalité. Les fins de semaine et les absences régulières de son mari avaient fait le reste.

Après avoir endossé sa robe d'avocat, Lantier avait quitté les pentes de la Croix-Rousse pour les odeurs ensoleillées du vieux port niçois. Son départ eût été sans retour s'il n'y avait eu cet appel d'Alice. Cela faisait plus de deux ans que les week-ends révolutionnaires de Patrice Legrand laissaient libre cours à la sensualité de sa femme. Elle retrouvait son amant dans un luxueux hôtel de la Vieille Ville. Alice avait découvert avec Bernard le plaisir décuplé des moments volés et l'abandon impudique d'un secret assumé. Chaque week-end, la séparation d'avec Bernard devenait plus difficile. Elle l'avait rejoint à Nice, sans remords ni regrets. Quand elle reçut le papier, elle était seule chez elle et signa le recommandé sans prendre garde à l'en-tête :

Préfecture de police – Police judiciaire.

Le courrier était daté du 5 novembre.

Objet : affaires jointes Bourdarias – Palombi – Portal.

Madame,

Vous êtes convoquée en audition libre à titre de témoin dans les affaires désignées ci-dessus, jeudi 9 novembre à 10 heures, 36 rue du Bastion à Paris XVIIe.

Si, pour une raison impérative, vous ne pouvez répondre à cette convocation, merci d'appeler au 01 53 71 53 71.

Alice avait décacheté le courrier d'un geste léger et machinal. Elle dut rapidement s'asseoir pour éviter que ses jambes ne se dérobent. Cette convocation n'avait pas de sens. Elle avait déjà tout dit. C'est ce qu'elle répéta au téléphone à Le Goff qui l'écouta sans broncher, se contentant de confirmer qu'il l'attendait à la date précisée dans le courrier. Furieuse, elle ouvrit la baie vitrée. Un vent du sud encore chaud et sec s'engouffra dans la pièce et fit voler la convocation. Elle s'accouda au balcon et essaya de compter les mouettes qui, par grappes, balayaient la mer. L'exercice était stupide et impossible mais il avait la vertu de calmer sa mauvaise humeur. Elle finit par ramasser le courrier et appela son amant. Alice conta à Lantier la visite des deux policiers, leurs questions insistantes sur sa famille, leur conviction qu'il y avait un rapport entre les affaires pour lesquelles elle était convoquée et Milesi qui aurait eu une aventure avec sa mère.

— Et alors ? se contenta de commenter Bernard Lantier, agacé que sa maîtresse lui ait caché la visite des deux flics.

— Tu m'accompagneras ?

— À Paris ? Si tu veux, mais pas à la P.J. Pourquoi serais-tu accompagnée d'un avocat ? Les flics trouveraient cela étrange.

Ce soir-là, Bernard eut beau être tendre et attentif, elle était ailleurs. À Paris déjà. La semaine fut difficile et tendue. Dans l'avion, elle ne desserra pas les dents et s'endormit à l'hôtel sans répondre aux sollicitations de son amant.

Le chauffeur de taxi la regardait dans le rétroviseur, fasciné par les yeux transparents de la jeune femme. Habillée d'un tailleur-pantalon, elle avait opté pour une sobre élégance et l'homme qui la conduisait au Bastion se demandait ce qu'une aussi jolie fille pouvait aller faire dans cet antre de flics et de malfrats. Mais Alice n'était pas d'humeur à échanger sur la couleur du ciel et le chauffeur l'avait vite compris. Il se tut jusqu'à ce qu'il la salue au pied du 36, d'un « bon courage » mi-ironique, mi-affectueux.

Le Goff avait choisi de l'accueillir dans son bureau plutôt que dans la salle d'interrogatoire. Même s'il était persuadé qu'Alice n'avait pas tout dit, il n'avait pas de raison de la traiter comme une suspecte. Dubosc venait de le rejoindre lorsqu'un policier qui attendait la jeune femme dans le hall la fit entrer. Le patron de la crim' leur proposa de s'asseoir dans les canapés et s'enquit de ce que souhaitait boire la jeune femme. Alice déclina sèchement. Le Goff se garda de relever le ton désagréable et commença.

— Madame, nous avons vérifié l'identité de votre père.

Elle l'interrompit plus froidement encore.

— Vous m'avez fait venir à Paris pour ça ? Parce que Me Le Pelletier, je connais. Et vous aussi.

— Ne faites pas semblant d'ignorer ce que vous savez. Le Pelletier n'est pas votre père. Vous êtes la fille d'Édouard Milesi, madame Legrand.

Alice, devenue livide, ne savait plus quoi penser et ne pensait rien. Les mots bataillaient dans sa tête, incohérents et dénués de sens.

— Vous avez entendu le commissaire, enchaîna Dubosc. Édouard Milesi est votre père, nous avons comparé les ADN. Aucun doute possible.

La jeune femme évita de demander comment la police avait obtenu son ADN, elle avait envie de vomir et de boire. Autre chose que de l'eau. Elle demanda un alcool fort et but d'une traite le verre de cognac que lui avait servi Dubosc. Brûlée de l'intérieur, Alice pouvait enfin parler.

— Que Milesi fût ou non mon père ne change rien à la question. En quoi la mort de Bourdarias et des deux autres me concerne ?

Le Goff répondit sur un ton presque affectueux. La jeune femme avait l'air si désemparée qu'il n'avait plus envie de la bousculer.

— Vous avez faim, Maître ? (C'était la première fois qu'il l'appelait ainsi.) Si vous voulez, on peut poursuivre cette conversation en déjeunant. La police vous invite, dit-il en souriant.

Le patron de la crim', évitant les restaurants proches du Bastion, habitués à nourrir la fine fleur de la police judiciaire, choisit une table tranquille dans un hôtel proche de la porte Maillot. La clientèle était essentiellement américaine, parler l'anglais était un passe quasi obligé pour accéder au restaurant. Gabriel y avait ses habitudes. Entouré de touristes qui n'entendaient rien à la langue de Molière, il pouvait y tenir sans risque les conversations les plus confidentielles. Alice découvrit un Le Goff différent. Cultivé et attentif. Élégant et affable. C'était elle qui posait les questions. Pourquoi était-il flic ? Avait-il déjà eu peur ? Envie de lâcher son métier ? Ses rapports avec la ministre de l'Intérieur ? La pression que lui mettait la présidence ? Les tweets insultants ? Les journalistes et la violence des mots ? Le Goff répondait, maître d'un jeu qu'il possédait mieux que tout autre. Il n'avait presque rien mangé, Alice avait eu tout le loisir d'achever l'imposante sole meunière qui lui avait été servie quand enfin il cessa de parler de lui pour l'interroger à son tour. Ses rapports avec sa mère ? L'admiration qu'elle vouait à son père adoptif ? Sa rencontre avec Patrice Legrand et son aveuglement devant cet homme qui avait disparu chaque week-end pendant deux ans ? Dans un autre endroit, elle aurait sûrement éludé mais les dernières pastilles de retenue s'étaient diluées dans un énième verre de pouilly. Après le cognac du matin et la bouteille aux trois quarts vide, Alice flottait. Elle raconta, presque enjouée, Bernard Lantier, ses années de fac, les pressions familiales et ses retrouvailles quinze ans après, alors qu'elle se sentait délaissée par Legrand. À Nice, ils ne vivaient pas ensemble mais c'était une affaire de mois.

— Et votre père ? glissa doucement Gabriel.

— Quel père ? Parce que maintenant que j'en ai deux, dont un mort depuis vingt ans, je ne sais plus vraiment où j'habite.

L'atterrissage était brutal. À nouveau sur ses gardes, la jeune femme affecta malgré tout de ne pas couper le fil de cette amitié naissante.

— Si vous me parlez de Milesi, dit-elle, je vous confirme que je ne l'ai jamais approché, encore moins soupçonné d'être mon père.

— Pourtant, lâcha Le Goff, lui savait. Il avait fini par apprendre votre existence et avait écrit à votre mère. Il souhaitait vous rencontrer. Elle n'a jamais répondu.

— Vous êtes sûr de ce que vous dites ?

— Nous avons la lettre d'Édouard Milesi, elle est datée de juillet 1998.

— J'avais quinze ans.

Les yeux d'Alice avaient perdu leur couleur si particulière, grisés par la buée des larmes.

— Vous pouvez rentrer chez vous, madame Legrand, je crois que nous nous sommes tout dit.

Alice esquissa un sourire, croisa le regard d'un voisin de table qui les observait depuis un moment sans comprendre, serra la main de Gabriel et sortit sans un mot. Lantier l'attendait à l'hôtel. Ils avaient prévu de passer la soirée à Paris. Sans explication, elle décida de rentrer à Nice par le premier vol. À demi endormie sur l'épaule de son amant, elle resta mutique jusqu'à la sortie de l'aéroport. Il la déposa devant chez elle. Dormir, s'oublier dans le vide d'une nuit sans rêve.

Bernard allait repartir. Elle frappa à la vitre de la voiture, l'embrassa tendrement et s'écarta, les larmes aux yeux.

— Ne me demande rien, dit-elle, un jour je te raconterai.

Et elle entra dans l'immeuble sans se retourner.

Chapitre 27

Au Bastion, les policiers de la crim' avaient rouvert le dossier Milesi. Des centaines de procès-verbaux, des milliers de coupures de presse racontant les dérives d'un système médiatique hors de contrôle, obsédé par l'appât du scoop et l'audience à n'importe quel prix. Les flics eux-mêmes étaient effarés de ce qu'ils avaient sous les yeux. Les copies vidéo des témoignages les plus invraisemblables, les directs de journalistes manipulés et qui semblaient fiers de l'être, les patrons de rédaction qui justifiaient un tel déballage par le devoir d'informer. Plus rien ni personne ne semblait pouvoir arrêter le monstre, sinon Milesi lui-même. Ce qu'il fit, après avoir été traîné dans la boue pendant des mois. Ses agendas, confrontés aux propos délirants des putes et des malfrats qui avaient squatté les ondes des semaines durant, avaient rendu leur verdict. Cette affaire n'était qu'un montage fait pour tuer. Mais les médias qui avaient fait le pari de la chasse à l'homme étaient déjà partis braconner sur d'autres terres. Ni fleurs ni couronnes pour le président de la Cour des comptes qui avait eu le mauvais goût de se défenestrer.

Gabriel Le Goff avait passé la soirée à relire, effaré, quelques-uns de ces comptes-rendus signés par Palombi quand il mit la main sur les relevés téléphoniques de Milesi. Le listing comptait plusieurs dizaines de pages et des milliers de numéros. Dubosc parti et le Bastion désert, il décida de rentrer chez lui en glissant l'épaisse chemise dans sa serviette.

De retour d'un voyage à Berlin où elle avait rencontré son homologue, Salma Rossel l'avait appelé en fin d'après-midi. Le ministre de l'Intérieur d'outre-Rhin était très au fait de l'affaire du tueur en série et avait proposé la coopération de la police allemande.

— J'espère que tu plaisantes, rétorqua Le Goff, stupéfait et furieux. Je ne vois pas en quoi ce dossier concerne les Allemands. À moins qu'ils n'aient des choses à cacher…

Salma enchaîna sans répondre.

— Je viens d'avoir un coup de téléphone de Leroy. Globe Info prépare un documentaire sur l'affaire.

— Et alors ? ricana le patron de la crim'. Ils n'ont rien, je les connais, ils vont se contenter de touiller une soupe froide déjà cuite et recuite.

— Oui mais peu importe, ils n'ont rien trouvé de mieux pour alimenter la chaudière. Il faut qu'on avance avant qu'ils ne moulinent sur notre dos.

— Mais on avance, crois-moi, on avance.

— Vous avez auditionné Alice Legrand, paraît-il. Mis à part le fait d'être la femme d'un imbécile prétentieux, qu'est-ce qu'elle a à voir avec tout ça ?

— Pour l'instant, rien. Mais on a découvert qu'elle était la fille de Milesi.

— Comment ça, la fille de Milesi ? Il avait deux enfants et on les connaît.

— La mère d'Alice était journaliste stagiaire dans l'équipe du 20 heures. Leur liaison a duré deux ans. Elle n'avait jamais rien dit à son amant qui ne l'a su que beaucoup plus tard.

— Et Alice ?

— Je le lui ai appris ce matin.

Le Goff ne dit rien de son déjeuner avec la jeune femme. Il n'avait pas envie de livrer ses états d'âme. Encore moins de subir les sarcasmes de la ministre de l'Intérieur. Il raccrocha en assurant Salma que la sortie du tunnel était proche.

Le patron de la crim' avait faim. Constatant sans surprise que son réfrigérateur était vide, il jeta, agacé, un sachet de saumon fumé périmé et se rabattit sur les seuls trésors culinaires du jour. Six œufs bio et quatre pots de crème vanillée, achetés la veille dans un fourre-tout qui se prétendait supérette. Gabriel avait été autrefois fin cuisinier mais par manque de temps et de présence féminine, il avait renoncé depuis belle lurette à rester plus de dix minutes dans sa cuisine. Quatre lui suffirent pour faire grésiller les œufs dans la poêle et à peine plus pour les dévorer après avoir couvert les jaunes d'une abondante nappe de ketchup. Plutôt qu'un vin médiocre, il s'était servi une bière qu'il avala d'une traite à même le goulot. Il n'était ni rassasié ni ivre mais suffisamment requinqué pour s'attaquer à la longue liste des appels de Milesi. Des milliers de numéros qu'il ne serait pas difficile de repérer. La plupart avaient été composés de la mairie ou de chez lui.

Gabriel les survola rapidement, ne trouvant rien de significatif jusqu'au début des années 2000 et des portables. La suite était plus intéressante et bien différente. Les fixes s'étaient raréfiés et un même numéro de portable semblait rythmer les pages. D'abord un appel par semaine provenant du téléphone de Milesi, puis rapidement deux et plus, jusqu'à plusieurs par jour, émanant d'un seul et même correspondant. Le Goff n'attendit pas le matin pour tenter d'identifier l'auteur des appels. Sans succès. Le numéro n'était plus attribué depuis dix ans. Il pianota machinalement sur la télécommande posée sur la table. Le présentateur de Globe Info déroulait les titres du journal. Au troisième, Le Goff sursauta, manquant de renverser le fond d'armagnac qu'il venait de se servir. Oh, le con ! Mais quel con ! Seul dans son salon, il hurlait en cherchant son portable. Leroy ne répondait pas. Il appela Justine Berger qui décrocha à la première sonnerie.

— Tiens, un revenant, dit-elle en riant, parce que depuis quelques semaines, vous êtes très discrets au Bastion.

Le Goff, furieux, ne releva pas.

— D'où sortez-vous cette information sur une prétendue audition de Mme Legrand ? C'est totalement faux.

Justine ne riait plus.

— C'est Stenbach. Ça n'était pas très clair. Je n'ai pas voulu la donner.

— Et tu as eu raison. Rends-moi service, appelle tes copains pour qu'ils fassent la même chose.

— Ça n'est pas mon boulot, je vais appeler Leroy. Mais vous l'avez auditionnée ou pas ?

Le Goff avait déjà raccroché. Et ouvert sa tablette. Seul *Le Parisien* avait publié une brève. Pas un mot dans les autres quotidiens, le patron de la crim' se coucha rassuré. La politique du secret avait payé.

Dès potron-minet, Gabriel se précipita au Bastion pour identifier les dix chiffres du portable mystère. Il avait compté jusqu'à six appels dans la soirée et la nuit qui avaient précédé le suicide de Milesi. L'opérateur mit moins d'une heure pour le rappeler. L'abonné, dit-il, avait résilié son contrat et changé de fournisseur au printemps 2004 sans explication. Et d'une voix pleurnicharde, il se lança dans une longue complainte à propos de ces clients infidèles qui l'abandonnaient sans raison. Le Goff n'avait que faire des lamentations de cet employé trop zélé. Excédé, il l'interrompit.

— Je me fous de vos commentaires, donnez-moi le nom de cet abonné.

— Ah oui ! Pardon, répondit l'homme manifestement vexé. Il s'agit de Mme Alice Le Pelletier. Elle s'était abonnée chez nous en mars 1999.

— Vous êtes sûr de ce nom ?

— Aucun doute possible. Mme Alice Le Pelletier, 17 rue de Brest à Lyon.

Le Goff était sonné et furieux. Il raccrocha en oubliant de remercier l'employé trop bavard. Et faillit se verser une rasade de whisky. À cette heure matinale, ça n'était pas raisonnable, il opta pour un double expresso et appela Dubosc.

Chapitre 28

L'adjoint de Le Goff atterrit à Nice en fin d'après-midi. Le patron de la crim' avait dû batailler toute la matinée pour obtenir une commission rogatoire et l'autorisation de perquisitionner. Sébastien n'était pas moins furibond que son patron. Lui aussi s'était fait enfumer par la jeune femme. Pour rejoindre son hôtel niché au pied du château, il choisit de traverser le quartier de Magnan. L'air était doux et les terrasses bondées. Les commerces n'avaient pas l'air pressés de tirer leurs rideaux et la foule nombreuse déambulait nonchalante pour goûter les derniers effluves d'un automne qui n'en finissait pas de marier ses couleurs fauves aux odeurs estivales. À 6 heures demain, se dit le numéro 2 de la crim', ce serait une autre affaire. Et ce fut le cas en effet.

Au creux de la nuit, la ville si paisible quelques heures plus tôt avait été secouée par une interminable succession d'éclairs et de sirènes hurlantes. Le ballet terrifiant et sans fin des gyrophares qui striaient d'une lumière bleutée les murs de sa chambre l'avait définitivement réveillé. La ville bombardée sous l'orage et noyée de pluie allait découvrir au petit matin la catastrophe qui avait dévasté les vallées. Les radios multipliaient les directs et les chaînes d'info, faute d'images, passaient en boucle la déclaration du préfet appelant la population à rester chez elle. Sébastien s'apprêtait à appeler Le Goff quand le numéro du patron s'inscrivit sur son portable.

— Ça va ? demanda la voix familière, un tantinet rigolarde, tu surnages ? Je viens d'entendre la radio, ça a l'air d'être costaud. Mais ça ne change rien à nos plans.

— Franchement ça n'est pas drôle, s'agaça Dubosc, il y a sans doute des victimes dans l'arrière-pays.

— C'est désolant, mais on n'a pas de temps à perdre. Je n'ai pas envie qu'Alice Legrand nous file entre les doigts. À ce soir, 20 heures dans mon bureau.

Et il raccrocha.

Dubosc ne mit guère plus de cinq minutes pour rallier le quartier de l'avocate. La ville, balayée par des vents menaçants, était déserte et sombre. À l'étage d'Alice, les volets étaient fermés. Sébastien eut une mauvaise pensée. Et si Le Goff avait raison, si la jeune femme s'était à nouveau enfuie sans laisser d'adresse. Mais non, Alice Legrand s'était seulement enfermée pour se protéger des bourrasques de pluie. Et s'était assoupie depuis peu lorsque l'interphone la réveilla en sursaut. Le temps d'enfiler le survêtement qui traînait au pied du lit, elle se trouva nez à nez avec Dubosc. Machinalement, le flic avait mis un pied dans l'encoignure de la porte et fit entrer les trois policiers qui l'accompagnaient. Muette jusqu'alors, Alice explosa en lui crachant sa colère à la figure.

— Vous ne m'aimez pas, lui dit-elle. Je ne sais pas pourquoi. Mais ça ne vous autorise pas à me traiter comme un vulgaire malfrat.

Glacial, Dubosc répondit du tac au tac :

— Je suis là parce que mon patron a de bonnes raisons de vous placer en garde à vue.

— Lesquelles ? C'est n'importe quoi !

— Il vous le dira lui-même. Je vous laisse vous préparer et prendre quelques affaires. Vous pouvez, si vous le souhaitez, appeler un avocat.

— Je connais mes droits, dit-elle sèchement, je suis avocate, je n'ai besoin de personne.

La perquisition ne livra aucune information. Deux pièces meublées sommairement recelaient généralement peu de secrets. Seuls l'ordinateur et le téléphone saisis par Dubosc au grand dam de la jeune femme pourraient éventuellement parler. Malgré ses protestations, Alice Legrand rallia l'aéroport dans une voiture banalisée, assise entre deux policiers. Unique dérogation, Sébastien avait consenti à ce qu'elle voyage sans menottes. Dans l'avion, la jeune femme s'endormit avant même le décollage. Drapée dans une dignité qu'elle jugeait malmenée, elle ne retrouva la parole que pour protester contre son enfermement dans une cellule de la rue du Bastion.

— Je croyais que M. Le Goff était pressé de me voir, ironisa-t-elle.

Le gardien venait de la pousser dans une pièce sans ouverture, avec pour uniques meubles une banquette et un lavabo qui n'avait pas dû être utilisé depuis des lustres.

— Je ne sais pas, madame, se contenta de répondre le flic de service.

« Le Goff va me faire le coup du réveil en pleine nuit », se dit l'avocate en s'asseyant sur la banquette, droite comme un I pour ne pas dormir. Mais elle se trompait. Une demi-heure plus tard, le même gardien vint la chercher et la conduisit dans la salle d'interrogatoire. Vide. Faiblement éclairée, la pièce paraissait plus grande encore avec cette unique table qui ne devait pas faire plus d'un mètre cinquante. Le policier lui proposa de s'asseoir sur la chaise Navy qui lui était destinée, mais elle préféra rester debout, de peur de sombrer dans une demi-somnolence. Le Goff entra enfin, accompagné de Dubosc et d'un autre policier en uniforme.

— Vous avez peur que je m'évade, dit-elle en agressant le patron de la crim' avant même qu'il ne s'asseye face à elle.

Gabriel Le Goff n'était plus le même. Ils s'étaient quittés presque proches, elle avait devant elle un flic hostile et silencieux, les yeux plongés dans les siens, comme s'il attendait qu'elle parle la première. Mais elle n'avait rien à dire, sinon qu'elle n'en pouvait plus de cette journée qui avait commencé dans la fureur d'une nuit de tempête et s'achevait dans l'antre anonyme de la P.J. parisienne.

Armelle Pelisson / Alice Le Pelletier Legrand... Gabriel posa la photo sur la table.

— Vous reconnaissez l'homme à la droite de votre mère ? C'est Édouard Milesi, votre père. Il a cherché à vous joindre.

— C'est ce que vous m'avez affirmé la dernière fois que nous nous sommes vus. Mais autant que je sache, c'est à ma mère qu'il a écrit. Vous ne m'avez pas fait venir entre deux policiers pour me répéter ce que nous nous sommes dit il y a huit jours.

— Non, madame Legrand, je vous ai fait venir parce que vous avez menti. Et je veux savoir pourquoi.

— Mais je ne vous ai pas menti. Pourquoi l'aurais-je fait ?

— C'est ce que je veux comprendre, répliqua Le Goff, imperturbable, en dépliant les dizaines de feuillets imprimés qui recensaient la longue litanie des appels de Milesi.

Alice affecta de n'y jeter qu'un œil distrait mais la voix avait changé.

— C'est quoi ça ? demanda-t-elle dans un souffle.

— Le listing téléphonique de votre père. Votre numéro y figure à chaque page. De plus en plus fréquemment, jusqu'à plusieurs fois par jour. Et encore quelques heures avant son suicide.

Malgré son visage si pâle que Le Goff crut un instant la voir défaillir, la jeune femme tenta une dernière réplique. Bravache.

— Vous vous trompez, dit-elle sur un ton qu'elle voulait assuré, ça n'est pas mon numéro. Le mien, vous le connaissez puisque mon téléphone est déjà chez vous.

— Vous vous enferrez, madame Legrand. Ce numéro était le vôtre avant que vous ne changiez d'opérateur. Ce listing prouve non seulement que vous connaissiez votre père mais atteste que vous avez eu une relation suivie avec lui. Au moins téléphonique et sans doute beaucoup plus. Il va falloir parler, Alice, ajouta Le Goff sur un ton adouci. Je pourrais vous faire mettre en examen pour entrave à l'enquête et faux témoignage. Mais ça n'est pas ce que je souhaite, je veux beaucoup plus. Je veux la vérité.

Alice avait étalé les feuillets devant elle. La table n'était pas suffisamment grande pour qu'elle les embrasse d'un seul regard. Il y en avait plus d'une trentaine et ces numéros qui s'enfonçaient en elle, à chaque page, comme autant de coups de poignard. Le secret partagé, les fous rires et les larmes, les promenades en terres lointaines, les week-ends volés, Berlin, Los Angeles, Barcelone, et cette maison louée au cœur de l'Aubrac... Les dates accolées aux numéros s'étaient mises à virevolter devant elle, bulles racontant l'histoire d'un amour assassiné. Jusqu'à ces derniers appels au cours de cette nuit sans fin. « Ne t'en fais pas, je vais bien. » Et la mort au bout du fil. Rompu. Vingt ans de silence, vingt ans de malheur et de haine enfouis.

— Ils ont tué mon père.

Alice avait redressé la tête et parlé fort. Ses yeux si clairs – les yeux d'Armelle – regardaient ailleurs. Le Goff et Dubosc avaient disparu, noyés dans un monceau d'images. Elle ne disait rien mais la voix était puissante.

— Ils ont tué mon père.

La jeune femme allait le répéter une troisième fois quand le patron de la crim' l'interrompit brutalement.

— Qu'est-ce que vous avez dit ?

La question de Le Goff semblait avoir brutalement réveillé Alice. Elle se contenta de bredouiller qu'elle n'avait rien dit.

— Vous avez peut-être parlé inconsciemment, mais vous venez de dire haut et fort qu'ils ont tué votre père. Alors, s'il vous plaît, cessez de finasser, vous savez très bien qu'Édouard Milesi s'est suicidé. Personne ne l'a tué. Pourquoi dites-vous un truc pareil ?

— Mais parce que c'est la vérité.

Le Goff se tourna vers son adjoint et lui fit signe de ne pas intervenir. La jeune femme était prête à parler, elle avait seulement demandé que la pièce déjà peu éclairée soit plongée dans une demi-pénombre. Ça n'était plus la femme de Legrand qu'ils avaient devant eux mais Alice Milesi contant son histoire. Sa première rencontre avec celui qui était encore maire de Lyon, les années secrètes, passées à reconquérir le temps perdu, l'amour fusionnel sans salissure ni ambiguïté qui liait le père et la fille. Alice était devenue intarissable. Édouard avait appris à la fin des années 1990 qu'Armelle avait eu un enfant quelques mois après leur séparation. Contrairement à ce qu'avaient cru les policiers, elle avait accepté de le rencontrer et lui avait confirmé l'existence d'Alice née de leurs amours quinze ans plus tôt. Le premier appel de son père, la jeune femme s'en souvenait comme s'il avait eu lieu la veille. Le maire au téléphone, c'était comme une mauvaise blague. Mais sans risque. Elle avait accepté de le rencontrer. Il lui avait raconté sa vie d'avant, avec Armelle. Elle, journaliste stagiaire, lui, présentateur vedette, leur liaison brutalement interrompue par sa faute et son existence qu'il avait découverte par hasard. La jeune fille aurait dû lui en vouloir, ce fut tout le contraire. Comme deux amants qu'ils n'étaient pas, Édouard et Alice s'étaient joués de leurs familles pour se fabriquer une double vie insoupçonnable et joyeuse. Jusqu'à l'affaire. Elle avait vu son père se vider de l'intérieur. Sa sérénité de façade n'était plus que le mur transparent d'un malheur envahissant, chaque jour plus irréductible à la raison. La folie ou la mort, il avait choisi la mort sans qu'elle puisse une dernière fois l'en détourner. Alors oui, ils l'avaient tué. Les flics qui balançaient à la presse les noms de témoins bidon, les politiques, messagers de rumeurs ignobles, et les médias qui les avaient accréditées. Pensez donc : un homme politique de premier plan, coupable des pires horreurs sexuelles, accusé de pédophilie et de sadisme, commanditaire de plusieurs crimes. C'est bon, ça, coco ! On y va. Et si le concurrent en rajoute une couche, on en mettra une supplémentaire.

En larmes, Alice s'arrêta après avoir envoyé une dernière salve.

— Vous auriez résisté, vous, à un tel tombereau de saloperies ? Mon père s'est suicidé, mort de chagrin, sans jamais pouvoir se défendre. Parce que dix minutes de plateau contre des dizaines d'heures de reportages à charge, il reste quoi à votre avis ?

— Il reste la justice, madame Legrand, lâcha le patron de la crim'. Elle a conclu, aux termes de l'enquête, qu'Édouard Milesi n'était coupable de rien.

— Et cela a donné quoi ? Une ou deux colonnes en pages intérieures et quelques mots en fin de journal télévisé. Le mal était fait. Et mon père déjà mort.

Le Goff ne répondit pas, se contentant de remarquer qu'il était tard.

— De toute façon, je vous ai tout dit.

— En êtes-vous sûre ? Si c'est le cas, vous serez chez vous demain soir. D'ici là, nous allons vérifier votre emploi du temps. J'aimerais savoir où vous étiez dans la nuit du 22 au 23 septembre.

— Chez moi. Pourquoi ?

— Ça n'est pas ce que nous a dit votre mari. Vous étiez à Bordeaux pour plaider une affaire d'escroquerie. C'est du moins ce que vous avez prétendu.

— C'est possible, je n'ai pas mon agenda en tête.

— Vous mentez encore. Après nous avoir déjà beaucoup menti. C'est fâcheux, lâcha-t-il, glacial, en tournant les talons.

Chapitre 29

Dans la voiture, TSF Jazz diffusait un concert de Miles Davis, enregistré à Paris dans les années 1960. Gabriel Le Goff qui prétendait tout connaître de l'œuvre du trompettiste s'irritait de ne pouvoir mettre un titre sur ce qu'il entendait. Exaspéré, il n'attendit pas la fin du morceau pour demander à son chauffeur de chercher la fréquence de France Inter. Le journal de minuit s'achevait, le journaliste allait rendre l'antenne après avoir dit trois mots de météo quand il annonça une dernière minute. « Selon nos informations, ânonnait-il en découvrant le papier qu'on venait de lui glisser, Alice Legrand, déjà entendue comme témoin dans l'affaire Bourdarias, serait en garde à vue. » D'un mot, le présentateur évoqua, dans un rappel improvisé, les épisodes précédents, soulignant que l'enquête semblait au point mort depuis que le mari d'Alice avait dû être relâché, faute de preuves.

— Ça, c'est encore un gars de chez nous qui parle trop, maugréa le chauffeur.

— J'espère que vous vous trompez, répondit furieux Le Goff qui venait de composer le numéro de la directrice de l'information.

— Comment allez-vous ? dit-elle d'un ton enjoué.

— À cette heure-ci, mal ! Je viens d'entendre votre journaliste. Vous n'avez pas mieux à faire que de raconter n'importe quoi sur votre antenne ?

— Mais ça n'est pas n'importe quoi, nous sommes sûrs de notre source, rétorqua la patronne de l'info sur un ton qui n'avait plus rien d'amical.

— J'aimerais bien la connaître, votre source. En tous les cas, vous n'aurez rien de plus.

En raccrochant, il vit le nom de Dubosc s'inscrire sur son écran.

— Globe Info et I-Direct viennent d'annoncer la garde à vue d'Alice. Ils ne pouvaient pas fermer leur sale gueule ? À croire que ça les fait jouir de nous emmerder.

C'était la première fois que Le Goff entendait son numéro 2 parler aussi grossièrement. Mais après tout, il n'avait pas tort. Il ne releva pas et enchaîna.

— France Inter vient d'en parler. Ils n'ont rien. Demain, les chaînes vont en faire leurs choux gras mais elles vont mouliner dans le vide. Quand elles s'apercevront que personne n'est dupe, elles fermeront le ban.

Rentré chez lui, Gabriel se précipita sur TSF. Il n'avait toujours pas trouvé le titre de Davis. Trop tard, l'animateur était passé à autre chose et dissertait doctement sur l'irruption du free-jazz venu bousculer les plates-bandes raisonnables de Davis et de Coltrane. Agacé, Le Goff coupa le son, hésita un instant entre un Chivas dix-huit ans d'âge et un vieux cognac avant d'opter finalement pour un verre de chablis grand cru et une épaisse tranche de foie gras. Il se dit qu'il devrait appeler Salma Rossel pour l'informer de la garde à vue d'Alice avant qu'elle ne l'apprenne par la radio, mais n'en fit rien. Il n'avait pas envie de parler de la jeune femme. De sa fragilité. Il l'avait sentie au bord de la rupture. Il n'aimait pas l'idée qu'elle puisse s'effondrer. Pas envie de lui faire du mal. Et il s'enfonça dans un sommeil lourd, embué par la bouteille de chablis vidée jusqu'à la dernière goutte.

Il avait vu juste. Les radios et les chaînes d'info ne savaient rien. À Globe Info, les deux présentateurs du matin, Prédaras et Derrida avaient malgré tout décidé d'en faire l'ouverture de leur journal. Une longue rétrospective de l'affaire pour dénoncer une fois encore l'incurie des flics. Mais le verdict du minute par minute de Médiamétrie fut sans appel. Cette compilation banale et rabâchée avait fait fuir les téléspectateurs. Les deux présentateurs passèrent vite à autre chose et Alice fut rapidement réduite à l'état de brève, noyée entre deux faits divers.

En arrivant rue du Bastion, Le Goff constata que les télévisions avaient malgré tout envoyé leurs reporters stagiaires au cas où… Il les salua d'un « bon courage » ironique et s'engouffra dans le hall de l'immeuble où l'attendait Dubosc. Son numéro 2 était fébrile et manifestement impatient.

— Déjà là ? s'étonna Gabriel.

— Alice Legrand est en salle d'interrogatoire. Les flics de garde m'ont appelé pour me dire qu'elle souhaitait nous voir sans attendre. Elle était, paraît-il, très agitée, refusant de dormir et réclamant sans cesse à boire.

En entrant dans la pièce, Le Goff ne vit pas tout de suite la jeune femme. Mains menottées dans le dos, debout près de la fenêtre, Alice tentait d'apercevoir la rue entre les lames de stores à demi fermées.

— Dites-moi, ironisa-t-elle en se tournant vers le patron de la crim', vous ne faites pas recette et moi non plus. Quelques journalistes stagiaires. Et que des hommes ! Apparemment, votre charme n'agit plus.

Alice était métamorphosée. Se tenait devant les policiers une femme qui n'avait rien à voir avec la personne qu'ils avaient quittée la veille.

Même pantalon, même tee-shirt sous un blouson de jean, mais maquillée à l'excès pour effacer les marques d'une nuit d'insomnie, son visage n'était plus qu'un regard noir. Gabriel connaissait ce regard. Il l'avait souvent croisé dans cette salle d'interrogatoire. C'était le regard d'un tueur. Il le comprit à l'instant même où Alice s'assit de l'autre côté de la table.

— Vous avez tué Bourdarias ? demanda-t-il en plongeant ses yeux dans les siens.

— Oui.

Dubosc s'approcha. Alice n'avait pas cillé à la question avant de répondre avec une froideur venimeuse. C'est Le Goff le premier qui avait détourné la tête. Sébastien Dubosc décida de rompre un silence qui n'en finissait pas.

— Vous avez bien entendu la question ?

— Oui, répondit-elle sur le même ton indifférent et glacé. Vous avez bien compris. C'est moi qui ai tué Bourdarias devant chez lui dans la nuit du 22 au 23 septembre. Une proie facile, je savais qu'il rentrait seul de ce genre de soirée, il suffisait d'attendre. J'avais tout mon temps, il faisait doux, j'ai traversé plusieurs fois le Bois, certaine qu'il ne rentrerait pas avant minuit. Les poignards que vous avez trouvés dans le coffre de mon mari, ils sont à moi. J'ai découvert ce coffre avant l'été, j'avais suivi Patrice un vendredi soir, trouvant étranges ses allées et venues hebdomadaires. Je n'ai pas eu de mal à deviner le code, c'était ma date de naissance. Je l'ai piégé, sachant ce que vous alliez trouver dans ce coffre. Il n'a jamais rien vu, rien compris. J'aurais aimé lui parler, lui dire la vérité, qui j'étais vraiment, lui raconter mon père, mais il préférait jouer les cow-boys de carnaval… Je me suis mise à le détester. Le poignard qui a tué Bourdarias, je l'ai jeté dans le lac, vous trouverez mes empreintes sur les deux autres. J'ai tué Palombi et Portal avec l'un des deux et blessé Plochin avec l'autre.

Malgré les stores fermés, le soleil entrait dans la pièce, dessinant des stries lumineuses sur le visage d'Alice Legrand. Ni remords ni provocation dans son regard qui fixait le vide d'un espace imaginaire face aux deux policiers. Le Goff et Dubosc, entre exaltation et incrédulité, à l'écoute de ses aveux, s'étaient murés dans un silence insondable. Au fond de la pièce, le flic de garde, figé dans une immobilité cireuse, attendait à l'unisson de ses chefs. Et la suite vint. Un torrent de mots. Violents et meurtriers.

— Il fallait que ces salopards paient. Palombi et ses manipulations, Portal et ses calomnies, Plochin et ses inventions infâmes.

— Ceux-là, je peux l'entendre, interrompit Le Goff, même si je dois vous rappeler que ces crimes vont vous envoyer croupir en prison de longues années. Mais Bourdarias ! Pourquoi lui ?

— Parce que c'était le pire. Sa chaîne, Globe Info, a prospéré sur les terres brûlées de l'affaire Milesi. L'exploitation jusqu'à l'indigestion de faux témoignages et de récits mensongers a sorti la chaîne du néant et creusé les fondations de l'empire Bourdarias. L'homme n'était pas seulement un affairiste brutal et sans états d'âme. Avec son groupe de presse, il était le symbole de ces médias, parés de vertu, qui blessent et tuent sans se retourner. Qu'importe le flacon pourvu qu'ils aient l'ivresse de l'audience. Mon père n'a pas supporté la vomissure suffocante qui l'étouffait un peu plus chaque jour. Il ne s'est pas suicidé. Il est mort enseveli. Emporté par une avalanche de boue.

— En l'occurrence, rétorqua Dubosc, c'est vous qui avez tué. Froidement. Vingt ans après. Vous n'aurez même pas l'excuse de la légitime défense.

— Je n'ai pas à m'excuser, c'est eux qui auraient dû le faire il y a vingt ans. Mais non ! Circulez, il n'y avait rien à voir. Milesi s'est suicidé, la belle affaire ! On ne sait jamais pourquoi un homme se suicide, n'est-ce pas ? Les tueurs aux mains propres ont toujours le dernier mot. C'est insupportable.

Elle s'était levée et hurlait, penchée par-dessus la table.

— Rasseyez-vous, madame Legrand.

Le Goff regardait Alice. Son corps droit et immobile, statufié dans le refus du pardon, parlait pour elle et confirmait ses aveux. C'était fini. Le patron de la crim' allait pouvoir appeler la ministre de l'Intérieur et le président. Épilogue à la hauteur des crimes. Pas un tueur mais une tueuse. Belle et frêle. Difficile d'imaginer ses mains fines et manucurées enfoncer le poignard dans la chair flasque d'un Bourdarias ou d'un Portal. Au point que Le Goff jugea nécessaire de lui faire répéter ses aveux. La voix était presque affectueuse, comme si le policier regrettait d'avoir entendu ce qui venait d'être dit.

— Alice, vous confirmez avoir tué ces trois hommes ?

— Oui.

— Vous aviez un ou plusieurs complices ?

— Non, j'ai agi seule.

— Mais pourquoi vingt ans après ? Vous vous rendez compte à quel point cela aggrave votre cas ?

— C'était enfoui, là, dit-elle en posant la main sur son ventre. Depuis des années. Douleurs indicibles, braises à demi consumées, j'avais appris à vivre avec. Et puis il y a eu Bourdarias. Photographié devant sa tour à quelques jours de l'inauguration. Arrogant, sûr de lui, il multipliait les interviews expliquant que l'édifice consacrait la puissance d'un groupe fier de ses valeurs et de son éthique. Jamais l'homme n'avait affiché avec autant de morgue la vulgarité des parvenus. Son empire construit sur la mort et le mensonge était, à l'entendre, le symbole d'une éclatante réussite républicaine. C'était grotesque et honteux. Il fallait le faire taire. Les deux autres aussi, qui avaient surfé sur le temps et l'oubli pour se muer en respectables retraités. Je les ai tués pour que mon père vive. Vous comprenez ça ?

Le Goff affecta de ne pas entendre la question. La jeune femme aurait pu être sa fille, il bataillait avec des sentiments mêlés, tendres et même un peu plus. Il n'avait que faire de Bourdarias, Palombi et Portal, que faire de Plochin. Le flic avait choisi son camp. Le bourreau plutôt que les victimes. Et n'avait d'autre choix que de n'en laisser rien paraître.

Dubosc vit son patron incapable de parler et c'est lui qui enchaîna :

— Vous êtes avocate, madame Legrand, vous savez ce qu'il va se passer.

Alice acquiesça de la tête.

— On y va, dit-elle en se levant.

Les heures passant, les télévisions avaient abandonné la partie. Les stagiaires qui planquaient depuis le matin avaient été dépêchés à l'autre bout de la capitale pour épauler leurs aînés qui multipliaient les directs devant un immeuble soufflé par une explosion suspecte. Seul un reporter de l'AFP était resté en faction devant le 36. Les policiers n'eurent aucun mal à se jouer du journaliste pour escorter Alice au palais de justice. La jeune femme avait signé ses aveux sans un mot. Assise à l'arrière de la voiture, entre Le Goff et Dubosc, menottée comme un vulgaire dealer, elle affichait une sérénité qui n'était pas feinte. Elle savait qu'elle traversait Paris pour la dernière fois et s'y était préparée. La nuit s'était progressivement glissée dans la voiture, théâtre d'un huis clos sans parole où se jouait l'avant-dernier acte d'une pièce dont elle seule connaissait le texte.

Le secret avait été bien gardé. La ministre de l'Intérieur, prévenue de la mise en examen d'Alice, avait convoqué la presse le lendemain à 8 heures précises, place Beauvau. Salma s'était assurée du silence des flics et son collègue de la Justice s'était porté garant des juges. Rien n'avait filtré, au grand dam des chaînes qui, faute d'information, avaient passé la soirée à se perdre en conjectures. Star News prétendait savoir que la ministre allait annoncer l'arrestation d'un gros bonnet de la drogue, tandis que Médias 24 assurait qu'il s'agissait du démantèlement d'un réseau terroriste. Seules Globe Info et la petite dernière, I-Direct, avaient évoqué la garde à vue d'Alice Legrand. Sur le plateau de Justine Berger, Stenbach affirmait que l'avocate était encore dans les locaux du Bastion mais qu'elle serait relâchée dans la soirée, tandis qu'I-Direct reconnaissait sobrement ne rien savoir de ce qu'il se passait au 36.

Il y avait longtemps que Le Goff n'était pas rentré chez lui si tôt. Le président l'avait appelé pour le féliciter et il zappait, plus amusé qu'agacé par les chaînes d'info qui, faute d'avouer qu'elles ne savaient rien, dénonçaient les manières cavalières de la ministre de l'Intérieur, accusée de tenir à distance les journalistes, pour les convoquer d'un coup de sifflet lorsque cela l'arrangeait.

« Assez de conneries », se dit Gabriel en coupant le son. Justine était encore à l'écran. La présentatrice avait noué ses cheveux en une queue-de-cheval qui lui rappelait la jeune reportrice croisée à ses débuts. C'était il y a vingt ans, ils avaient été amants quelques jours alors qu'elle couvrait une enquête qui avait enflammé le pays. Un enfant retrouvé noyé dans la Saône. Affaire de famille sordide dont les policiers du cru n'arrivaient pas à dénouer les fils. Envoyé de Paris, Gabriel avait repéré cette journaliste qui chroniquait chaque jour dans le *Grand Quotidien du soir*. Devenus proches, ils avaient pris l'habitude de se retrouver dans une auberge discrète et isolée, nichée aux portes de Châlons. Leur aventure, qu'ils savaient sans issue, avait duré le temps de l'enquête. Rentrés à Paris, les deux se téléphonaient parfois mais ne s'étaient plus revus. Chacun avait tracé sa route. Il la regardait sur son écran silencieux et fut pris d'une jalousie enfantine. Il fallait vraiment que les projecteurs soient puissants pour que la journaliste tire un trait sur ses rêves et se retrouve dans le lit de Bourdarias. Elle reçut son texto alors qu'elle était encore à l'antenne.

Viens demain à la conférence de presse de Salma. Je sais que c'est tôt pour toi mais tu ne seras pas déçue. Je t'embrasse. Gabriel.

Justine profita d'une page de pub pour lui répondre. Ironique. *Décidément, j'ai de la chance ! Deuxième message en moins d'une semaine.*

Le Goff jugea inutile de réagir. Elle n'avait pas tort. Depuis son passage sur le plateau de Globe Info au lendemain de l'assassinat de Bourdarias, il n'avait plus répondu à ses appels. Mais qu'aurait-il fait dans cette galère alors que la chaîne diffusait chaque soir ou presque un documentaire qui égrenait les ratés de l'enquête ? Le travail de la police y était mis en pièces et la ministre de l'Intérieur clouée au pilori. Il en voulait à la journaliste d'avoir emboîté le pas de Plochin et des présentateurs de Star News. Demain, se dit Le Goff, Justine Berger sera comme les autres, applaudissant la crim' qu'elle piétinait sans vergogne ni recul depuis des semaines. Sur les plateaux, on chantera les louanges de la ministre de l'Intérieur avec d'autant plus de ferveur qu'il faudra faire oublier l'affaire Milesi. Ce monstre médiatique, flouté depuis vingt ans par des étoiles éphémères qui n'avaient rien appris et tout oublié.

Le Goff s'assoupit, la nuit peuplée des shows télévisés du lendemain dont il se délectait dans un demi-sommeil. Il était déjà réveillé quand le nom de Dubosc s'inscrivit sur son portable :

— Rejoins-moi au Bastion. Viens tout de suite, c'est urgent.

Mal rasé, habillé avec son costume de la veille, le numéro 2 attendait Gabriel dans le hall de l'immeuble.

— C'est terrible.

Le visage défait, Sébastien ne cessait de répéter ces mots. Il semblait incapable d'en dire plus. Au point que Le Goff imagina un instant qu'il s'agissait d'un drame personnel. Jusqu'à ce que Dubosc réagisse, très agité.

— Il ne s'agit pas de moi. On nous attend à Fleury-Mérogis.

Chapitre 30

Le corps d'Alice Legrand portait encore les marques du drap qui l'avait étranglée. La mort avait figé son visage émacié, la bouche tordue par la suffocation. Immobile, incapable de dire un mot, Le Goff semblait happé par ce corps inerte qui n'était plus que l'enveloppe blafarde d'une douleur inconsolable. Le gardien lui tendit la lettre écrite à son intention qu'il avait mise machinalement dans sa poche sans quitter des yeux Alice. Il sentit à peine la main de Dubosc sur son bras.

— Il faut qu'on se bouge, murmura le numéro 2. Je vais prévenir Rossel.

À Beauvau, on s'affairait dans une euphorie discrète. La salle de presse, trop petite, avait été dédoublée. Et une pièce voisine aménagée pour accueillir le trop-plein de journalistes. Le mystère qui avait entouré la convocation avait eu l'effet escompté, les demandes d'accréditation se comptaient par centaines. Dans la cour, les cars de direct s'étaient installés dans un ballet désordonné qui avait obligé les retardataires à planter leurs caméras de l'autre côté des grilles.

Pour la première fois depuis des semaines, Salma Rossel avait dormi d'un sommeil profond. Bourdarias, Palombi et Portal n'étaient déjà plus que les fantômes d'un fait divers hors norme mais sans conséquence. Pas de complot, pas d'action terroriste, juste les crimes désespérés d'une jeune femme mue par la vengeance. Une histoire en or pour la presse, une affaire résolue pour la ministre.

La maquilleuse de Globe Info venait d'effacer les dernières traces laissées par l'accumulation de nuits blanches, quand Salma Rossel reçut l'appel de l'AFP. Une source fiable l'avait informée du suicide d'Alice Legrand au terme de sa garde à vue. Le patron de la crim' injoignable, le journaliste de l'agence attendait de l'Intérieur une confirmation officielle. Masquant son ignorance, Salma l'avait sèchement renvoyé à sa conférence de presse.

Rossel ne connaissait rien d'Alice Legrand, pas même un visage, juste un nom. Sa mort la bouleversait, son suicide la mettait dans une fureur où l'injustice le disputait à la mauvaise foi. Odieuse comme elle savait l'être, elle ne trouva rien de plus urgent que d'agonir d'injures Le Goff, lui reprochant de ne pas avoir su éviter ce qu'elle savait mieux que personne inévitable. Sa mère s'était suicidée, elle n'avait rien vu, rien pressenti, emportée par le tourbillon de sa propre vie.

Gabriel faillit lui en faire la remarque, mais sonné par la mort d'Alice beaucoup plus que par le tombereau d'immondices qui venait de se déverser sur lui, il n'opposa à Salma qu'un silence meurtri. De toute façon, Rossel avait déjà raccroché. Alice Legrand ne lui gâcherait pas sa conférence de presse. Un post-scriptum à son propos liminaire ferait l'affaire. Ni compassion ni remords pour cette mort présentée comme la conclusion funeste et banale d'un rodéo meurtrier. Froide et professionnelle, Salma Rossel conta l'histoire d'une vengeance criminelle d'autant plus abominable qu'elle n'était que l'épilogue d'un fait divers oublié depuis vingt ans. La tueuse avait avoué et s'était donné la mort. Fin de l'histoire. Et fin de partie pour la ministre, les politiques et les flics qui avaient refusé de commenter.

Les chaînes de télévision, plus sobres que d'ordinaire et discrètes à l'unisson, s'étaient contentées d'un bref rappel de l'affaire Milesi. Courage fuyons. Inutile de remuer la boue qui risquait de faire tache sur la signature des belles âmes qui occupaient encore les écrans, vingt ans après. D'autant qu'un flash de l'AFP venait d'annoncer la mort opportune de la dernière étoile du cinéma français.

Les Spéciales promettaient émotion et audience. Quarante-huit heures de larmes et de nostalgie. Le temps d'enterrer Alice Le Pelletier dans l'indifférence des médias qui regardaient ailleurs.

Gabriel Le Goff avait préféré s'enfermer dans son bureau plutôt que de faire de la figuration à Beauvau. Qu'était devenue son ex-patronne, sans pitié avec les caïds, essorés des heures entières, maternelle et féminine avec tous les paumés que les flics ramassaient à la pelle ? Gabriel regardait Salma et ne reconnaissait plus son amie, affichant plein écran un cynisme qui lui donnait envie de vomir. Il l'avait écoutée raconter l'épilogue à sa manière, réduisant Alice à n'être que l'héroïne falote d'une histoire de famille qui aurait mal tourné. Oubliés l'acharnement manipulateur de Palombi, les saloperies distillées par Portal, les délires ravageurs de Globe Info et la farandole des médias rivalisant d'imagination. Le patron de la crim' était d'autant moins disposé à cautionner la ministre de l'Intérieur qu'il avait sous les yeux la lettre que lui avait écrite Alice avant de se pendre. Violente et désespérée.

La mort plutôt que la prison. Quatre planches plutôt que quatre murs. Je vais rejoindre mon père dans la lumière d'un monde sans haine ni violence. Je n'ai pas vengé Édouard Milesi. Bourdarias, Palombi et Portal sont morts parce qu'ils devaient payer. Le poison de la rumeur et de la manipulation l'a tué plus sûrement qu'une lame de 20 cm. Et la justice des hommes n'a rien fait. Promus, enrichis, couverts d'honneurs, Palombi et les autres ont cru ensevelir dans la même pelletée de terre Milesi et leurs crimes.

Depuis vingt ans, combien de morts anonymes, combien de blessés salis par l'arrogance péremptoire des uns et l'abus de pouvoir des autres auraient été évités si l'affaire Milesi avait servi de leçon ? Mais ce fut tout le contraire. Mensonges et mauvaise foi d'un côté, course à l'audience de l'autre n'ont fait que croître et fleurir sur le terreau empoisonné de comédies assassines. Salengro, Bérégovoy, Germain, Milesi et tant d'autres inconnus sont morts étouffés par les terres vénéneuses du champ médiatique. Je pars sans regrets et sans illusion. Qui sera le prochain ?

Pas de formule de politesse ni de mot personnel à l'adresse du patron de la crim', juste une signature : *Alice Milesi*.

Le Goff replia la lettre et appela Leroy. Dans la voiture, il chercha vainement une radio qui parlerait d'autre chose que de la star morte au petit matin. De France Inter à RTL, d'Europe 1 à RMC, la France pleurait celle qui brillait encore, alors qu'elle avait disparu des écrans depuis des décennies. Les antennes unicolores rivalisaient de témoignages, en attendant la déclaration que devait faire le président de la République sur le perron de l'Élysée. Seule France Info accordait quelques lignes à la conférence de presse de Rossel et au suicide d'Alice. En moins de deux heures, Bourdarias, Palombi et Portal, héros récurrents d'un éphémère feuilleton, avaient rejoint l'innombrable cohorte des oubliés du PAF.

En arrivant à Globe Info, le patron de la crim' dut se frayer un chemin au milieu d'une foule compacte, difficilement contenue par un double cordon policier. Entre clameurs et demandes de selfies, il croisa nombre de comédiens et d'artistes venus prendre la pose avant de rendre un dernier hommage à l'actrice disparue. Dans le hall régnait une agitation désordonnée qui l'obligea à décliner son identité avant que le patron de l'info ne le sorte des griffes agressives d'une foule prête à dénoncer le passe-droit dont jouissait cet inconnu.

— Heureusement que ce n'est pas tous les jours comme cela, soupira Leroy en l'entraînant vers l'ascenseur.

— Avoue que ça te fait plaisir, rétorqua Gabriel. C'est plus agréable que d'affronter les cris de manifestants hostiles.

— Non, lâcha Leroy, mais je ne te demande pas de comprendre.

À peine entré dans le bureau, Le Goff lui tendit la lettre, sans un mot. Jacques l'interrogea d'un hochement de tête.

— Lis, se contenta de répondre le policier en s'affalant dans le canapé.

Leroy resta longtemps silencieux avant de s'asseoir à son tour.

— Que veux-tu que je fasse de ce papier ?

— Que tu le lises à l'antenne ! s'exclama Gabriel. Je te propose un scoop et tu me demandes ce que tu dois faire ! C'est le monde à l'envers.

— Mais c'est un courrier privé.

— Tu te fous de moi, Jacques. Ça ne t'a jamais arrêté.

— Franchement, on en prend plein la gueule. Pourquoi veux-tu que je sois maso ?

— Parce qu'il faut que ça sorte. Tu entends ? Que ça sorte. Pour Alice, pour toi, pour moi.

Le Goff était parti sans avoir touché au verre que lui avait proposé Leroy. Le patron de l'info avala le sien d'une traite avant d'appeler Justine Berger. La présentatrice, habillée pour la circonstance – tailleur-pantalon noir, chemisier de soie grège –, était arrivée tout sourire et avait balancé d'un geste théâtral le conducteur de son émission sur le bureau du patron. Un direct avec Meryl Streep, un autre avec Susan Sarandon, et sur le plateau, Catherine Deneuve, Emmanuelle Béart, Depardieu et le jeune Niney. C'était du lourd. L'affiche était belle et les entrées prometteuses. Globe Info, une fois encore, allait occuper le Grand Rex quand ses concurrentes peineraient à remplir une minuscule salle de quartier.

— Pas mal, hein ? s'exclama Justine d'un air faussement modeste, s'attendant à une salve d'applaudissements.

Elle n'eut en retour qu'une vague approbation, grognée d'une voix lugubre, et pour réponse la lettre d'Alice.

— Je veux que tu lises ce texte en début d'émission.

Le ton de Leroy n'était pas habituel. L'ami avait déjà pris la poudre d'escampette et le vieux compagnon de route n'était plus qu'un lointain souvenir. Justine avait devant elle son patron qui ne lui laissait pas le choix. Elle tenta, malgré tout, d'opposer un refus au prétexte qu'une telle ouverture casserait l'ambiance et réduirait à rien la Spéciale cinéma. Et puis à quoi bon donner des verges pour se faire fouetter ? L'affaire Milesi avait plus de vingt ans, quel intérêt pour la chaîne de déterrer des cadavres oubliés depuis tant d'années ? Les Français avaient la mémoire courte. N'était-ce pas mieux ainsi ?

— Que les Français aient tout oublié, je m'en fous, répondit sèchement Leroy, mais en ce qui te concerne, c'est fâcheux. Je ne te demande pas ton avis, même si j'aurais aimé qu'il soit différent. Je souhaite que tu lises ce texte. Point. Si tu refuses, je demanderai à Prédaras de présenter le 18/20. Lui au moins n'a pas d'histoire avec cette affaire et encore moins d'états d'âme.

La réponse de Justine ne se fit pas attendre. À 18 heures précises, elle lut d'une voix neutre et monocorde la lettre d'Alice, rappelant que la jeune femme s'était donné la mort à l'aube de ce vendredi 17 novembre. Et enchaîna avec Susan Sarandon.

De son bureau, Jacques Leroy avait appelé les déménageurs et empilé à la hâte les cartons jamais ouverts, jetant un œil discret sur l'écran. Justine

Berger n'avait jamais été aussi belle et souriante, star parmi les stars.

Aucune chaîne n'avait repris le texte d'Alice Legrand. Seul le *Grand Quotidien du soir* avait demandé une copie du courrier, mais avait finalement renoncé à le publier.

Bourdarias mort, Jacques n'avait personne à qui envoyer sa lettre de démission. Le journaliste se contenta d'une brève adresse à la rédaction de Globe Info.

Dans sa voiture, il zappa France Info et France Inter pour TSF Jazz qui diffusait *Strange Fruit* de Billie Holiday. Il augmenta le volume, ouvrit la fenêtre et respira à pleins poumons. L'air était froid. L'automne avait plié bagage, mais c'était bien.

Remerciements

À Muriel Beyer, qui m'a accueilli dès que je lui ai fait part de ce projet. Son enthousiasme et sa confiance ont été les meilleurs des encouragements.

À Dana Burlac, qui dès la lecture du manuscrit m'a accompagné avec délicatesse et amitié.

À Catherine Birnbaum et Séverine Caniot, qui m'ont assisté avec patience et pertinence.

À tous ceux que je ne peux citer tant ils sont nombreux, que j'ai croisés dans ma vie professionnelle et qui m'ont fait aimer ce métier passionnément.

13815

Composition
PCA

Achevé d'imprimer en Slovaquie
par NOVOPRINT SLK
le 10 avril 2023.

Dépôt légal : mai 2023.
EAN 9782290390856
L21EPNN000581-592853

ÉDITIONS J'AI LU
82, rue Saint-Lazare, 75009 Paris

Diffusion France et étranger : Flammarion